贅沢三昧したいのです！

転生したのに
貧乏なんて
許せないので、
魔法で
領地改革

3

みわかず
Illustration 沖史慈宴

contents

第八章 12才です。

五話 ヒロイン攻略開始です。 014
六話 青龍です。 032
七話 さらばです。 055
八話 アイス屋開店です。 077
九話 一つの決着です。 117
おまけSS① 矛と盾 138
一〇話 夏合宿その1。 142
一一話 夏合宿その2。 163
一二話 夏合宿その3。 182

おまけSS② 合宿中のとあるやりとり――202
一三話 ミシルの村で。――206
一四話 夏休みの終わりに。――252
一五話 注意しましょう。――274
一六話 ダンス会です。――293
一七話 発表会です。――320
一八話 反省房です。――335
一九話 受けて立ちます。――358
巻末付録 登場人物紹介++――384
あとがき――388
イラストレーターあとがき――392

profile

チート魔法使いで悪役令嬢。
前世は日本人。通称お嬢

侍従、一座の剣舞担当。妻はルルー

ドロードラング家侍従長、実は元剣聖

サレスティアの弟。白虎に見守られている

侍従、クールビューティ。夫はマーク

白虎の力を具現化した狼

アーライル国第三王子。お嬢と婚約中

元傭兵。希望者に剣を教えている

四神の一、玄武

アーライル国第二王女、アンドレイの妹

タタルゥ出身、騎馬の民。孫もいる

アーライル学園の長

アーライル国国王。アンドレイとレリィスアの父親

ゲームでのヒロイン。
天真爛漫な性格のはずが……

アーライル国財務大臣、
アンドレイとレリィスアの祖父、クラウスの兄

あらすじ

5才の誕生日に頭をぶつけ、前世の記憶を取り戻し、怒りで魔法に目覚めたサレスティア。

前世でいうところの「乙女ゲーの悪役令嬢」であることにもめげず、脱貧乏のため魔法を駆使して領地改革を推し進める。お嬢のひたむきさに絆され、領民や伝説級の魔物まで大奮闘……

王子や侯爵《こうしゃく》、弟との出会いを経て、国を大きく巻き込んで発展していくドロードラング領だったが、お嬢はついに両親の悪事を公の場で暴き清算をすることに。自身にも処罰が下ることを覚悟していたが、結果はその逆で陞爵《しょうしゃく》&アンドレイと婚約!?

そしてアーライル学園に入学し、「乙女ゲー世界」でのヒロインと邂逅を果たす。苦悩するヒロインを救いたい一心のお嬢はヒロイン・ミシルに近づこうとするが……

第八章　12才です。
五話　ヒロイン攻略開始です。

鬼女降臨から一週間。

朝に私一人、座禅の時間が追加された。……まあ、仕方なし。

今日も慎ましく淑女に相応しい行動を
部屋にそんなスローガンが掲げられた。垂れ幕に刺繍というルルーの傑作である。……心身が引き締まる。

ミシルのお見舞いも静かに、クラスでも大人しく、食堂では優雅に食した。

それはそれは《大丈夫か？》と亀様に心配されるほど。

「ルルー、そろそろ許してあげてよ。お嬢の隈が大変な事になってるよ……」

アンディの一言でやっと垂れ幕が外された……長い、闘いだった……！


「おにぎり……？」

ミシルの目が見開かれた。学園医マージさんの誘惑にも屈せずに食事をほぼ取らなかったミシルは、私の握った塩むすびをじっと見た。

淑女強化週間がやや解除されたので、休日の今日はダジルイさんが王都商店街で手に入れて届けてくれた米を自室のキッチンで炊いた。飼料扱いだったけど売ってて良かったー。

調べたミシルの国の食事は米を主食にした「日本」と同じ。島国なので肉よりも魚がメインで副菜は野菜がたくさん。残念ながらアーライル国では食材の輸入どころか交易がなかった。

しかし！　米が主食ならばおにぎりで気を引けるはず！　そして私も食べたい！　鰹節か昆布出汁の味噌汁が飲みたい！　なぜ無いのだ!?　王都市場よ！

そういう訳で、いまだ保健室にいるミシルにご飯だけ差し入れ。

「炊きたてよ～と言いたいところだけど、熱くて握れなかったから少し置いちゃった。でもまだ温かいわよ。一緒に食べよ」

塩むすびと同じように私を見てくるミシル。

「……米を、食べたことが、あるの？」

「美味しいわよね！　大好きよ！　おにぎりが食べにくいならお粥にしようか？」

ミシルのベッドに腰かけ、二個だけおにぎりを乗せた皿を差し出す。躊躇《ためら》いながらもミシルは一つを手に取った。……よし！

「こんなに綺麗なご飯……お母さんに会った時に食べたきりだ……」

……ん？

「い、いただきま、す？」

「どうぞ召し上がれ。よく噛んでね」

普段あまり食べていないのに急に人並みに食べると胃がびっくりして痛くなるから、気をつけてもらうためにそう言ったのだけど、なぜかミシルははらはらと涙を流した。

私はハンカチを取りだし、おにぎりを見つめたままの彼女の頬にそっと押し当てた。

ミシルは目を真っ赤にしたまま、ゆっくりと、少しずつ、食べきった。おしぼりで手をしっかり拭いて、ルルーが差し出した白湯《さゆ》も少しずつ飲む。

「もう一つどうぞ?」

「それは、あなたのでしょう? 私はお腹いっぱい。ご馳走さまでした……ありがとう」

ふっ、と微笑むミシル。……感無量!

「あなたは……どうして私に関わろうとするの?」

一人感動に浸っていた私は力一杯答えた。

「独断と偏見によりあなたと友達になりたいからよ! 貴女《あなた》が好きなキャラだから! なんてどう説明するのさ。私の後ろでマークとルルーのがっくりしている気配をスルーして、ぽかんとするミシルに今度は私から質問。

「私の魔力を感じる事はできる?」

「な、なんとなく、他の人より多いことはわかる」

「ふむふむ。それを見込まれて、学園長にミシルの魔力操作の補助をするように頼まれたの。これもその一つ」

ミシルの手首にある、この間作った腕輪を指すと驚いた。正しくは亀様作だけど。

「学園長から聞いた話だけでは魔力を押さえつけるしかないのだけど、そうするといつまで経ってもミシル自身で魔力操作ができない。で。私たちの結論の一つとして、あなたに取り憑いていると思われる魔物の正体を知りたいんだ。教えてもらえる?」

魔物……と、複雑な表情をしたミシルは黙りこんでしまった。まあ、おにぎりを食べて今日の最重要ミッションは終了したので他の色々は明日以降でも構わない。

「それと、私の事は知っている？　親は奴隷王と呼ばれていたのだけど」

話が変わった事に顔を上げてまたもぽかんとしたミシルは、首を横に振った。

「じゃあそれはおいおい説明するとして、私の目の前で飢えるなんて許さないという信念のもと、これからもミシルに食事を持ってくるわ。私に興味が湧いたら何でも聞いて、何でも答えるから。お友達になりましょ！」

頷いてはもらえなかったけど、前よりは当たりが柔らかくなったのを良しとして保健室を出た。途端。

「俺が言うのも何だけど、お嬢口説くの下手過ぎ……」

「ふふ。直球なのがお嬢様の良いところよ？」

「……好きな女の子を待たすだけ待たせたボンクラを見て学んだのよ」

「すいません！　本当すみません!!」

その日は色々と料理をして過ごした。ストレス発散！

ダジルイさんが仕入れた米は飼料扱いで量が多かったので大量に炊きました！　外で！

自領から持ち込んだ簡易竈《かまど》三台！　釜（二升炊き）！　薪！　水は食堂から。野外炊飯は場所的に食堂の近くにしか許可が下りなかった。まあそだね。

休憩中の食堂スタッフが見学する中、ご飯を炊き（だらだらと溢《こぼ》れかける様子に気が気でなかったよう）、豚の生姜《しょうが》焼き（玉ねぎ入り）、鶏の唐揚げ（ルルー担当）、キャベツの千切り（マーク担当）で外ご飯！　は～、これで味噌汁があったら最高なのに～！

ご飯に合わせての肉メニューだったけど、見守ってくれていた食堂スタッフにもお裾分けしたところ大好評。皆《みな》揃って「酒が飲みたい！」と叫んだ。わはは。

匂いに釣られて来たマークのクラスメイトの一般寮生にもお裾分け。屋台慣れをしてるのか、立ったままの食事も平気らしい。米と知ってびっくりしながらも美味しいと言ってくれた。飼料としては知られているんだな～。

「そのままでも充分だが、このソースが付いたコメがまた旨い！」「しょうゆ？　聞いたことがないな、どこで手に入るの？」「酒場で出せば大儲けじゃないか？　わっはっは！」「まだまだ知らない料理があるなぁ……」「ドロードラングは旨いものがあるって噂は本当だった！」「旨い！　ワシの知らん料理がまだあったのか！」

いつの間にか紛れ込んだ学園長の許可を取り、寮の一般メニューに豚の生姜焼きと鶏の唐揚げが追加されました。ぃ良し!!

後日、この騒ぎを聞きつけた国王がレシィや団長と共に非公式訪問。

「爺がグダグダと自慢するから食べさせろ！」

ついでにセン・リュ・ウル国との転移門設置の承諾を取った。

「は!?　あそこの武門一派と交流!?　は!?　武術を習っている!?」

おお、国王はシン爺ちゃんたちの国を知っていた！　そしてその隣にいた団長の目がキラキラに。

くれぐれもお仕事をしっかりしての休日に領地に来てくださいねと念を押した。

さらに後日。アンディのリクエストにより、寮のアンディの部屋で専属のシェフと一緒に生姜焼きと唐揚げを調理。

「最初の時に僕も呼んでよ。お嬢の料理なら外でも食べたい」

いや駄目だろ。試食はアンディに一番に持っていくはずだったのだけど、皆の食い付きが予想以上だったのよ。ごめん。

にしても、アンディの専属シェフもおおらかな人で、庶民料理は奥が深い！　だって。

そう……なのかな？

「うわ！　いい匂い～！」

食堂スタッフのオッチャンたちが少女のようにキラキラしている。

本日は家庭料理お菓子編の定番アップルパイを作ってます！

季節ではないんだけど、領地の調理班から保管庫の半分が林檎になっていたと泣きが入り、急遽こちらでも消費することに。去年バンクス領から調子に乗って買い付け過ぎたかな？　おまけにもらったキズ林檎が多過ぎたかな？　あはは。

まあ、こちらとしても育ち盛りがたくさんいるので消費には困らない。寮食堂の道具を借りられたのも良かった。

廃棄予定の去年の小麦粉があるよと食堂長が教えてくれた。もちろん学園に余剰分は報告してある。保存状態がいいなら味はさほど変わらないし、無料《ただ》で使えるならばくださいな！

そうして、林檎とバターと共に亀様転移でやって来たハンクさんとパイ生地を作り、林檎を煮、
入れて畳んで（Mの模様の世界展開のお店の四角パイのサイズ程）、オーブンで焼く。それでも余った林檎煮を鍋の蓋を開けて確認したオッチャンたちが「いい匂い～」と野太い声でほんわり。

焼き上がりを待っていたのはオッチャンたちだけではない。マークの声掛けで集まった前回の肉の会の時の平民少年たちは食堂の席でソワソワとしている。そしてルルーの声掛けで侍女科の平民女子も参加。ついでに授業の復習をやろうと、彼女たちはお茶を淹れ始めている。

一度に焼ける個数に限りがあるので、人数を半分にして順番で食べてもらう。

「アップルパイと言ったらコレでしょう」

と、ハンクさんが保存バッグから出したのはアイスクリーム。ニクい！　なんて人だ!!　ここでも胃袋鷲掴みか!?　なんて言ってる間に溶けるので、まずはアンディたちの分をサクサク分ける。

「亀様お願い」

《承知》

転移した先には準備万端なアンディとシェフ、お付き四人。

「アイスもあるから急いで食べてね！」

「ありがとう」

トレイごとアンディにしっかり渡して、また食堂に戻ろうとすると「あ！　待って待って！」

「え、何？　どうしたの？」

ナイフでサクッと切ったパイに少しアイスを乗せた一口サイズを私に向けてくるアンディ。

「アイスがあるなら今度はお嬢が食べはぐれるよ。一口どうぞ」

確かに。今回集まってくれた人にこそ食べさせたいし、ルルーとマークと一つを三人で分けるのでいいと思ってた。けど。

パクリ。

「んん～！　んんんん～！　んんんーんんんんんんんんっん、んんんん～（うま～！　ありがと～！　アンディの分を減らしちゃってごめんね～）」

「平気。きっと皆美味しいって言ってくれるよ。頑張って」

アンディにサムズアップをして、もぐもぐとしたまま戻ったらハンクさんに笑われた。

ルルーとマークが手分けをしてお皿に焼き立てアップルパイとアイスクリームを乗せていく。そして配られた人たちからさっさと食べるようにすすめた。行儀悪いけど、おやつだし、アイスが溶けちゃうし。

「冷たっ!?　甘っ!?」

オッチャンたちが食べた順番に驚きの声を上げる。うっふっふ。

配膳係はビビっているけど、食べ終えた人たちはほわほわとしている。

はい交代。焼き上がりを少し待ってもらったけど、こちらでも大騒ぎ。女子のテンションがすごい！　うはは。ハンクさんとルルー、マークとハイタッチ。

全員のお代わりはないけどいくつか残っているので、ジャンケン大会開催の声を掛けようとしたら。

「これは何の騒ぎだ！　……あぁ、お前たちか……」

烏合《うごう》のし、おっとっと、シュナイル第二王子殿下の取り巻きの一人と目が合った途端にガックリとされた。

「何の騒ぎだ？」

シュナイル殿下が聞き直す。

「余り食材でのお菓子会を開いておりました！　先輩方もいかがですか？　アイスクリームもありますよ」

「アイスクリーム!?」

別の取り巻きの一人がしまったという顔をして、手で口を覆った。

「すみません……あの、ドロードラング領に行った伯父に聞いたことがありまして……」と、殿下に向かってしどろもどろと言い訳。

「まあ！　ありがとうございます！　では先輩！　ご賞味くださいませ！　さあさあ！　あ、先輩方もぜひどうぞ。半端に余って困っていたので。丁度良かったです。えーと新規のお客さん十人入りまーす！」

「こちらへどうぞ～」

殿下が現れて緊張感溢れる食堂になってしまったけど、私らは平常運転。さっさと席に誘導し、有無を言わさずアップルパイを配り、ハンクさんがアイスクリームを追加する。

「調理場で調理に関わったのは私《わたくし》とこのハンクの二人だけです。何かありましたら、どうぞ私らを捕らえてくださいませ。さ、美味しいうちに召し上がれ」

アイスを知っていた先輩が一口食べて目を見開く。私を見るのでニコッとしてみた。そしてアップルパイを一口。またアイス。止まらないその勢いに他の先輩も手をつける。やっぱり目を見開いて、私を見たり隣同士で見合ったり。シュナイル殿下も無表情で食べる。そして食べ終える。早っ！

が、眉間に皺を寄せて何やら無言で唸っている。

「……これを、一つ……欲しいのだが……？」

やっと言葉にしたと思ったらお代わりだった。ハンクさんを見ると、指を三本立てる。ミシルの分は確保済み。

「申し訳ございません。残り三つですので、この後のジャンケン大会で勝利なさってくださいませ」

「じゃんけん？　大会？」

「はい。ここにいる全員が一つは食べましたので、二つ目は勝利者のみでございます。私《わたくし》が仕切る催しは平民だろうが国王だろうが関係ございません。ご容赦ください」

という訳で、意外にも知られていないジャンケンの説明から入り、あいこはセーフでリハーサルを行《おこな》い、慣れたところで勝負開始。ちなみに私対全員ね。

一回目に負けた人たちからは、この世の終わりのような声が出て、二回目に負けた人たちからは絶叫が。一度勝ってからの負けって悔しいよね～、うんうん。そして残ったのは十三人。三回目に負けた人たちは声も無く椅子に座る。残り六人。なんと殿下も残ってた。

ここで私から一言。

「勝ち取った賞品の譲渡は認めませんよ～」

殿下の隣で勝ち残ってた取り巻き先輩が若干青い顔色に。うはは、それがジャンケンです！

「うわっ、お嬢が悪い顔してる……」うっさいマーク。

そして最後の勝負は。

平民だけが勝ち残った。

「おのれ、剣ならば負けぬのに……」

先輩方のぼやきに笑う。

「だからジャンケンなんですよ。コレなら剣が強かろうが、魔法が使えようが、立ち振舞いが美しかろうが、学《がく》が無かろうが、関係ありませんからね。平等な勝負です。時間も掛からないし。まあ、おやつ程度のことを決めるものですしね」

「いや！　おやつ程度と言うにはアイスクリームはとても旨かった！　俺はいつかドロードラング領へ行こうと思う。今度は伯父に付いて行く！」

アイスの先輩が立ち上がる。確か一回目に負けてましたね。

「お待ちしておりますが、領地でもアイスクリームのお代わりは一度ですよ。冷たい物ですので食べ過ぎると腹を下してしまいます」

「なんだと……いや、それでも二つ食べられるならばそれで良い！」

わっはっは。お気に入りいただきありがとうございまーす！

「ドロードラング伯。この菓子は頼んだら作ってもらえるか？」

シュナイル殿下がそんな事を言ったら皆が振り向いた。

「最初に申しあげましたが、本日のこれらは消費しきれずに残った食材で作りましたので無料で提供させていただきました（アイスはおまけだけど）。新たに注文されるならば有料になります」

「わかった。一つ頼めるか、料金は払う」

「甘いものがお好きなのですね？　ありがとうございます」

「いや……うん、そうだな。旨かったから、食べさせたい」

「あらプレゼントですか？　ルーベンス先輩は食べてくださいますかね？」

「いや、カドガ、いや！　あ、兄ではないが……」

……お。おお!?　「カドガ」？　カドガン？　クリスティアーナ様？

取り巻き先輩方がニマニマしている。

ほう！　何だ～、仲良いんじゃん～。パメラ様！　シュナイル殿下は思ったよりも朴念仁ではなさそうですよ！


あ。

「あ！　申し訳ありません！　有料にすると商売ですよね？　学園での生徒同士の売買は禁止されていましたよね？　うわ、しまった、どうしよ！」

私の叫びに全員が、あ、となった。学園長の許可だけじゃ駄目だよね？　でも調理する場所も外や自室キッチンだし、いや、お金が絡むから禁止になってるんだろうし、領地まで行ってもらう？　いやそれも違うし。そういやお店のアレコレ知らないや。保健所みたいのあるのかな？　あ～調べなきゃ……

「あぁその事で相談があるんだった」

ハンクさんがほろっと声を上げた。皆がハンクさんに注目する。

「王都の屋敷が未だに買い手が付かないということで、いっそのこと改修して食堂を開こうという案が出たんですよ。立地も貴族区画内でも平民区画寄りだし、クラウスさんも概ね賛成です」

え、と、なんでそんな案が？

「料理班の若手の武者修行ですね。王都なら手に入る食材が豊富だし、お嬢が何を見つけるか賭けになってますよ。他はまあちょこちょこした事なので領地に戻った時に改めて話があると思います」

……また賭けか……

「学園内で商売が駄目ならその店で食べてもらうか、持ち帰りしてもらえばどうですか？」

「ってさ……それ」と聞けば、ハンクさんはにんまりとして「今週中に決定なら、俺の一人勝ちです」とのたまった。

だからアイスクリームを持ってきたのかっ！　やられたっ!!

「外飯《そとめし》道具を持ってったお嬢が寮なんかで大人しくできるなんて誰一人思ってないですよ。案の定、学園長の許可があるとはいえ調理場を借り切ってるし」

うぐっ……その通りです、悔しい！

「あのすみません。そのお店ではアイスクリームは売ることになりますか？　そしたらお値段はいかほどになりますか？」

平民少年が恐る恐るハンクさんに訊ねる。

「値段はまだ何とも言えませんが、他の店と比べて同じ程度になるでしょうね」

少年はそれを聞いた途端にガックリとした。

「そうですか……貴族区画のお店では僕らには手が出ないかもしれないですね……」

あまりのガッカリ具合に近くにいたアイス先輩にそっと聞いてみた。

「区画でそんなにも値段に差があるのですか？」

「ある。安くても三倍は違う」

あ、誰か言ってたな、そんな事。

「まあ、できてもいない店の話です。そんなにガッカリしなくていいですよ」

と、ハンクさんが少年の肩をポンポンと叩く。が。

「ただ、出すとなったらやはりメニューについては参考にしたいので、皆さんには試食をお願いすることになるかもしれません」

食堂に充満していたガッカリ雰囲気が一瞬で払拭された。

「お嬢が決定してくれればですけど。あ、林檎は本当に余ってたんだよ？」

……ハンクさんの卑怯者ぉぉおっっ！

残った林檎煮は皆でつついて食べました。ミシルはアップルパイも初めてだったようで、作った甲斐があったと感動する程の反応をしてくれた。

ウンウン。女の子とお菓子、いいね！

「火を」

ぼっ！

「水」

チョロチョロ……

「風」

さわさわさわ～……

「土」

ボコンッ！

「はい。では皆さんもこのようにまずは小さく具現化できるようにしてください。ドロードラングさん、見本をありがとう、休憩しててください」

魔法科用鍛練場にてぼっち見学のサレスティアです。マークもルルーもそれぞれ授業に出てるので、絶賛暇です。まあ、魔法を使えないお付きは実技には見学参加もできない規則があり、今年の新入生のお付きに魔法使いがいない事から、どのみちぼっちになる運命だった私。やっぱ最初の実技で鍛練場に畑を作ったのが不味かったのかな～。

どの程度の事ができるのか好きなようにやってみようって言うからさ、鍛練場をほとんど耕して水を撒いたんだよね。先生が直してくれるって言うし、火の魔法とか派手系の技をやる子が多かったから、他ので派手にやろうと力が入っちゃった。

大満足で振り返れば、皆真っ青で。……やっちまったね、うん。

土魔法って地味だけど、実は制御するのが難しいんだと。慣れないとにかく地面が揺れるそうだ。……揺れなかったな、うん。

逆に火魔法は初歩なんだそうだ。まあ、イメージはしやすいよね。

という訳で、実技初日に上級者の枠に入れられた私は、見本を披露して見学というぼっち授業になりました。あまりの暇さに体術の足捌《さば》きの練習をしたら、気が散るので大人しくしてくれとやんわり言われたので、教科書を読むか、ルルーからの課題の刺繍をするか、領地の書類（王都屋敷の有効活用について）をチェックしています。ちなみに本日は刺繍の日。

《だいぶ上手くなったな》

「そう？　確かに指に針を刺す回数は減ったわね。バランスも良くなってきたかな？」

亀様キーホルダーは制服の胸ポケットが定位置です。

《最初は花か豆粒の集まりかも判らなかったが、バラだと判るぞ》

……うん……そのバラも一番簡単なデフォルメされたデザインだけどね……それくらいはできるようになったのよ！

そんな腕なのになぜ刺繍をしてるかというと、ミシルが興味を示したから。一緒にしようと始めたはいいが、ミシルの器用さったらルルーが喜ぶほどだった。初日は私より下手だったのに、次の日には同じくらいになって、もう今じゃ私の方は作品と言うのもおこがましくて並べられない。だからとサボる事も恐ろしくて、自習時間（ぼっち授業）にせっせとやってるわけ。

練習用の生地なのでアチコチに刺繍している。下手くそなのに布一枚に刺繍一個なんてもったいない！　何だかカラフルになっていい感じ……と、自分を慰めている……

「淑女は一日にして成らず、ですよ」

はい！　ルルー！　気を抜くと空耳が聞こえる……うぅ。

「うわっ!?」

誰かの大声に顔を上げれば、いつぞやのイヤミ坊っちゃんが火魔法の出力を間違えたようだった。他の生徒は火の大きさに動揺しているけど、先生たちは落ち着いて対処しているので私は何もしない。

「きゃあっ!?」

別な誰かの悲鳴にそちらを見れば、いつぞやのイヤミお嬢様が滝のような水を出している。それもまた先生たちが対処し、どちらも直ぐに収まった。

《まあ、あれが普通なのだろうな》

「そうみたいね」

《アンドレイが初めてドロードラングに来た頃の様だな》

「ああそうかも。懐かしいね～」

《サレスティアは、あれどころではなかったな……》

「そお？　あ～、亀様が現れる前から畑を耕してたからね～。ちょっと慣れてたわね」

ちなみに亀様とはひそひそ話です。下手をすると喋らずに終わってしまう時間なので、逆に喉に負担になるらしい。初回の自習授業の後に声が掠《かす》れたのにはびっくり。……黙っていることが負担とは、私の体はどうなっているのか……

お貴族子息たちが意外と制御できてないのは、お抱え魔法使いが教えないからではなく、どうせ学園に入って習うのだからと魔法は基礎だけで、礼儀作法と領地経営を重点的にするらしい。

学園なら暴走してもたくさんの魔法使いがいるから大事《おおごと》にならないんだとか。勉強と魔法とどっちもやってるんだと思ってた。そう言えばアンディもうちに来るようになってからの魔法制御だったっけ。今年、私とミシル以外の新入生の能力は大人しいらしい。

ミシルはまだ保健室にいる。

おにぎりに始まり、玉子焼き、プリン、スープ、温野菜サラダ、浅漬け、豚の生姜焼き、鶏の唐揚げ、ハンバーグ、餃子、肉まん、焼きたてパンにバター、サンドイッチ、フレンチトースト、雑穀粥、チーズリゾット、などなど。

色んな物（卵が多いな）を少量ずつ回数を食べるようになって、なんとなく表情も豊かになってきた。浅漬けにハマり、「野菜の味のする漬け物！」と喜んでいる。漬け物なんて保存食だし、大抵はほぼ塩辛いだけだもんね。

「村では塩はたくさん取れたから保存するのに何でも漬けていたよ」

ミシルがちょっとずつ自分の話をしてくれるようになった。ただ、まだ母親や魔物に関する事は言いよどむので我慢する。

担任が放課後に保健室でミシルに軽く授業をしてくれるので、大幅に勉強が遅れる事もない。私も復習のために一緒に聞いている。結界も腕輪もちゃんと効いている。

このまま平和に解決するといいな〜。

六話　青龍です。

「おらおら！　どうしたーっ！　騎士科の授業で何を習ってんだよっ！」

「くっそ！　また一段と速くなりやがって！　腹立つっ！」

タイトとマークが木剣で打ち合っている。……アレだけ動いているのによくまあ喋れるもんだ。

「お嬢～、良い感じか教えてくれ～ぃ」

下から土木班長グラントリー親方が声を張る。

はい。王都屋敷改築現場です。

私は食堂になる建物の二階部分にいて、ここから見える庭のチェック。大きな窓を付けるので、どうせならちょっと良い感じに庭も見せたい。

まだ骨組みだけの建物の床に板を渡しただけの所をてくてく歩いてみたけど、可愛いらしい花壇がアチコチ見える。うん、ＯＫ。親方に向かって両手で大きな丸を作った。

バキン!!

「っしゃあっ!!　勝ったっ!!」「あああああっ!?　俺の剣がぁ!?　コンの馬鹿力マー君がっ!!」「その呼び方止めろよな!?　タイトン!!」「ほほぅ、ちょっと会わねぇ間に調子に乗るようになったじゃねぇか、ぶっ飛ばす!!」「お前のそういう雑な言葉使いのせいでお嬢がケンカ上等になっちまっただろうが!!」「うるせぇ！　お嬢の雑さはどう考えたって生まれつきだろうが！　それでも止めるのがお前の仕事だろう!!」「止める隙が目の前で潰されてどこも摑めねぇよ！　じゃあ次はお前を呼ぶからな！　手伝えよ！」「絶対《ぜってぇ》嫌だ！　めんどくせぇ！　お嬢を止めるくらいならクラウスさんに飛びかかって殴られた方がマシだ！」

……………えっと、コイツらどうしてやろうかしら……グラントリー親方たちは笑ってるし。

まあ、たまのじゃれあいだから聞かない事にし「並べてみろ！　アンディの方がよっぽど女子力高いわ!!」

ぶっ飛ばすっ!!

「わあ、お嬢の周りは賑やかな人が多いね？　漁師も荒い人が多かったけど」

おっととそうだった。ミシルも一緒に来ました。

ルルーが手入れをしたピンクブロンドの髪が前よりも煌めいている。亀様腕輪を私の血でも作り、二個付けしてもらっての外出。リハビリに王都屋敷の改築の様子を亀様転移で見学。

屋敷を解体してみたら意外と敷地があり、腐っても貴族だったんだな～と改めて認識。敷地面積って数字で見たってわからないわ～。とりあえず、小規模二階建てのアイスクリーム専門店で出すことにした。増築の見込みあり。

ハンクさんたち料理班とキム親方率いる鍛冶班はアイスのコーン部分と新たな道具の製作中。これは立ったまま食べられるようにするのと、店での洗い物を減らしたいため。コーンには我が領のわら半紙を巻く。

一階はテイクアウトのみ。平民向け。その奥は二階のためのキッチンが占める。

二階は喫茶店の装いで、器にアイスとフルーツを一緒に盛るタイプ。貴族向け。

一階と二階は出入り口を別にし、二階用入り口前には車寄せと馬車用の駐車場を造る。階級の問題は根深いので少しずつ対処していくことにした。

あとは定休日を設けて、その日は希望した学生を招いて試食会（という名のお茶会）をする予定。いつまでも寮の食堂を使えないもんね～。もちろん寮の食堂職員も参加可。

「こんな大きな建物を作ってるところが見られるなんて嬉しい。すごいね。連れて来てくれてありがとうお嬢」

微かに笑うミシル。少しずつ打ち解けてくれて感じたのは大人しいなということ。人見知りでもなさそうなんだけど、なんか想像してたのと違う。まあ可愛いけど。

にへら。

「マーク！　お嬢のなけなしの女子力どこで落とした!?　見ろあの顔!?」「俺に言うな!?　あれでもルルーだって頑張ってンだよ！」

……お前らホントいい加減にしろよっ!?

「ああ、タイトも来てたんだ。だからマークに青タンができてるんだね。会いたかったな」

「ふん。タイトにもお揃いの青タンを作ってやったわ、仲良くね！」

「ははっ、容赦ないな」

「ふん！　あ、次に行く時はアンディも一緒よ？　親方もアンディに見て欲しいって。明後日の放課後はどうかな？」

「わかった。教室に迎えに行くよ」

「え、来てくれるの？」

「明後日は授業が一コマ少ないから丁度良かった。制服のままで？」

「うん制服で。あ～あ、いいなぁ少ないの。授業が暇で困ってるのよね、刺繍も上達しないし」

「上達してるよ」

「そお？　……まあ、チマチマとね……アンディの卒業前にハンカチくらいは贈りたい！　そしてあの虹という七色の直線を回収するのよ！」

「返さないよ」

「え!?　あの保存袋を回収すべく今頑張っているのに！」

「もう僕のだからね、絶対返さない。でも新しいのはいつでも受け取るよ。楽しみだな」

「うわっ、圧力！」

　パンパン！　と手を叩く音。

「二人とも今はダンスの練習です。お話は後になさって。でも表情は良いですわ。続けて」

　そこにはエリザベス姫が立っている。張りつけた笑顔は褒められた！

　皆ズルい……私《わたくし》も構ってくださいませ……

　との要請に、本日は慌てて貴族寮のダンス室にお邪魔しております。私とマークとアンディの護衛四人と姫の侍女兼護衛女子四人で、狭いフロアで綺麗に避けるダンスの練習。マークは手拍子係。ルルーはミシルに新しい刺繍の技を教えるために免除してもらった。

皆は貴族なのでちょっとずれるのは私だけ。それをアンディが上手くリードしてくれている。さすがですな。

……さて、どうやって保存袋を回収しよう……うぅむ。

姫の自主勉の時間が近づいたのでダンス終了。姫の侍女たちが淹れてくれたお茶を飲みながらお喋りタイム。

「食堂を？」

「はい。平民区画に合わせた大きさにします」

「あら、平民用のお店？　私《わたくし》たちは入れないのかしら？」

「まさか。ドロードラング《うち》のお店ですよ。誰でも使えるようにしますとも。でも貴族用には二階にテーブル席を設けます。それについての意見をアンディにもらおうと思っています」

「そういう事ですの。私《わたくし》も一緒に行きたいけれど、侍女科は試験前なのよ。開店後は必ず行くわね」

「ありがとうございます」

エリザベス姫は魔力が弱く、魔法科に入ってもクラスメイトも教師もやり辛かろうと言う学園長の助言に従った。本人も魔法についてはそれで納得している。

が、根が真面目な彼女は学科については学年トップだ。ぶっちぎり。「先生に恥をかかせたくありませんもの……」だって。ふっ、どの先生の事かなぁ。可愛《かわえ》えのぉ。

……ていうか何でダンスだったのか。お茶だけで良いのに。まあ、久しぶりのダンスだったから楽しかったけど。

何だかアンディの身長の伸びを感じる。まだヒョロっとしてるけどやっぱり成長期なんだな。


今日も塩むすびを持って保健室に入ったら、ミシルがおずおずと白いハンカチを差し出してきた。

遠慮なく広げて見れば、四隅に可愛いヒマワリが刺繍されていた。

「お嬢はヒマワリみたいだから……」

ハンカチとミシルを交互に見る。え？　……え？

「材料はルルーさんにもらった物だから申しわけないんだけど、お礼に受け取って、ください。

……いつも、私に良くしてくれて、ありがとう」

……やばい、はにかむミシルが可愛い……！

「さっき学園長が来て、そろそろ授業に出ても大丈夫だろうって……お嬢の、おかげです」

あああああ可愛い！　まだまだ痩せているけど顔色が良くなっただけでこんなに可愛いとは！

ガッ。

「いてっ」「お嬢、ヨダレ」

ハッ!?　いや垂らしてないよ！　後頭部をチョップをしたマークを睨む。ルルーは苦笑。

「お嬢様、ミシル様から受け取ってくださいますね？」

「あ、はい！　もちろん！　ありがとうミシル！　嬉しい！」

良かったとホッとする顔に、あぁ、なごむ～……

改めて、差し入れの塩むすびを皆で食べる。学園医のマージさんもすっかり米に馴染んだ。

「コメって本当に腹持ちが良いわよね。間食が減ったものだから旦那に何か病気かって言われたのよ、まったく失礼しちゃうったら」

まあ確かにぽっちゃりではあるけど、ちょっぴり（これ、重要！）ふくよかおばさんなマージさんは顔つきが穏やかなので「優しいお母さん」っぽい。お医者なので当然仕事の手際もいい。ミシルが血を吐いた時もだったけど、それ以外にも包帯なんてあっという間に巻き終える。マークとの特訓中に怪我をした子を連れてその様子を見た。そして、ちょっとホームシックにかかった子たちのいい相談役でもある。

そんな彼女でもミシルを籠絡できなかったのだから、なかなかミシルは手強い。

そのミシルがハンカチをくれる日が来るとは……嬉しい。

そして、この上達速度に戦《おのの》く……

「おにぎりは焼いても美味しいんですよ！　次は醤油味と味噌味と二種類作りますね」

「あら楽しみ！　ショーユってこの前豚肉を調理したものよね？　あれも美味しかったわ～。寮の食堂は大繁盛ね。ミソがわからないけど、あなたが持って来る物だから美味しいわね、きっと」

あ、そか。出汁を海産物に拘《こだわ》って味噌汁を作ってなかったけど、豚汁でもいいのか。よし、次の休みは豚汁作ろー！　あ、茸もあるから醤油味でけんちん汁もありか。……うん、まずは肉で釣る。

「お嬢のご飯は何でも美味しい……村は貧乏だから、お嬢のご飯を皆に食べさせたい」

あざーす！　ご要望があればいつでもどこでも作りますよー！

「任せて！　ミシルの魔力の件が片付いたら村まで作りに行くよ！」

「！　……ありがとう……卒業したら、お願いします」

「何言ってるの、今度の長期休みの時でも良いのよ？」

ええ!?　と驚くミシルも可愛い。

「だってお腹空かせてるんでしょ？　いっぱい食べさせるわよ～」

ゆっくりとミシルの顔が曇る。うわしまった！　急《せ》かしすぎた！　反省しているとミシルがおにぎりを置いて手を握りこんだ。

「あの……、本当は、私、何も、……わからないの」

ん？

「お母さんと、海に落ちて、二人でどんどん沈んで、底で、何かが光ったと思ったら、黒い物が……お母さんを……通り抜けて…………私の、方に、来ようとしてたお母さんが……ぐったりして……お母さんを助けなきゃって、滅茶苦茶に泳いだけど、ぐるぐる回って、痛くて、苦しくて…………気がついたら、浜に立っていたの……」

小刻みに震えるミシルを、私とマージさんが両脇から抱きしめる。

「何だか、よくわからなくて……でも、自分の体がおかしくなったのはわかって……助けを呼ぶと、体中が痛くなるの……友達が来てくれて、嬉しいって思うと、何かが体から飛び出して、友達を傷つけた……ご飯を持ってきてくれたお母さんの仲良しのおばさんたちも、傷つけたの……」

私たちの手を握り、静かに涙を流す。

「恐かった、恐いよ。お母さんは起きない、死のうと思うだけで、体中が痛くなる。体力をつけようとすると、わからない力が、体から飛び出す、それを止められない、……ご飯を食べなければ、飛び出ない……！」

ミシルが私を見る。

「……恐いよ、恐い。また、誰かを傷つける、それが恐い」

自分の中のわからないモノが、優しい人ばかり傷つける。帰りたい、お母さんとあの村に帰りたい。だけど、独りも辛い、独りも、恐い。目覚めないお母さんのそばにいるのが、辛い。でも、お母さんがいなくなったら、もっと恐い……

私はミシルを抱きしめた。ミシルが私の服を掴み、肩に顔を埋める。

「……誰か、助けて……！」

細い、細い体。領地の外ではまだまだこういう子たちがいる。だけどミシルに憑いているのは、政治ではなく魔物だ。いったいこの娘が何をした？　母親が村の誰かが何かした？　ミシルの話も、学園長から聞いた村長の話も、特に落ち度はないと思う。

ミシルは、誰も傷つけたくなくて籠《こも》っていた。

村人は、ミシルが帰ってこられるならと見送った。

「わかった。……話してくれて、ありがとう」

と、言いつつも現状維持しかできないのがもどかしい。

とにかく何をするにもまずは体力なので、ミシルには今まで通り色々食べてもらう。

そうして、短くても一年くらいを目処に進めようと亀様と学園長と話し合ったのだけど、あっと言う間に事態は動いた。


「はぁ……緊張する……します」

ミシルが復帰した日は丁度魔法実習の時間があり、病み上がりの彼女も私と見学に。やった！やっとぼっち脱却だよ！

一時的なのはこの際置いておく。

ミシル自身は魔法を使った事がないらしく、放課後に学園長立ち合いのもと個別実習になる。もちろんそれには私も参加。

今はイメージを作るために他の子の魔法を見学。

「わー、本当に魔法だ……ですね」

私には敬語禁止をお願いしたけど、他の貴族の手前、第三者がいる場合は基本敬語に。

使えるようになって損はないのでルルーとも練習してもらっていたが、私とは慣れたのか口調が砕ける。

自分で言うのも何だけど、私は田舎臭いのを隠そうともしないからね！　敬語なんて出ないよね。

「魔法は想像することが大事ですから、しっかりとご覧になって」

なので、私も頑張ってお嬢様言葉を使う。

「はい」

昨日のうちに練習をしたのでお互いに笑う事もない。いや、口許が微妙にもにょもにょしてる。むずがゆい！　でも我慢！　別な意味で辛いけど二人だから楽しい。

クラスメイトの魔法を見ながら、最初はあの男子くらいの大きさの火をイメージしましょうとか、もちろん何も起きなくても練習を重ねるうちに出るようになりますとか、何でもないような事を説明する。誰かが魔法を使う度、ミシルの目が見開く。私の声が聞こえているのかあやしいが、一所懸命に頷く姿にほのぼのとしてしまう。

自分の知らない事を学ぼうとする姿は好感が持てる。ミシルは素直で真面目だ。

ほんと胃袋を掴むって大事。それができれば半分は攻略済み。今までの経験則だ。

残りは……残りは何だ？

優しさ？　私の周りはたまたま優しい人が集まっただけ？　ありえる！

力ずく？　まあ、亀様に盗賊たちやシロウクロウにはそうだと言い切れるな～。白虎《びゃっこ》に関してはサリオンの可愛さよね！

財力で？　って言うほどのものも無いんだけど……あ、遊具か、あれは財力だよね。

…………もしかしてとても運が良いだけ？

だ、誰に感謝すれば良いの!?　どこの神様!?　亀様!?　私に運を集めてくれた何か！　ありがとう!!　運のある内に領地を磐石なものにしなきゃ！

「うわあっ!?」

イヤミ坊っちゃんの安定の暴発。

ああやって驚いたフリをするけど、先生が他の生徒に付いてる時にやってんのはバレてんだよ。いつもこっちを見ているし。

暴発した火球がこっちに飛んで来たのをいつもなら手で握り潰すけど、今日はミシルがいるので三メートル先でガード。途中で潰れるようにして消えた火球を、慌てないで見られるようになれば避《よ》ける事もできるとミシルにアドバイス。

まあ、腕輪に仕込んだ亀様ガードがあるので、ミシルに当たったとしてもケガはしないけどね。しかし、よくまあ毎度狙ってくるもんだ。他の平民の子たちにはしないし、逆に構ってくれてるのかと放《ほう》っておいたけど、ミシルがいても変わらないとは……そろそろシメるか？


「きゃあっ!!」

こっちのイヤミお嬢ちゃんも懲りずによくやるよ。ノーコンと烙印を押されてまで私を水浸しにしてどうするんだろ？

迫る水にミシルが私の袖をギュッと握りしめる。あ！　水はまだ駄目か！

慌てて水流を消す。

「ごめん！　もう大丈夫だよ」

「う、うん、ごめん、びっくりした」

ミシルが震える手を失礼しました！　と慌てて離した。それを私が握る。

「ごめんなさい、配慮が足りなかったわ。絶対守るからね」

しっかりと目を見て伝えると、微かに笑うミシル。

「うん。……お嬢に守るって言われると、とても安心する」

その証拠というようにミシルの手の震えが止まった。

うわ、嬉しい……

《オ前ヲ守ッテイルノハ、我ダ》

ミシルの口から低い声が出た。

ミシルの目が不安に揺らめいて、白目をむいた。

握り合っていた手からガクンと力が抜ける。


ドン!!


ミシルから突風が吹き、吹っ飛ばされた。

地面を転がりながら他の生徒の所に防護結界を張ったが、威力を半分も抑えられなかった。亀様の防護があるので大惨事ではなかったけど、ほとんどの生徒がミシルと逆側の壁に軽くぶつかったようだ。

バキン!

ミシルの腕輪が折れた。マジか。ミシルの足下に欠片《かけら》が落ちる。

「お嬢！」

鍛練場の外で待機していたマークとルルーが駆け寄ってくる。

同時にミシルの周りに薄黒い霧が発生。そしてミシルをゆるゆると取り巻きだした。

それが、どんどんと黒くなっていく。

《出るぞ！》

もっと太らせてからの予定だったのに！　ゆっくりと地面に倒れていくミシルに近付けない。

ミシルの体のどこにこんなに隠れていたのかというくらいに鍛練場の空を覆いつくした黒い靄《もや》。

それがゆっくりゆっくりと集約されて、細長い形になった。

《我が巫女《みこ》に手を出そうとは……》

地を這うような低い声に、何とか踏ん張っていた生徒たちの何人かが気絶した。

《その命、無いと思え!!》

七つの玉を集めると現れるあの龍の様な姿が、鍛練場の空いっぱいに現れた。緑、碧《あお》、青と煌めく鱗が美しいが、その目は赤黒く染まり、怒りのオーラが圧縮された風となって生徒に叩きつけられる。

《青龍か》

その竜巻のようなものが生徒たちに当たる寸前で空にかわした亀様が断言した。

上空から、パリン、パリンと、学園の結界が壊れていく音がする。

「青龍!?　……あれが、あんなのがミシルに憑いていたの……」

「……いやホント勘弁して欲しいわ～……ルルー、逃げ道無さそうだから気をつけてな」

「マークこそ。……ここからじゃミシルを確保するのに鞭も届かないわ」

なんか余裕のある会話が聞こえた。でもマークもルルーも真っ青な顔をしてる。

「ちょっと、無茶はしないでよ二人とも？」

「お嬢に付いてて無茶をしないって無理だろ」

「生徒はほぼ気絶しましたよ。教師も圧倒されて動けなさそうです。まあ、私もですけど」

『お嬢！　すまぬ！　結界の維持固定にしばし掛かる！　今そこで何が起きとるのじゃ？』

「学園長！　そっちは皆無事？　こっちはミシルから青龍が出たわ」

『青龍!?　四神の!?』

「亀様がそう言ったから間違いない」

『くっ！　こちらは生徒も教師も怪我はない！　避難を開始しておる！　お前たちも逃げるんじゃ！』

「落ち着いて。四神ならなおさら結界の強化を。とりあえず上は無くてもいいから横への被害が広がらないようにお願い。大丈夫、こっちには亀様もいる。まずは他の生徒の完全避難を」

『くぅっ！　すまぬ！』

《何を、こそこそと、話しておるのだ……》

青龍が私たちを見据えた。

立ち上がる私の前にマークが立つが、それを引いて前に出る。会話チャレンジよ！

「貴方《あなた》と、話をしようと思って」

《話？　……何を？》
よし、返事してくれた。
「ミシルを助けるために」
《ミシル？》
「貴方が取り憑いていた女の子よ」
《知らぬ。我が望む者は、ノエルのみ》
「ノエル？　それは誰？」
《この娘《むすめ》だ》
青龍の目線の先には倒れたミシルしかいない。
「違うわ。その子はミシルよ」
《ノエルだ！　一度は天寿を全うして死んだが、再び我の元に戻ったのだ！》
はあ？　天寿を全う!?　生まれ変わりって事？
「たとえそうだとしても、その娘は何も知らないわ。今生《こんじょう》はその娘のものよ？」
《うるさい!!　もう我は騙されぬ！　もう眠らぬ！　ずっとずっとノエルと共に居《お》るのだ！》
いやいやいやいや、ちょっと待て。仮に生まれ変わりだとしても、泣かしてまで取り憑く事が良いわけない。
ミシルが寂しい思いをしたのは、コイツの我が儘が原因か？
……沸々と怒りが湧いてきた。
「……コンの、ボケ龍がぁ……」

《何!?》

「本命間違えてる上に駄々捏《こ》ねてんじゃねぇよ!!　子供を、女の子一人をあんなにボロボロにしやがって!!　やっぱりぶちのめす!!」

グラグラと腹の底から沸騰する怒りとともに私の魔力が高まる。

そうだ、あの娘は「ミシル」だ。「ヒロイン」ではない。

「私」が「生粋のサレスティア」でないように。

私だって勘違いをした。

でも、それを正したのはミシル自身だ。彼女は、彼女として充分に魅力的な娘だ。

だから、私は、い、い、い、ミシルと友達になりたい。

私の魔力がうねる。

マークが私を青龍から庇う位置に立つ。顔色は変わらず青いし、切り傷だらけで体のあちこちから血が滲んでも青龍へ向いたまま。

亀様が生徒たちを転送した。きっと他の生徒の避難先へ。ありがとう!

学園が纏う、学園長や魔法使いたちの結界に重ねて、亀様の防護結界も展開される。

今、結界の中にいる人間は私、マーク、ルルー、そして倒れたままのミシル。

「マークはルルーを」

そう言って前に出る私。

青龍からの圧が強まった。青龍の怒りに合わせてなのか、どんどんと空間がおどろおどろしいものになっていく。

それを感じて、私の怒りのボルテージもどんどん上がる。怒りに合わせて具現化したハリセンが金色に輝きだした。

こんな。

こんな、立つのも辛い魔力を抱えて、三年も過ごしたのか。誰も怪我をしないように、友達も遠ざけて、たった一人で。いつ目覚めるかわからない、突然朽ち果てるかもしれない母親だけを頼りに。

《ノエルは、我のものだァァ!!》

結界の中で稲妻が縦横無尽に暴れる。鍛練場の地面は割れ、壁は抉《えぐ》れた。轟音の中でパリン！と結界が割れていく。

光のかまいたちが制服の端を切り裂く。亀様ガードを貫通するのか！

両腕で顔を隠しながらマークとルルーを振り返ると、二人にも切り傷ができている。

怒りでこめかみの辺りがピシリと鳴る。

《落ち着け、サレスティア》

「亀様は学園が壊れないように結界を！」

《承知。お前たちの守りも強くする》

「ありがと！　アイツ、好きに暴れやがって!!」

《……落ち着け》

ピカッ!!

分散していた稲妻が一つになってこちらに飛んで来た。さっきの亀様のように、逸らすために水と風を発動。間に合え！

「お嬢!!」

マークとルルーが盾になろうと動く気配がした。

絶対させるか！　危ないでしょ！

水に釣られて稲妻が少し動いたが、そもそもが大き過ぎる！

くっそ！　土壁！　あとはハリセンで打ち返してやる！　マークとルルーだけには当てない！

その時、光に何かの影が飛び込んだ。

ウオオオォォォオン
ガァアアァァアアア

獣の咆哮が聞こえた瞬間、光が霧散した。

目の前に、白い獣、黒い獣、そして、白と黒の縞模様の獣の後ろ姿があった。

「え……なんで……？」

《主《あるじ》の危機には参じると言ったはずだ》

《青龍か、また厄介な相手と正面切って……》

《姉上、無事か？》

キョロッと白虎だけが振り返る。その姿は私よりも大きい。もう抱っこどころじゃない。

「何でそんなに大きいの!?　サリオンは!?」

《サリオンはベッドで寝ているぞ。シロウとクロウから魔力を分けてもらったから大きいのだ。カッコ良かろう？》

ふんスーと鼻を寄せて来たのでとりあえず撫でた。大きくなってもゴロゴロとのどを鳴らす。

《姉上、我らを好きに使って良いぞ～！》

コトラの表情だ。コトラだ。虎なのに。……ふふ、変なの。

よし。

「助太刀感謝する！　シロウとクロウはマークとルルーとミシルを守り、白虎は私を青龍のそばへ！」

《《《承知！　》》》

風の魔物たちは飛んで来る光を危なげなく避けて進む。あちこちと移動してるはずなのに、背に乗っている私は全然振り回されない。視界いっぱいのたくさんの光の刃に全く恐れない。かすったところで怯む様子もない。

ああ、頼もしい。皆頼もしい。

轟音の中、稲妻が当たっても、人混みですれ違う誰かと当たる程度の衝撃と、静電気のような痛み程度なのを亀様に感謝しながら、青龍に向かって真っ直ぐ。

そして。

白虎の背から飛び出し、ハリセンを振りかぶった。

「コンの!!　ストーカー野郎があああ!!!」

縦一閃。青龍の顔がひしゃげた。勢いがつきすぎて一回転する私。

「好きだと言うなら！　ちゃんと！　見ろぉおっ！」

一回転した勢いに任せ、今度は右へ横一閃。青龍の顔が右に動く。

「最期を看取《みと》ったと言うのならぁっ！」

逆の左に横一閃。

「それほど愛したのなら!!　ちゃんと見ろおおぉォオ!!」


ドガァアアアンン!!!


両手で上から下へ振り抜いたハリセンの先で、青龍は、地面にめり込んだ。

その場所にいたはずのミシルは、離れた所でルルーに抱かれてマークたちに守られていたが、意識のないミシルに私のどこかがまたキレる。

『ノエル』とは誰だ？

どこがミシルと似ている？

その『ノエル』も、オマエハ、ボロボロニ、シタノカ……？　ナラバ、モウ、サセナイ、……トドメヲ……「駄目だよ」

静かに昴る私の前に、黒い人影が現れた。
「またそんな顔をして」
優しい、聞き慣れた、声。
伸ばされる、手。
頬に触れる、手。
アンディの手。
「もう大丈夫だよ」
目が合うと、にこりとそう言って、ふわりと私を包む。
私の、心臓の音がする。
アンディの心臓の音もする。
……あぁ……
アンディの服を摑んで、目を、閉じた。

七話　さらばです。

再び目を開けるまで、静かな時間が流れた。
アンディが私の背をゆっくりとトントンしている。
……あ～、気持ちいい……
地面に半分埋まった青龍は、その間ピクリともしない。
でも、その目から水が溢れていた。白虎たちが近づくと、青龍はぽつりとこぼした。
《……いつか、また会おうと……約束したのだ……ノエルが、言ったのだ……》
もう、禍々《まがまが》しい空気は綺麗に晴れていた。
《我は長寿だから、生まれ変わっても、きっと会えると……ノエル……ノエルぅ……》
青龍は幼児のように泣き出した。
その声を、アンディに包まれながらぼんやりと聞いていた。
《あらあら、泣き虫は変わらないのね～》
ふと聞こえた優しい声に青龍がハッとして頭を起こす。
《のえる？》
《あら。あらあら！　やっと聞こえた！　良かった～》
青龍の顔の前に優しく光る小さな玉が現れた。青龍の涙が滝になった。

《ノエル！　なんだその姿は!?　生まれ変わったのではないのか？》
《天には昇ったのよ？　生まれ変わる時までそこで眠るはずだったのだけど、あなたが暴れて手をつけられないと起こされたのよ～》
誰に……イヤ、いいです……
《起きたは良いけどあなたは全く私の声が聞こえないし、そのくせ私を呼ぶし、人間たちに封印され、封印が解けて暴れてまた封印されて。さてどうしたものかと思案してるうちにあの娘《こ》の村の舞が効いたのよ。さすが、神に祝福されたものは略式でも効くわね～》
え。
光の玉がこちらに近づいて来たが、私の一歩前でガクンと下がる。慌てて両手を出して受けとめるが片手でも余るくらいに小さい。そして、温かい。
《あら失礼。初めまして玄武の愛《いと》し子《ご》たち。青龍の目を覚ましてくれてありがとう。私はノエル。『青龍の巫女』よ》
『青龍の巫女』？　『玄武の愛《いと》し子《ご》』？
「はっ！　初めまして、『青龍の巫女』様。サレスティア・ドロードラングと申します。緊急時とは言え青龍への暴行、申し訳ありま、」
アンディから離れ、光の玉を捧げ持ち、頭を下げたのだけど、
《良いのよ～、謝るのは私。私が育て方を間違えたのよ～。大人しくていい仔だと思っていたけど、寂しくて暴れるなんて、もっと他の四神と遊ばせれば良かったわ～。あなた女の子なのに傷だらけにしちゃってご免なさいね。そちらの二人も。治癒をしてあげたいのだけど、もうその力もない

の》
マークとルルーがぶるぶると首を横に振る。
……なんか、すごい事を聞いてるはずなのに普通のママさんみたい……
《久しいわね玄武《げんぶ》、白虎。手間を掛けさせてご免なさいね～。あらあらうふふ。玄武は随分可愛いわね～。生まれた時のようだわ懐かしい～！》
《うむ。本体は大きくなったぞ。それにしてもまだ巫女が残っていたとはな》
《うむ！　ものすごく久しいな！　スゴいな！》
《ふふ。巫女としてはもうとっくに終わりよ？　こんなに小さくなっちゃったし、生まれ変わりどころじゃなくなるわね～》
《え!?》青龍がグン！　と近づく。デカイ!!
《消えてしまうのか!?》
《うふふ、もう少しでそうなるところだったわよ？　そんな図体で騒いだら迷惑だから小さくおなりなさいな》
青龍がしゅるしゅると縮んで、三十センチ程度のタツノオトシゴになった。
えええええっ!?　それっ!?
《あら四神は伸縮自在よ？　……ああ、玄武は討伐された事がないから自在に変えられないのね。え？　変えられるけど質量が変わらない？　へぇ～！　まだまだ知らない事があるわね～。え？白虎は苦手なの？　あらあら》
《そんな事よりノエル！　消えてしまうのか!?》

小さくなった青龍に見えるように膝をつく。隣ではアンディも正座をして、青龍をその手に乗せて巫女と同じ高さにする。

……アンディすげぇ、タツノオトシゴを知ってるんだろか？　水中でもないのに足も無いのに立ってるんだけど、そしてわりとデカイんだけど、あっさり手に乗せた……

《ちゃんと話を聞きなさい。消えはしないけど、生まれ変わるのにも力が必要なんですって。あまりに小さいとその力が溜まるまで時間が掛かるのですって。……あなたとまた会えるのは当分先になるわね》

そんなぁ、とキラキラとした青いタツノオトシゴが途方に暮れる。

《まあ、仕方なかろう》

《そうだな。お前がマヌケだっただけだ》

《お、お前たちは！　巫女が居《お》らんで寂しくないのか!?》

亀様と白虎は見合った。そして青龍に向かって《《　別に　》》

《薄情者！》

《巫女が儚《はかな》くなってもう随分と経つ。その時は寂しかったが、我が残されるのはわかっていた事だ。それに今はサレスティア達が居《お》るしな》

《我もその直後は泣いたが散歩している内に気が済んだ。今はサリオンも皆も居《お》るしな、楽しいぞ！》

青龍の動きが止まる。

《我らだとて巫女たちを忘れた訳ではない。感じる事もないが何処かに生まれてはいるのだろう。

ただの人として》
《巫女が離れるのは我らが四神として一人前になった証拠だ。お前、解っているのだろう?》
青いタツノオトシゴがオロオロとしだす。
《……お前たちも……泣いたのか……》
《《泣いた》》
《島の一つ潰すくらいには暴れたな》
《うむ。大陸を一つ砂漠に変える程にグルグルと走った!》
災害!　ただの災害だ!　スケールがおかしい!
呆気にとられているとアンディも同じ顔をしていた。良かった……私だけズレているのかと思った……
《青龍、あなたは独り立ちをするの。私はもう見届けられないから、困ったら玄武と白虎を頼りなさいね。朱雀《すざく》は何処にいるかわからないから》
《ノエル、待ってくれ!》
《本当はね、三年前に尽きるはずだったの》
三年前という単語にドキッとした。
光の玉がこちらを向いた様な気がする。
《あの娘が母親を助けるために自分の全てを母親に注いだ時に、私にも流れで注がれたの。だから今まで、いえ、今、こうして話す事ができるの》
え、……全て?

《同じ母親代わりとして同調してしまったのもあって今日になってしまったけど……そろそろ逝くわね》

光の玉はふよふよと、ルルーに抱かれたミシルに飛んで行く。

ミシルの胸の上に止まるとキラキラとしたとても優しい光がミシルに注がれた。

全てがミシルに吸い込まれてから光の玉が離れると、ミシルが目を開けた。

「……おかあ、さん……？」

（よく頑張ったね！　さすがあたしにはもったいない娘！）

光の玉から別の声がした。

「お母さん！」

（そのまま横になってなさい。ルルーさんだったね、すまないけどミシルを抱いててくれるかい？）

ミシルは体に力が上手く入らないようだ。ルルーが光の玉に向かって頷く。

（ありがとう。え～と、お嬢？　さん？）

光の玉がまた私に向かって来ようとするのを、近づいて両手に乗せる。

「サレスティアよ。ミシルのお母さん？　本当に？」

（そう本物よ！　こんな格好《なり》で本物もおかしいけどさ！　ミシルがすっかりお世話になっちゃってありがとね！　まさか、あそこで死んじゃうとは思わなかったからさ～、参ったね～）

爆弾発言！　何このヒト!?

「やっぱり、死んじゃったの……？」

ミシルが弱い声を出す。

（うん。ずっとそばにいたのに、何もできなくてごめんねぇ）

「……そばに、いたの……？」

（いたよ。ずっと見てた。頑張ったねぇ）

「わ、私、何か、余計な事、したのかな？」

（な～んにも！　ただ、竜神の封印が解けただけ。たまたまあたしがその通り道にいただけ。あんたが実は治癒術を使えただけ。最後にこうして話をできるのこそ、ミシルのおかげだよ）

「助けられなくて、ごめんなさい……」

（何言ってんだい！　あたしの人生はミシルのおかげでとっても楽しかったんだよ！）

ミシルの悔やんだ声を吹き飛ばすように、ミシルのお母さんは軽やかに笑った。


村の舞師は代々、桃色の髪の女が務《つと》めてきた。

竜神が封印される際に、その力を弱めた舞を舞った術者がそうだったと言われている。

最初は三百年前の話だが、海が荒れ始める時に舞えば波は収まるし、桃色の髪の娘ならばその違いは著しかった。桃色の髪の娘ならば半日で収まるところを、他の髪色の娘ならば一週間かかり、桃色の髪の男では二週間かかった。もちろんその間は舟を出せない。

桃色はなぜか上手く子に継がれず、他所から養子縁組をする事が多かった。ミシルは、村から二つ隣の街の孤児院にいた。

同じ髪の色の誼《よしみ》で、あたしの娘になってくれないかい？

教会の神父立ち会いのもと、あっさりと養子縁組は済んだ。神父は村の事を知っていたし、ミシルは、母親という存在に憧れていたから。

今からあたしがお母さんだよ？　よろしくねミシル！

神父も孤児仲間も皆仲が良かったけど、母親と手を繋ぐという事はミシルにはこの上なく幸せを感じるものだった。この後もミシルは、母とできる限り手を繋いだ。

村に着くまで新しい母はたくさんの話をした。

自分ももらわれてきた事。海がよく荒れる時期に舞を舞う事。それ以外は村人と同じ生活をする事。口は乱暴だけど優しい人ばかりの村の事。その中でも村長が一番のお人好しな事。結婚はしたが、漁師の旦那は海で亡くなった事。子供はなく、亡き夫に操を立てたので養子を探しにきた事。

皆貧乏だけど、舞の後継ぎが一番の優先事だから旅にカンパしてくれたんだ。思っていたよりすぐに会えたからちょっと贅沢しようかな！

そう言って、ほんのり温かい握り飯を二つ買った。

おにぎりなんて何年ぶりだろー？　よく嚙んで食べるんだよ？

孤児院でもまともに白米というものを食べた事がなかったミシルは、母の言いつけを守って一所懸命食べた。手に付いた米も懸命に食べて顔を上げると、母は慈愛に満ちた顔で頰に付いたご飯粒を優しく取ってくれた。

ふふっ、可愛い。美味しかったかい？

その指の米粒は母が食べたが、その行為にとても驚いた。

自分に付いていた物を食べた。

孤児院の外に出れば汚ないと言われる自分の食べかけを、苦もなく口に入れた。

母とはすごい。

やっと着いた村は確かに貧しそうだったが活気はあった。母の言う通り口が悪い者が多かったが、皆ミシルの頭を撫でてくれた。

ボロ小屋でも母と二人きりの家はとても居心地が良かった。一つの布団にくっついて寝るのがとても幸せだった。

日が暮れれば寝るしかないので、仕事の合間に舞を教わった。十分程の舞は、波が収まったと漁師たちに判断されるまで休みつつ踊るという。

舞う母は、美しく、格好良かった。

それを懸命に覚え、村人にも褒められ、次は一緒に舞おうねと約束した日。二人で海に落ちた。

それまでのたった二年が、親子の時間だった。


（踊り……覚えているかい？）

「うん。覚えてる」

（一緒に踊れなくてごめんよ……約束、破っちまったね……）

「うん……最後に見せてあげたかったけど……」

ミシルの手を取った。驚いたミシルが私を見る。お母さんとの会話中に邪魔してゴメンね。今、治癒をするよ。少しずつ、少しずつ、ミシルに注ぐ。

「……ありがとう、お嬢。お母さん、見ててね」

そうしてミシルは舞った。

巫女舞のように静かに動くその舞は、厳かに、心地好く、空気と溶け込むような感覚を覚えた。

どこからか鈴の音が聞こえてきそうだ。

綺麗……これが、神に祝福された舞……

《この舞が、私の声を青龍に届けてくれたの》
落ち着くようにと、ずっと聞かせて育てた子守唄を歌っていた。
荒ぶるものよ、静まれよ。
《桃色の髪が、私と同じだったのもあったわね》
青龍は覚醒しきらない意識で、それでも安心して、また眠りにつく。
そばにいた、と。
《青龍が生まれて、そして、別れた場所から、随分と遠くへ来たわ》
じりじりと減っていく力に、焦っていた。
《あの村の海に落ち着いて、正直ホッとしたの》
歌えなくなった後に不安があったが、どうすることもできなかった。
あの舞があれば、青龍を少しだけ、大人しくさせられる。
でも、封印されたり討伐されたり、いつまで続くのか……

《ミシルが母親に、自分の命の全てを注いで空っぽになった時、青龍がそれを感じて、私だと勘違いをして助けるためにミシルの体に入った》
どういう作用があったのかいまだにわからないけれど、私たちは留《とど》まることができた。
《青龍は、私と離れない事に必死で、ミシルは、母親と離れない事に必死で、私たちは、あの子たちが心配で……でも何もできなかった……》
ミシルが、立ち直ることを選んだ事が鍵だった。光の玉を維持していた力が、ほんの少しずつ、ミシルに戻り始めた。
《やっと次に進める。青龍の、ミシルの、私たちの時間が動き出した……ありがとう、サレスティア》
私はミシルの舞を見たまま首を横に振った。
《ノエル……》
タツノオトシゴは、光の玉を見つめていた。

溢れる涙を流れるにまかせ、ミシルは踊りきった。

私の手の光の玉を見つめる。

ミシルが光の玉を受け取る。

「お母さん、私を見つけてくれて、ありがとう」

声は、少しだけ震えていた。

（うん、あたしもミシルに会えて本当に良かった。踊りも最高に良かったよ。自慢の娘としか言う

ことはないね！　後は……幸せにおなり。それがあたしへの供養だよ）
新たに涙が溢れた。ぼたぼたと涙がこぼれていく。
「……わがった……お母《があ》さん、大好き……！」
（……うん、どこにいても愛しているよ！　じゃあね！）
光の玉はミシルのおでこにちょんと当たって、今度はタツノオトシゴにも同じくちょんと当たった。
《青龍も達者でね～》
《ノエル！》
ゆるゆると光の玉が空に上がって行く。
《……さらばだ……》
青龍のその呟きの後、スーッと消えた。
私はミシルを抱きしめ、アンディはタツノオトシゴの気が済むまで手に乗せていた。

その後は大騒ぎだった。
まあ、青龍の姿は見られてしまったし、亀様は私のポケットに入ったままだったけど、白虎は青龍にじゃれて見つかってしまったし、シロウとクロウは白虎のお付きよろしくじっとしていたから、やっぱり見つかったし。

シロクロはともかく白虎を黙らせる事はできず、ミシルに憑いていたものが青龍だったこと、私の従魔が自分の眷属なのでそれに付き合い、私と一緒に青龍を倒したと、様子を見に鍛練場に来た学園長以外の人にもバラしてしまった。生徒も含む。

うぅ、どうせなら白虎が青龍を抑えたと言ってくれればいいものを……皆の私を見る目に脅えが浮かぶ……まあいいけど。

《この度は我が暴走した事で大変な迷惑をかけた。申し訳ない》

キラキラと青く煌めくタツノオトシゴが丁寧に頭を下げる姿に、耐性があるはずの学園長すら呆気にとられた。

四神が頭を下げるなんて思いもしないよね……私もちょっとびっくりした。素直か。

《怪我人がいるならば我が治癒をするが、どの様な状況だろうか？》

幸い、転んで擦り傷程度のものが多く、鍛練場で壁にぶつかった生徒が何人か打ち身を訴えた以外は私らの切り傷が一番酷かった。制服も破れているしね……服……あ～ぁ。

あ。

「アンディ、来てくれてありがとね」

「ん？　うん。間に合って良かった。近距離なら転移できるようになったんだ。上手くいって良かったよ」

「ええっ!?　転移!?　本当!?　スゴい!!」

「壁をすり抜ける程度だよ。だからほとんどは亀様に手伝ってもらったんだけどね」

「いやいや！　壁抜けだってスゴい事だよー！　私できないもん。難しいよ」

「ははっ、僕の方がお嬢に会いたいからね、頑張ってるんだよ」

「私だって会いたいと、ぁあ！　アンディのそばへって思えばいいのか！　それならできそうな気がするかも。今から練習するから付き合って」

「駄目だよ、休んでからね」

「え〜今ならすぐにできそうなのに〜」

「さっきまで大立ち回りをしてたんだから、今やってもできないよ」

「不納得！」

「新しく魔法を使う時は万全の体調で。習ったでしょ？」

「……習った」

「そうしないとちゃんと僕の所に来られないよ？」

「私がアンディのトコに行けないわけないじゃない」

「はいはい」

「うわ、上から。ぶつかるくらい近くに転移してやる！」

「はいはい」

「ちゃんと受けとめてよね！」

「それは任せて」

トントン。

ずっと抱きしめたままだったミシルにタップされた。

ん？

「聞いてるこっちが恥ずかしいから、離して……」

は??

マークとルルーが噴いた。


とりあえず、怪我をした生徒は治癒教師が手当てをしていたので、青龍は教師を手伝って鍛練場の修復。

ミシルも青龍の治癒を受けてから保健室へ。

今日はもう生徒全員が自室待機になった。見た目だけなら校舎は元に戻ったけれど、四神が二体も現れたのでそれはそれは大騒ぎ。生徒たちは誘導されるまで遠巻きに魔物たちを見ていた。

学園長は王宮に呼び出され、騎士団が厳戒態勢をとり、生徒である私は関連あると判断され（まあ、あるけども）、白虎と青龍と鍛練場にいた。

マークとルルーはミシルに付き、アンディは残って私の定位置のベンチに一緒に座ってくれている。

《この後、我はどうなるのだろうか?》

タツノオトシゴが聞いてきた。

《騒ぎを起こした責はとるつもりだが、ミシルの村にも長いこと迷惑をかけた様子。そちらにも詫びをせねばならぬ》

詫びね〜。

《ミシルにこそ、どう詫びれば良いか……》

それは……私にも何とも言えないな～……

《姉上、暇だから帰って良いかー？》

白虎がケロッとそんなことを言う。昼前から夕方になりつつある今まで、鍛練場でシロクロ、アンディや私と遊んだけれど、後はゴロゴロするしかなかったもんね。私も飽きた！

「そうね。サリオンも心配だし良いわよ。でもシロウとクロウは残ってくれる？　あ、白虎を送ってから戻ってきて」

《むぅ！　我だけで領まで帰れるぞ！》

でっかくなっても可愛いな～。

「わかってるけど、領に着くまで独りだと寂しいんじゃない？　平気？」

そう言うと小さくぐぬぬと唸る。

「白虎が強いのは心配してないけど寂しいのは心配だよ」

《うぬぅ……姉上にはアンディも居《お》るし、しばし、シロウとクロウを連れて行く……》

「うん。今日はありがとう。サリオンたちをよろしくね」

《任せるが良い！　ではな！　姉上！》

三頭が消えるのを確認して、アンディと青龍を振り返る。

「さて、これからどうするかな」

アンディが苦笑する。

「どうなるかな、じゃないんだ？」

「自慢じゃないけどどうとでもなる力はあるもの。まあ、そうするには亀様にもお願いするけどね」

《力添えは何時でも構わぬよ》

「ありがとう。それはアンディへもお願いできる？」

「ええ!?　それはさすがに図々しくないかい？」

《ははは。我はアンドレイも好ましいからな。嫌と言われるまで力添えをするぞ》

「！　……ありがとうございます」

アンディがベンチから立ち上がり、亀様へ深々と頭を下げる。

《愛《いと》し子《ご》、か……》

青龍がぽつりと言った。

あ、それも聞いてみたかったんだよね。

「ねぇ『巫女』って代々継ぐものじゃないの？」

《いや。『巫女』とは我らの親代わりだ。我らが独り立ちできるようになればその役《えき》を終える、一代限りのもの。後は希望があれば人間として生まれ変わると言っていたな。その頃は人間など影も形も無かったが》

……スケールのデカい話、というか創世の話じゃないのコレ!?　アンディもちょっと引いてるよね？

「えっと、では、もし『四神の巫女』と呼ばれる存在が今現れた場合、本物かどうかはわかりますか？」

アンディが果敢に質問をする。あ、それは確認しておかないと！

《わからぬ。……ただ、》
亀様が一旦言葉を区切る。
《それが『玄武の巫女』と言うならば、我は偽物と断じるよ》
《え？》
タツノオトシゴがぽかんとした。亀様はその反応がわかっていたのか、ははと笑った。
《それだけの時を過ごしたと言ったろう？　それに、我の『母』は一人だ。他は要らぬし今さらの事でもある。何にしても、もう『愛し子《いとご》』がたくさん居《お》るしな》
『愛し子《いとご》』とは『気に入った者』ということらしい。アンディと見合って笑った。嬉しい。
《青龍よ、そういう意味ではお前はまだ若い。世界を見るといい。美しいものも、穢れたものも、全てを見て、己の信じるものを見つけるといい》
タツノオトシゴは神妙な顔をしていた。
……たぶん。
喋ってもらわないと表情もよくわからん……
そういや亀様も最初はわからなかったな〜。白虎は表情が豊かだよね〜……猫科だから？　……性格か。
シロウとクロウが戻って来たと同時に緊急会議も終わったらしい。お偉方がぞろぞろとやって来た。国王までもが現れたので礼をとる。
「貴方が青龍か」

《如何《いか》にも》

臣下の仕事をすっ飛ばして国王自ら青龍に声を掛けた。

青龍もベンチからぴょこんと飛び降り、国王を見上げる。

途端、国王が片膝をついて青龍の目線に近づいた。どよめくオッサンたち。

「お初にお目に掛かる。私はアーライル国王フリード・アーライルだ」

《四神の一《いち》、青龍と申す。この度はアーライル学園に多大な迷惑を掛けた。申し訳ない》

ぴょこ、とタツノオトシゴが頭を下げる。

「いや。四神が暴れて国が残っている方が奇跡だ。なので青龍がどの様な者かを見に来ただけだ。その礼ある態度、もはや害は無いと信じよう」

《……忝《かたじけ》ない》

「せっかく会えたのだから友誼《ゆうぎ》を結びたいところだが、正直どうしたら良いかわからん。ドロードラング。面を上げよ」

国王がその場に立ち、私に向く。

「ご苦労だった。気になっているだろうから先に言うが、残念ながら学園長は職を降格だ」

ミシルの暴走を予見できなかった上に、軽いとはいえ怪我人が多かった、生徒に。それにミシルを連れて来たのは学園長である。長として、責任はある。

待ってる間にアンディと話し合った。予想通りだ。

「管理不行き届きだな。クビにせよと騒がれたが、残念ながら防衛面でもキモだからな。エンプツィーを学園から手放す訳にはいかん」

まあそうだろう。

《我が代わりに罰を受けよう》

タツノオトシゴがビシッと決めたが、

「せっかくの申し出だがそれはまた違うのでな。気持ちだけ受け取ろう」

そうか、とちょっとだけ項垂れた。……真面目か。

「私にも何か処分がありますか？」

私もまあまあ暴れたので何かあるのだろうと聞けば、ニヤリと国王が笑った。うげ。思わずアンディの手を掴む。

「新しい学園長には副学園長が繰り上がる。学園長は平教師に格下げで学園に留める事になったが、元々じっとしておれん性格だからな、目付けを兼ねた助手を付ける事にした。侍従だけでは足らん」

……うわ～。

アンディにそっと助けてと目配せしたけど逸らされた。手は強く握られたので、覆せないけど助けてはくれるのだろう。

「どうせ魔法に関してはエンプツィーを凌ぐんだ。サレスティア・ドロードラングよ、リンダール・エンプツィーの助手を命ずる。爺が勝手をせんように見張りをせよ」

「お断り致します！」

「ふっ……勅・命！」

「ぎゃーっ！　私12才ですよ!?　新入生ですよ！　成人前ですよ！　横暴！　横暴だ！」

「お前が生徒ではやり辛いと職員会議で満場一致だったそうじゃないか。予定が早まっただけだ。問題ない」

「問題ありまくりですよ！」

「どうせもう領主として働いているし、爺一人の面倒が増えるだけだ」

「その爺一人が問題でしょうよ！　そして増える仕事は一人分じゃないし！」

「ちっ。ガタガタ言わずに受けろ。勅・命！」

「舌打ち!?　そして二度目！」

「しょうがない。代わりに何か一個免除してやる。言え」

「一個だけ!?　ケチく……あーじゃあ、青龍の囲い込みを禁止してください」

「それはもう禁止した。四神の囲い込みは正直危険の方が大きいからな。どの領地に住まわせるかと聞いたらたらい回しにあったぞ」

国王に付いて来た人々が目を泳がせる。そうなの？　四神との縁は誰もが欲しがると思ったのに。安全思考なのかな？

「ちなみにお前も見張りが必要と判断された。爺とお互いに見張れ」

そういうの言っちゃう!?　ぶっちゃけ過ぎだろ!?

「何だ、何も思いつかないのか？　だったらあれだ、ドロードラングの王都屋敷の敷地内は治外法権、ではおかしいか、特区としよう。それならどんな店を出そうが文句をつけられんだろ」

え。

「……良いのですか……？」

「お前たちの手腕は信頼している」

国王はやっぱりニヤニヤとしている。

アンディの手はそのまま繋がれている。

「俺を優遇してくれ」

「ドロードラング規定内でなら」

「暴君！」

「今自分で言ったじゃないですか！」

「それはそれ！　これはこれ！」

「どっちが暴君!?」

アンディは隣で遠い目をして、青龍はオロオロ。

付いて来た貴族たちは放心し、騎士団員は呆然。

学園長室を片づけた元学園長が様子を見に来るまで、私と王の言い合いは続いた。


助手って……私の学生生活はどこへいく……トホホ。

八話　アイス屋開店です。

いやぁ……うちの建築部（土木鍛冶細工混合班）、すげぇなぁ……

着工から二週間。本日、何事もなくドロードラング王都屋敷跡にアイスクリーム屋さんがオープンです。

いや、土台水回り系は私も手伝ったよ。屋敷を取り壊した直後に。それから二週間って……ミシルと見学してから十日だよ？　実は皆魔法を使えるんじゃないの？　と思わずにはいられない。義手義足には普通の働きができるようにはしているが、木材を放り投げられるとか、二階部分までジャンプできるとかの能力は込めていない。

私がやっているんだから確かである。亀様だって義手義足には基本ノータッチだ。……元々のスペック高過ぎない？

「お嬢が土台をやってくれるから速いのさ」

グラントリー親方はそう言うけどさ。それだけじゃないっしょ。

実は、店舗から離した所に社員寮を造った。アイス屋の従業員や王都見学に来た時の宿代わり。キッチン、トイレ、風呂が共用で、男女に別れた二棟と、ファミリー向けが一棟。

それを建てるのも同時で二週間である。どうなってんの？「お嬢が一人いると作業が捗《はかど》る！」

……あざーす。

さて。

「いらっしゃいませ」「「「　いらっしゃいませ！　」」」

「かしこまりました」「「「　かしこまりました！　」」」

「少々お待ちください」「「「　少々お待ちください！　」」」

「お待たせいたしました」「「「　お待たせいたしました！　」」」

「ありがとうございました」「「「　ありがとうございました！　」」」

「余裕があれば、またのご来店をお待ちしています、とも言ってください」

「「「　はい！　」」」

食堂勤務経験者ダジルイさんのもと、挨拶練習。

なのだが、野太い……

なぜならば、店舗が小さいので少数精鋭でやってもらう事になり、ネリアさんのもとでガッツリ掃除術を叩き込まれ、姿勢も綺麗になり、ついでに余分な肉も削げ落ちてスレンダーになったガットとライリーがまず選ばれた。二人は貴族向け店舗用制服の執事服（と言うよりバーテンダーだな）と眼鏡で驚きの変身を遂げた。

黒のベスト、パンツ、ネクタイって格好が、執事に見える！

あの小汚かった、イヤ、こん汚かった男たちがスタイリッシュな執事に見える！　ライリーなんて、どもりを誤魔化すためにゆっくり話すようにしたから余裕があるように見えるし。

ネリアさんはどんな指導をしたの!?　恐ろしい女性《ひと》!!

そして驚きの人がもう一人。

興行に参加するくらいなら店長をやる（そこまで嫌か）、と言ったヤンさんだ。王都偵察も一段落したことにして、次代育成をすることに。元々細身ではあったけど、ここまで執事服を着こなすとは思ってなかった！　前髪を上げての細縁伊達眼鏡が超似合うんですけど！　……ちょっと若頭っぽい。または若い組長。ガットとライリーなんて腕まで刺青してあるから長袖シャツで誤魔化してるけど……極道さんのお店と変わらないかしら？

それにしても落ち着いた見た目の男たちがいるだけでだいぶ高級感が出るな～。初老の眼鏡執事の喫茶店……アイスしかメニューがないのにね！

平民向け店舗の方はダジルイさん率いる侍女たち五人。

失礼のない愛想の良さ（あと若さ）で選んだらしいが、うちの侍女たちは誰もどこに出しても恥ずかしくない！　という事で最後はジャンケンになったとか。水色と白のストライプ柄の制服にお揃いのベレー帽、フリフリ真っ白エプロンにそれはそれは熾烈な女の闘いが繰り広げられたとか。

うん、年齢制限ある制服可愛いわ～。

ダジルイさんはヤンさんたちと同じ黒の服。パンツ姿が格好いい。この人可愛い孫がいるんだぜ、信じられない。ちょっと化粧をしただけでどうなってんだいこのエロさ。私には一生備わらない気がする……

そして真新しいコック服の料理班の若手が男ばかり五人。全員孤児なので、こうして店を任せられるようになったのが感慨深い。ちょっとうるっとしたら皆から頭を撫でられた。……へへっ。

開店五分前。私の挨拶が終わったら配置に付く。

「予定通り当分は日中だけの営業です。アイスが売り切れたら閉店で構わないですが、来店されたお客様には丁寧な接客をお願いします。まあ初日だし、そんなにお客さんは来ないと思うからいつも通りに落ち着いてやってね！」

元気な返事が頼もしい。領地でも接客してたしヤンさんもダジルイさんもいるし、大丈夫でしょう！　私は帰ります！

今日は休日のはずなのに休みの申請が受理されなかったので、店に来た時同様、亀様転移で仕事に戻ります。もしや？　とは思っていたけどやっぱりブラックだった。助手だから学費は免除してもらったけど！　なんなら給料も出るけども！　助手なんて――っ!!

エンプツィー様（上司になるので呼び名も変わった）の割り当ての教職部屋を片づけて（毎日やってるのに！）、そろそろ昼食かと思ったタイミングにヤンさんから売り切れたので閉店しますと連絡が来た。もうっ!?

そして寮の食堂に行けば、今日もアイスは旨かった！　と、顔見知りの生徒のほとんどに言われた。わざわざ行ってくれたのかい!?

テイクアウトの方は制服着用もしくは学生証の提示で半額になる学割を導入したけど、まさか顔見知りのほとんどが行くとは思ってなかった。試食と言っては食べさせていたから、それで満足してると思ってた。

メニューはバニラと紅茶の二種類。好評だったのは紅茶味。他の味は様子を見ながら増やす。あんまり種類豊富にしてドロードラングでガッカリさせるのもな〜。というか領に来て欲しいので、あえての二種だ。

「コーンも旨いよな。せっかくだから皆で食べながら歩いて宣伝してきたよ」「食べ歩き組はちゃんと私服だぞ。制服で食べ歩きは怒られそうだからな」「ドロードラング領に行ったことのある人も並んでたみたいだったわ」「ヘラがあるから、小さい子も上手に食べてたわよ」「バニラ味と紅茶味の二種類だったから、悩んでる人も多かったな」「外のベンチも可愛いよね！」「売り子さんの制服が可愛いくて！　私も働きたい〜！」「チラッと見えたけど貴族向けには執事がいるのか？　格好良かったわー」「黒い服の女の人が格好良かった〜！」「あ、そういや先輩方も見かけたぞ」「貴族は私服もおしゃれよねー」「いつかは二階のメニューも食べたいよなー！　ちょっと多いんだろ？　アップルパイもあるし！」「あ！　ゴミはちゃんと持ち帰って寮のゴミ箱に捨てたからな」

「……皆、ありがとう」

「いっつも旨いモン食わせてもらってんだ、たまには払う。たまにだけどな！」

皆が笑ってる。嬉しい。

「次はミシルとも一緒に行こうぜ」

ミシルはまたもやドクターストップがかかった。

やっぱり体力が足りなかったようだ。ミシルの魔力も膨大なものらしいけど、青龍がやっていたように足りない体力を補うものでもないらしい。今まで魔力を意識したことがなかったから上手く変換できないんだろうと学園ちょ、エンプツィー様も言っていた。私の魔力発動が貧乏への怒りだったから、ミシルも母親を助けたくて目覚めたのかもしれない。

……原作ゲームだと、どんなだったんだろ？

置いといて。

ミシルにはとにかくちょっとずつ食べさせて食べさせて、時々皆も巻き込んで食べさせているところ。最近は体が重いと言い出したので筋トレと短距離ウォーキングを始めた。カロリー消費と筋肉増量。目指せ普通の体！

プールが良いんだけどね～。まだ水はちょっと苦手みたい。あ、プールは存在が無い。アーライル国は水遊びは川らしい。水着……スパイダーシルクでいけるか？　むぅ。

マークとルルーのおかげで騎士科と文官科と侍女科の平民生徒とは仲良くなった。

「もっと恐い人かと思ってたけどその残念さに気が抜ける」とよく言われる。頼もしい兄貴なマークと綺麗なお姉さんのルルーが容赦なく突っ込んでくるからだろうか。田舎臭が漂っているからだろうか。

「黙っていれば美人」もよく言われる。ここでも「黙っていれば」か!?　そして私は美人ではない!!

美人とは！　ルルーもそうだけど、ライラとかエリザベス様とかクリスティアーナ様とかビアンカ様とかアンディとか王妃様方を言うのだよ！

そう力説する度に納得はしてもらえるが、なぜか残念な目で見られる。そして皆、私を宥めるように頷くのだ。ハイハイ、と……解せぬ！

「相変わらず騒がしいな……」

あ、アイス先輩方のご登場だ。シュナイル殿下は休日はお城で別の勉強があるらしい。大変。

「「こんにちは！」」

「おぅ。何だお前たちも行ったのか？」

子爵家長男らしいアイス先輩はすっかりとこちらに馴染んでしまった。もともと雑なのか、後輩の挨拶に「おぅ」と言うまでが早かった。貴族だから「善きに計らえ」とかでもいいのに。マークによればなんと寮での一年生自主練に何人かで手伝いに来てくれてるそうだ。最初はマークにこてんぱんだったけど、サポートが上手いらしく、他のチャレンジャーに的確な助言をするとか。

「集団の動きを考えられる奴でもある」とマークが言っていた。へー。そういう事なら、いずれ騎士団長になるシュナイル殿下の助けになるだろう。

三年生のアイス先輩方が現れるので、自主練には二年生もわらわらと参加。騎士科はすでに貴族平民入り乱れて仲良しな感じだ。もちろん差し入れとして胃袋を摑んだのが良かったのもある。一年生は頼れる先輩ができて毎日楽しそうだ。先輩方は将来の戦力としても繋がりができ、何より慕ってくる後輩が可愛いよう。

女子の方は平民と貴族と明確に分かれているのがしょうがないかなとは思うけど、平民生徒は三年生まで摑んだぜ！　卒業後はドロードラング領に就職したいとかで明け透けにごますりに来ているんだけど、まあ、授業や行事でキチッと動くし、それ以外も礼儀のしっかりした普通の女の子たちなので、来てもらっても楽しいかな。流行なんかはここで仕入れるので助かっている。

「先輩もお嬢の店に行きましたか？」

「ああさっきな。危うく食いっぱぐれるところだった。二階席で二個盛り旨かった！」

ぎゃーっ!!　と庶民から絶叫が起きる。二個盛りなんて更に高価だからね。先輩を見る目がヒーローを見つけた子供のようだ。

「こうなったら俺たちは討伐実習を頑張って稼ごうぜ！」

「そしていつか！　アイスの二個盛りを食うぞ！」

志低いよ！　そんなのすぐだよ！

「その後はドロードラング領に行って泊まりがけで旨いモンを食うんだ！」

……ははっ！

「そうとなったらアイス先輩！　着替えてくるんで稽古お願いします！」

昼食を終えた一年生がわらわらと食堂から出ていく。

二年生は残ってる料理を掻き込み、三年生は一人以外含み笑いをしている。

「ぶっ、クックッ、アイス先輩で定着したな？」

取り巻き仲間に言われた本人は不貞腐れた表情だ。

「俺の名はマイルズ・モーズレイだっつーの。覚える気あるのかアイツらは。そして俺はこれからが飯だっての」

ため息をつきながら私と同じテーブルにつく。そこに、トレイに昼食を載せた侍女科の女子がやってくる。こうして食事を運ばせてもらい、貴族へのマナー復習を実践している。先輩にやらせてもらえるか質問したのも偉いが、快くＯＫした先輩方も偉いと思う。おかげで今では無駄な緊張はしなくなったようだ。

良いことだと思う。なあなあではない、良い感じの線引きがされている。

アイス先輩は私の隣に座るマークを見た。

「休日に悪いがマークも付き合ってくれ」

「畏まりました〜」

もはや練習仲間である。大出世だなマーク。

だけど、ガツガツと、でもこぼさない食べっぷりにアイス先輩はちょっと引いてた。

あ〜あ、私も稽古にまざりたい……


魔法科では、私とミシルはすっかり腫れ物だ。

四神の眷属を従魔に持ち、危機があれば白虎が駆けつける。そして、取り憑いていた青龍は完全分離したとはいえ、いまだに義理堅くそばにいる。

強大な力には確かにどうしたらいいかわからんよね……亀様が大人しくて好意的で良かったよ、ほんと。

特にあのイヤミ族が挙動不審過ぎて逆に可哀想な気分になる。

私は助手になってしまったし、ミシルは若葉マークなので個別指導。ますますミシルがクラスから浮いちゃうなー。どうしたもんかなー。

「ワシもアイスクリームを食べたいのぅ……」

エンプツィー様の教職部屋で片付けながら寮の食堂での事を話していたら、エンプツィー様がポツッと言った。

「魔法科の生徒の成績に対しての指導対策案を全員分作り終えてからどうぞ。ちなみに今日も売り切れました」

「無念！」

「ところで、先週回収した三年魔法科生徒作の魔法陣解析の〆切りが今日なんですけど、どこにありますか？」

「……ん？」

「またか!!」

「いやいや！　終わってないとは言ってないじゃろう？」

「終わったとも聞いてませんけど？　どのくらい終わったんですか？」

「十五人分」

「半分!?　こんにちは残業!!」

「アイスクリームを食べればやる気になるぞぃ」

「よし、その前に昇天させてやる。存分に供えてやるよ」

「ま!?　待て待て待て!?　お嬢が言うと本気に聞こえるのぅ」

「でしょうね、九割本気ですから。ではお覚悟!!」

「いやいやいやいやいや!?」

「アイス食ってやる気になるんなら仕事を終わらせてゆっくり食えっつーの!!　私は定時で帰りたいんじゃあああ!!」

「やる！　やるから！　そのハリセン出さないで！　洒落にならん！」

「九割九分本気だっつったろうが!!」

「増えた!?　わかった！　やるから！　終らせるから！　そのハリセン勘弁してくれ!!」

やれば速いのに、いっつも趣味（魔法研究）に走る元学園長を締め上げ、できた物を現学園長のもとへ持って行く。

「はい。今回もご苦労さまでした。ドロードラング君が助手になってくれて本当に良かったよ。私らも残業が減って嬉しいねぇ」

「学園長、いつも申し訳ありません」

「ああいや、君も領主ではあるし大変なのはわかってはいるのですけどね。本当に助かっていますよ、ありがとう」

ほんわりと笑う学園長。あ～優しい。思わずほっこりしてしまう。

まあ、私をエンプツィー様付きに推したのはこの人なので、ただ優しい訳じゃないのもわかっているけどね。エンプツィー様の下で長年苦労してたようだから、私の事も完全には他人事じゃないんだろう。孫を心配する爺様かと思う時がある。

「確認して判を押すだけの仕事なんて、残業の内に入りませんよ」

仏の様な笑顔でそんな風に言う。うぅっ！

今日も今日とて図書室で資料探しです。

エンプツィー様の自室にある本はマニアックな物ばかりなので、生徒向け授業向けの真面目な物は図書室で探すらしい。学園の図書室に置けない物ばかりを持っているってどうなのさ。

まあ一日中一緒にいるので、別行動はお互いに息抜きになるから文句を言うほど苦ではない。図書室の静けさと、ちょっと埃臭い空気すら癒される。真面目な生徒はたくさんいるが放課後利用が主なので、授業中である今は司書さんの他は誰もいない。そうして目当ての本を探していると、一番奥にある机の上にレポートらしき物があった。誰かが勉強の後に忘れたんだろうなと手に取ると、一番上の紙には「王女と騎士」と書いてあった。

……ん？


「きゃあああぁぁぁあああ……ひぃっ!?」

掠れる様な悲鳴に顔を上げると、ルーベンス王太子の許嫁《いいなずけ》、ビアンカ・バルツァー様が一人でいた。私と目が合うと引きつった声を発し、そしてわたわたとハンカチを差し出してきた。

「あ、貴女、なんで泣いているの!?」

そんなの！　この「王女と騎士」が涙無しには読めない悲恋だからですよ～!!

と、ハンカチを受け取りながら言ってみたつもりだったけれど、まったく言葉になっていなかった。唸っているようにしか聞こえなかったらしく、ビアンカ様はだいぶ引いた。

「ご、ごのおはなじ、すっごく切なくて、がなじぐで、……うう、ただ想いを伝えるごどもできないなんで～！」

「わかった！　わかったから落ち着いて～っ!?」

しばし。

ビアンカ様が何だか肩で息をしている……と思える頃には、私の昂りも収まり、深々と頭を下げた。

「お騒がせいたしまして申し訳ありませんでした。お借りしたハンカチは、後日新しい物を進呈させていただきます」

ええ。ビアンカ様がくれたハンカチは涙と鼻水でどうしようもなく無惨な事になってしまいました。自前のハンカチも同様です。

「こちらのお話はビアンカ様の物ですか？　ご友人の物でしたか？　勝手に読んでしまいすみませんでした」

「え？　え、ええ。私《わたくし》のですけど、忘れてしまったのは私《わたくし》の落ち度。読んでも構わないわ」

「ありがとうございます。久しぶりに泣いたのでスッキリしました。とても綺麗な文章で、主人公のお姫様の気持ちが丁寧に描かれていて、思いの外感情移入してしまいました」

「そ、そう」

「特にあの、騎士と中庭で二人きりになった時につまずいた姫を騎士が支えたじゃないですか。その時の見つめ合った時の心の動き！　その時には隣国に嫁ぐ事が決まっていて、最後に気持ちを伝えるか、告白せずに黙ったままで別れるかの葛藤！　そこで！　言えば！　何かが変わったかもしれないのに!!」

「ち、ちょっと、落ち着きなさいっ」

「だけど……、姫という事に誇りを持っていて、そう在《あ》ろうとする姫が、毅然とまた騎士の一歩前を歩く姿に、もう！　感動ですよ！」

「そ、そう」

「バルツァー国には素晴らしい書き手がいらっしゃいますね！　作者名がありませんでしたが教えてもらえませんか？　他の作品も読んでみたいです！」

思わず詰めよってしまったけど、ビアンカ様は怒ることもなく、目を逸らして煮え切らない。あ、そか。私、好かれてなかったんだっけ。

「申し訳ありません！　また昂ってしまいました。ビアンカ様、素敵なお話をありがとうございました。これにて失礼いたします」

サッと礼をして背を向けると、「あ、」と聞こえたのでまたビアンカ様を振り返る。

「あ、よ、良かったら、他の話も貸してあげてよ。よ、読む暇があるのなら、だけれど……」

金髪縦ロール美少女がもじもじとしている……！　何コレ!?　なんのご褒美!?　そんな趣味はないけど、ありがとうございます!!

「その代わり……」

はい？


というわけで来ました、ドロードラング・アイスクリーム屋（店名のセンス！　本当すみません！）！

無理矢理放課後をもぎ取って来ました。エンプツィー様？　自力でとお願いしてます。

「あら、綺麗ね」

ビアンカ様のお付きと共にやって参りました。ちなみにビアンカ様と私は制服です。

「いらっしゃいませ。こちらのお席へどうぞ」

執事ヤンさんがスマートに私たちを奥の席へと誘導する。ほんと、そつの無い男だよ。連絡したので席を取っておいてくれたようだ。時間に遅れずに良かったー。

ビアンカ様と私は窓際のカウンター席。お付きたちは私たちのすぐ後ろの四人掛のテーブル席へ。

「まあ。外が見える……」

「はい。庭もご覧いただこうと、二階はこういう造りにしました。高い場所は平気ですか？」

「ええ。こういう席も良いわね」

「ありがとうございます」

「失礼いたします。お持ちいたしました」

柔らかい声の主を見上げれば、二種盛りフルーツ添えのアイスプレートを持って来たのはダジルイさんだった。あれ。「今ライリーが休憩中なので」疑問符の浮かんだ私にそう囁く。なるほどね。今日も混んでいるようだから人数は確保した方がいいよね。は～、ダジルイさんは今日も格好いいね！

「女性が、あの様な格好を？」

去っていくダジルイさんを見ながら、ビアンカ様が呟いた。

「はい。彼女は平民向けの店舗の責任者なのでこちらの従業員と同じ衣装にしました。彼女は背もありますので男装でも見目が良いのです」

「男装……」

「あ、溶けてしまうのでどうぞ」

「そうだったわね！　まあ！　果物も綺麗に並べてあるのね。この丸くなっているのがアイスクリーム……冷たい!?　甘い！　……美味しい！」

ビアンカ様は一口ごとに口元を手で隠しながらも綺麗な所作で食べ終えた。

「……美味しかった。冷たくて甘いものなんて信じられなかったけれど、これは美味しかったわ。紅茶味なんて考えもつかなかった。それに、外を見ながらの食事も初めてだったけれど悪くなかったわ」

あざーす。

「明日中に、貴女に本を届けます」

「え!?　よろしいのですか？」

「この店に招待してくれたら本を貸すという条件よ。もしや貴女、私がそんな口約束も守れない人間だと思っているのかしら？」

「いいえ！　ですが、え〜、好かれていない自覚はあります。その様に仰っていただけるとは思ってもいませんでした」

途端にもじもじとするビアンカ様。ええ〜？　何で？

「まあ、言いたい事はあるけれど、それはそれよ」

ええ〜!?　よくわからん。ふと視線をずらせば、お付き方が皆苦笑していた。よくわからんけども、皆さん完食してくれたようなので良しとした。

ガチャン！　きゃあ！

食器の割れる音と誰かの悲鳴に即ビアンカ様の前に立ち、そちらを確認する。上等な服を着た少々厳つい男が立っていて、ダジルイさんが腕を掴まれていた。その席の下にはプレートとカップが割れて転がっている。座っている連れの男もまたニヤニヤとしている。うわ、何だアイツら感じ悪《わる》。

「お客様、どうなさいましたか？　うちの従業員が何か粗相でも？」

ヤンさんが二人の間に割り込みながら、ダジルイさんを掴む男の腕を払った。男の目が剣呑《けんのん》になる。

「たかが従業員が客になんだその態度？」

！　……この野郎、どの口が言ってんだよ。

「うちの従業員はよっぽどでなければ粗相は致しません。お客様が何かをなさったのでは？」

「ああ？　そこの女を欲しいと思ったんでな。声を掛けたが断られたのさ」

「うちは軽食屋ですので店員を口説くのはお止《や》めください。女性店員と戯れたいのであれば、然るべきお店でお願いします」

ヤンさんが穏やかに返すが、男の威圧感は変わらない。

「こんな美人が店員してるなんて勿体ないから俺が買い上げてやるって言ってんだよ」

男は下卑た笑顔でダジルイさんを見ている。

ヤンさんの眼鏡がキラリと光り、私もイラッとする。

「そういう店ではありませんので、ご容赦ください」

「うるせぇな！　金が欲しいから働いているんだろうが。金なら何でもいいだろうが。俺はその金があるんだよ！」

そう言って、またダジルイさんを掴もうと伸ばした男の腕をヤンさんが掴んだ。

「申し訳ありませんが、俺の女なので貴方にくれてやる訳にはいきませんし、もう爪の先だって触らせる気もありません。お代はいいのでお帰りください」

うわっ!?　「俺の女」なんて初めて聞いた！　言っちゃうんだ!?　冗談でもすげえぜヤンさん！　ヒューヒュー！

「はあ!?　適当な事言ってんじゃねぇよ！　お前の女だから何だってんだ！　俺が！　気に入ったって言ってんだ！　関係ねぇよ！」

……コンのクソ野郎が!!

もういい加減飛び出そうとしてふと見れば、俯いたダジルイさんの顔どころか首も手も真っ赤になっていた。え…………ええええええっ!!?　まさかっ!?

コックたちも呆気にとられていた。騒ぎを聞きつけて上がって来たのにこの状況だ。

え!?　誰も二人の仲を知らない!?

私の視線にコック全員がブルブルと首を横に振る。あの男を黙らせる嘘だと思ったけど、ダジルイさんのあの様子では事実か!?　えぇぇぇえっ!!?　いつから〜っ!?　いや別に報告義務は無いけど！

「どうせドロードラングの女なんて、全員娼婦上がりだろうが！　澄ましてんじゃゃ」

ドガンッッ!!

破壊音に正気に戻れば、うるさい男の姿は無く、出入り扉のあるはずのトコから外が丸見えで、ヤンさんに隠れていたはずのダジルイさんが前に出ていて、まわし蹴り後の格好になっていた。目が猛禽を思わせる。彼女の身体から怒りのオーラが揺らめいている。ああそうだ、この人、騎馬の民なんだった。

……あの野郎を蹴ったのか……ああ、ドアの壊れた音ね……修理だね……お客さんに見られたなぁ……連れの男の顔！　笑う！

「落ち着けよ」

ヤンさんが穏やかにダジルイさんの腰を引き寄せ、彼女の乱れた髪を耳に掛けながら目を合わせる。……エロっ。

と、ヤンさんがちらりと私を見たので、即、親指を立てた。どうせこっちも堪忍袋の緒が切れていた。ダジルイさんが一番早かっただけだ。

ヤッチマイナ！

悪い顔でニヤリとしたヤンさんは眼鏡を外し、ネクタイを弛《ゆる》め、袖を捲りながら壊れた出入り口を越えて階段を下りて行った。

ヤンさんから肩をポンポンとされ眼鏡を渡されたダジルイさんは、彼の姿が見えなくなると我に返ったのか、「お騒がせして申し訳ありませんでした」とお客様に一礼し、壊れた食器の片付けを始めた。

ガットは下まで落ちた扉を取りに行き、休憩を終えたライリーも片付けをする。そしてコックたちは騒ぎのお詫びとして、呆然とするお客様たちに温かいお茶を淹れた。私は、次回は無料で提供致しますと書いたカードをお客様たちへ渡すよう指示した。もちろん今日のも無料。

　あと、親方たちに補修の発注。


二分後。

外からのサンドバッグを叩くような音が止み、ちょっとだけ前髪が崩れたヤンさんが袖のボタンを留めながら、いまだに呆然とするお客でいっぱいの店内に戻ってきた。……汗もかいてないんだけど……

　連れの男はヤンさんの視線を避けるように慌てて逃げて行く。外で伸びてるだろう相方を連れ帰ってくれよー。ヤンさんは逃げる男に目もくれず、カウンター前に立つダジルイさんに真っ直ぐ向かい眼鏡を受け取る。

と、その眼鏡をダジルイさんに掛けた。そのまま左手をカウンターにつき、自分の体とカウンターで彼女を挟む。近い近い！

ダジルイさんは困惑しながらもうっすらと頬を染める。

それを確認したヤンさんはニヤリとする。さっきのとは違う感じだ。

「ほらな。お前が思ってるよりお前は佳《い》い女なんだよ。眼鏡で少しは誤魔化せるから、今から掛けとけ」

そして、ヤンさんの右手はダジルイさんの耳たぶを触る。
「男避《おとこよ》けにピアスでもするか。石、何色がいいか決めとけよ？」
ふっと笑った。
そんな優しい顔するのかいっ!?
そして、ダジルイさんが微かに笑いながら小さく小さく「……はい」と答えた。
……店内の全員が思ったはず。
なんならご唱和ください。せーの、
爆ぜろぉっ!!!

「……素敵……！」

ハッ！　ビアンカ様!?


王都には色々な物がある。食べ物、道具、人、職種、芸術。

王都には一つだけ劇場があり、歌や劇をするのだけれど、ここ最近の演目は『上司と男装部下の恋物語』らしい。

……………待て待て待て待て。すごく聞き覚えのある展開じゃないのかその話？

休日にマークとルルーにデートのついでに観賞してこいと送り出せば、案の定な内容だった。

……まあね、うちの店の二階部分はお貴族様たちや商人たちが主なお客様だから、そこから話が大きくなって劇にまで発展することもあるかもしれない。

『お前が思ってるよりお前は佳《い》い女なんだよ。眼鏡で少しは誤魔化せるから、今から掛けとけ』

まんまか!?　せめてどこかアレンジしてよっ!?

だがしかし、その台詞と共に眼鏡人気爆発。レンズ無しで縁だけでも売れるものだから、王都の細工師たちは徹夜続きだそうだ。ついでにピアスの売れ行きもいいらしい。

「絶対にアイス屋の店長たちの事ですわ！　衣装もそのままでしたもの！」

エンプツィー様の教職部屋で興奮しているのはビアンカ様。放課後すぐにやって来て、流行りの劇を見た感想をなぜか熱く語っている。

実は王妃様方もご覧になったようで、昨日の休日に呼び出され、四人分プラス、エリザベス姫とレシィも合わせての感想を聞かされた。身内の事が劇になってる感想を聞かされてどうしろっていうのさ!?　気まずいわ!!

ビアンカ様は私のそんな状態にもお構い無しで、お茶も飲まずに劇の一部始終を動き付きで説明してくれる。私の隣では書類をそっちのけにしたエンプツィー様が絶妙な合いの手を入れながらビアンカ様を煽る。益々乗っかるビアンカ様。

……イメージと違うなぁ。一所懸命可愛い。

「私もああいう話を書きたいわ～！」

なんと、図書室で私が号泣した話はビアンカ様の創作だった。その後に借りた話も泣かずにはいられない悲恋で、もしかして好きな人と別れて来たのかと思うほど。

「バルツァー国での恋物語は悲恋物が多いのよ。私《わたくし》の義姉が大好きでその影響はあるわね」

「なるほど、たくさん読まれたからああいう文章が書けるのですね」

私の言葉に立ち上がってまで動いていたビアンカ様が空咳をして椅子に座る。またもじもじとする。縦ロールがもじもじしてる。

「わ、私《わたくし》の書いた物にあれほど泣いたのは貴女が初めてよ」

一息で言って、冷めたお茶に口をつける。

「義姉には読んでもらって、良かったわとも言ってもらえたけれども、それだけね」

「ええ～！　とても素敵なお話でしたよ！　両想いになる方が好みではありますが、登場人物たちの心の機微がまるで自分の事のように感じられました。よろしければドロードラングでの読書に加えたいです！」

ビアンカ様が照れた。まあ可愛い。

最近はドロードラング領の本棚が充実し読書が娯楽になってきた。

お祖父様の黒魔法以外の本を全て解放している上に、買い出し班の見つけた絵本や女子の選ぶ恋物語もどんどん増えている。けど、話を創作するなんてきっと誰も考えていない。いい刺激になるだろう。あ、メルクにイラストを描いてもらえばさらに素敵になりそう。

私に読ませた程だ、ビアンカ様も身内ではない人の感想を聞きたいんじゃなかろうか？

「確かにアーライルは恋の実る話が多いわね。そういうものも書いてみたいけれど慣れないものは難しいわ」

そう言いながらもビアンカ様の目はキラキラとしている。いつか遠くない未来に書ききるだろう。

「ふふ。ビアンカ様可愛い」

つい出た心の声にビアンカ様の目が丸くなり、ボッと顔が赤くなる。

「あ⁉　貴女ね⁉　ど、どうしてそういうことを言っちゃうの⁉」

あれ、怒られた。

「え？　ビアンカ様はいつも淑女然としていますが、好きな事をお話ししている時はキラキラとしています。可愛いらしいな〜と、」

「わ、私《わたくし》！　部屋に戻ります！　エンプツィー先生！　お忙しいところお邪魔いたしましたわ！　お茶も！　ご馳走さま！」

真っ赤な顔でぷりぷりとしながら、廊下に控えていたお付き方がタイミングよく開けたドアを越えて一礼するとそのまま行ってしまった。

エンプツィー様が苦笑した。

「澄ましたお姫様かと思っていたが、なるほど、可愛いらしいお嬢さんじゃな」

御意！


「で、何この状況……？」

呆れる私にミシルが苦笑しながらペンを動かす。マージさんも笑いを堪えている。

リハビリを兼ねて、ビアンカ様の物語をミシルに複写してもらっている。学園に来るまでろくに字を書けなかったミシルだったけど、あっという間に綺麗な字を書くようになり、お願いしたら快く引き受けてくれた。ありがと！

で。残業を少々した後保健室に顔を出したら、保健室の一角で青いタツノオトシゴが横倒しで水びたしになっていた。ひぐっひぐっ、と言ってるなと思うと、おろろんおろろーん、とまた水が。

「このお話を読んであげたらああなっちゃった」

すげぇなビアンカ様！　青龍をやっつけた！

「私が泣きながら読んでいたから気になったらしくて。マージさんが読んでくれたんだけど途中から泣き出しちゃって、後半からあんな状態になっちゃった」

「ふっ、悲恋のはずなのに、ふふ、もうおかしくておかしくて。笑いを堪えるって大変ね」

口に手を当てたままマージさんがこそっと教えてくれた。……お疲れさまでした。


少し前に、青龍がそばにいることをミシルに聞いてみた。気まずくないのかと。

「気まずくなくはない、けど、お互いにお母さんの話ばかりで、どこか似てるなぁと思ったら、なんか、馴染んじゃった。

それに、青龍はいつでもきちんと謝ってくれるし……お母さんを亡くした気持ちは私もわかるから……でも本当は、自分でもよくわかってないと思う。青龍から憎んでいいって言われても、自分でもそうすればいいって思っても、今はなんだかできないんだ。……後からまとめて暴れちゃったら、どうしよう……」

その時は私が全力で止めるわ！　せっかくだから思いっきり暴れなよ！　相手するからさ！

「あはは！　うん。その時はお願いします」

その気持ちを聞いてから、ミシルは前より笑うようになった。

「悲しいけど、いいお話。私も気合い入れて写すね」

「ありがとと。でも無理はしないで、期限はないからさ。他のお話もあるし」

「そうなの？　わあ楽しみ！」

にっこりミシル、可愛いわ～！


『お嬢』

「あれヨールさん。珍しい、どしたの？」

『珍しいじゃないですよ。お嬢が持ってきた物語のおかげでリズが使い物にならないんですけど』げ。

対象年齢を設定するのに皆に読んでもらっている。基本はどれを読んでも構わないけど、本棚を整理するのには本の対象年齢が決まっているとやりやすい。王都に来ているメンバーは大人ばかりなので、どんな本が対象になるかの検証だ。

医者の弟子になったヨールさんたち四人も新アパートに引っ越し。住み込みがなんだか大変そうでその意味でも単身者アパートを作った。医療品の隙間で寝てるとかマジかよ。弟子にしてくれたお医者先生も似たり寄ったりの生活らしく、よく倒れないなと感心するとか。確かに挨拶に伺った時にガリガリだな～とは思った。

そういう訳で、うちのコックお手製のお弁当をお医者先生の分も持って出勤。最近顔色が良くなってきたらしい。医者の不養生は異世界共通か。

で。アパートのリビング兼王都屋敷応接室に「感想求む」と物語を置いておいた、翌日である。

『瞼が腫れて鼻水は止まらず、時々思い出したように泣き出す。同郷の俺が何かしたと思われてるんですけど』

ビアンカ様（の作品）の破壊力すげぇな。ていうか……そんな顔で仕事してんのか……またリズさんの婚期が……いやその前に彼氏な……

『物語のせいだって本人が説明したので疑惑は晴れましたけど、今度はその物語を持ってこいって患者さんたちが言うんですよ。アパートから持ち出して良いですか？』

「わ、わかったわ。また別に複写してもらうからアパートにある物を持っていっていいよ」

『ありがとうございます。俺も読みましたけど、あんなにはならなかったですね』

「へ～。男女で違うのかな？」

『作風が女性寄りだからじゃないですか？』

なるほど。それはあるかも。

『あ、もう一つ』

ん？

『うちの先生、ギルドの担当医でもあるんですけど、この間うちでボコボコにされたギルド長の息子が仕返しを企んでるらしいですよ。ヤンさんにも伝えましたけどお嬢にも言っておきますね』

ダジルイさんにぶっ飛ばされたあの男は王都ギルドの跡取りかい。

「今後もあんなのがのさばるなら今の内にメッタメタにしてやんよ。いつでも来いや」

『はっはっは。ほどほどにしてくださいよ……』

「ヨールさんのトコばんばん稼がせてあげる！」

『本当に困ってる患者さんに迷惑だからほどほどにしてください！』

怒られた。確かにそうだ、すみません。


という訳で災いをサッサと片付けるべく、領地からクラウスと強面軍団に来てもらい、只今王都ギルドの応接室におります！

私のやっとの一日休日でありお店の忙しい時にのこのこと乗り込んで来た跡取り男を再度ボッコボコにし、戦意喪失した手下共をスパイダーシルクです巻きにしてギルド前に放置。休みを潰された私を先頭にギルドに乗り込み、受付に跡取り男を突きだす。

「ここん家《ち》の躾って、どうなってんのかしら？」

私の言葉（と顔）に受付嬢は蒼白。他の職員が慌ててギルド長の元へ行き、私たちは応接室に案内された。

今回のメンバーは私、クラウス、土木班グラントリー親方、鍛冶班キム親方、料理長ハンクさん、店長ヤンさん。ニックさんは領地で留守居役。

助手になって初めて丸一日の休みだったのに。課題で忙しいはずのアンディが私に合わせて誘ってくれたのに。席に着いた途端に来やがって。

「お嬢、顔。そんなんじゃモンスターも逃げますぜ」

「なら追っかけて狩る」

ヤンさんの軽口にもつっこみ返せないくらいに腹が立っている。毎晩五分のお喋りばかりで、やっと顔を見て話をできると楽しみにしていたのに。

「あまりに荒ぶるならばアンドレイ様を呼びつける事になります。落ち着いてください」

それは駄目。ありがとクラウス。深呼吸………ふぅ。

私が少し落ち着いたのを見計らったようにドアが開き、ギルド長が入って来た。

「お待たせして申し訳ない」

熊のようにデカいオッサン。白髪混じりの髪と髭だが冒険者をしていた名残かガッチリとした体をしているし、歩き方も颯爽としている。まだ現役でいけそう。

「いいえ。突然押し掛けたのはこちらです。お時間をいただき、ありがとうございます」

椅子に座ったままで頭を下げたら目を丸くされた。

「ではさっそく本題に入らせていただきますわ。お宅では息子さんの躾についてどうお考えですの？　見たところ彼は二十才は越えている様子。昔からあの様な振る舞いだったと推測いたしました。私たちを標的にするならここまで騒ぎませんが、彼がその力を振るったのはうちのお店の順番待ちをしていた平民のお客様です」

そう。よりにもよってヤツが手を上げたのは外に並んでいた平民だった。老若男女問わず子供にまで。従業員が皆飛び出して、私から男たちを守らなければならないほどに私は暴れ、最後はアンディに押さえられた。怪我をした人たちの治癒をしながらお客様一人ずつに巻き込んだ事を謝罪した。アイスはサービスさせてもらった。

こんなことしかできなかった。

「ギルドは万人に平等であるはずの組織です。むしろ平民にこそ寄り添うべき機関です。その跡取りがあんな振る舞いをするのを許すのであれば……私の伝《つて》を全て使ってこのギルドのテコ入れをさせていただきます」

「……脅しか」

ギルド長がギラリと睨む。

「そう思っていただいて結構です。あんな大馬鹿者、放置するわけにはいきません」

庇うと言うならお前ごと潰す、と睨み返す。こちとら強面には慣れとんじゃあ！

少しの睨み合いの後、ギルド長が息を吐いた。

「まったく噂通りのお嬢さんだ。俺に睨み返すなんて嫁の他にいるとは思わなんだ」

ははっと力なく笑うギルド長。すぐに真剣な顔に切り替えると、応接テーブルに両手をつき、ぶつかる程に頭を下げた。

「今回の事、誠に申し訳なかった。愚息の代わりに謝罪する。お嬢さんの言う平民にこそ寄り添うという事を教えきれなかった責任は俺にある。ドロードラング、アイス屋での事は確認している。こちらはお嬢さんに逆らう気はないが、息子はもう罰を受けたようだから、足りない分は俺で気を晴らしてくれ」

バン!!　テーブルに右手を叩きつける私を呆然と見上げるギルド長。

「その甘えがあんな男に育てたのよ！　成人した男をいつまでも庇う親馬鹿を止《や》めなさい！　ヤン！」

私の呼びつけにスッと前に出ると、ヤンさんは紙を一枚ギルド長へ差し出した。

「ドロードラング・アイス屋で店長をしておりますヤンと申します。こちらは本日と先日の店の損害になります。もちろん、息子さんに請求させていただきます」

合計金額を見たギルド長が微妙な顔になる。ヤンさんが続ける。

「大した金額ではないかもしれませんが、彼が今まで何をしていたのか勝手に調べさせてもらいました。このギルドは、息子さんが起こした不祥事の賠償金を支払うための機関ですか？」

苦虫を噛んだような顔をするギルド長。続きを私が引き継ぐ。

「ギルド長の継承は血縁を求めない事が多い。優秀な人材が長に納まれば良いのが普通。ここは王都の老舗だからこそ、それに誇りを持っていたからこそ、貴方まで血を繋いで来た。貴方の働きぶりもギルド長として充分なものと思いますが、それを彼がきちんと継ぐとは思えません」

息子の服は上等な物だった。だが、目の前の父親の服はそれよりも劣る。格段に。

「色々と理由があるのでしょうが、それを聞きに来たのではなく、是か否かを問いに来ました」

「是か、否？」

「息子さんを本気で更正させるのならドロードラング預かりにするという事です。もちろん期間は定めません。私たちが納得した時に釈放、いえ、こちらにお帰しします」

少し考え込んだギルド長が恐る恐ると質問する。

「それを断ったら？」

……そんなの。

「三度目は灰も遺らないという覚悟をしてもらうだけです」

にっこりと言ってやったのに、ギルド長は気絶するかと思うくらい顔色が白くなった。

失礼な。

朝。

準備のために生徒より少し早く出勤するので、教職部屋に近づくまで基本的にマークとルルー以外には誰にも会わない。なのに、今日は寮から学園に続く通路にアンディとお付き君たちが立っていた。

「おはよう」

「わあ！　おはようアンディ！　皆様もおはようございます。え？　どうしたの？」

「少しでも顔が見たくて待っていたんだ。教職部屋まで送らせて」

そう言って手を差し出すアンディ。反対の手には教科書を抱えている。

手を重ねるとその温かさにポロッと涙が出た。慌てて顔を両手で覆う。

突然泣き出した私にお付き君たちは慌てたが、アンディは平常運転でそのまま私を抱きしめた。

「……どうしたの？」

「うぅ、昨日はごめんなさい……」

「うん。昨日もたくさん聞いたし、あそこで飛び出してこそのお嬢でしょ」

顔を上げられない私の背をトントンとする。

「でも、せっかく会えたのに……」

「まあ残念だったけど、ちょっとでもお嬢に会えて良かったよ。あの後とても課題が捗ったし、やっぱり顔を合わせるのは良いよね」

「……本当に？」

「うん。だから朝なら他の時間より一緒にいられるかなと思って待ってたんだ」

「……連絡くれれば良かったのに」

「ふふ。びっくりさせようと思って。驚いた？」

「驚いた！　でも嬉しい。忙しいのにありがとう」

顔を上げた私にハンカチをあてるアンディ。にこにこしてる。

「ふふっ、泣き虫」

「……甘やかすから」

「婚約者を甘やかさないで誰を甘やかすのさ」

体を離して手を繋ぎ直すと、アンディはマークからいつの間にか手放していたらしい教科書を受け取る。そして学園に向けて歩き出す。

「レシィとか、サリオン？」

「レシィはともかく、サリオンは甘やかしそうだなぁ、僕」

「じゃあ、レシィは私が甘やかそうっと」

「え～、そんな暇があるなら僕を構ってよ」

「アンディに似てるもん。構わずにはいられないよね！」

「えぇ～、妹にやきもちって情けないな～」

「だってアンディとはこれから毎日会えるんでしょ？　レシィとはたまにしか会えないもの」

「それもそうだね。じゃあ明日からこの時間で待ち合わせようか」

「うん！　よろしくお願いしますっ」

そうしてとりとめのない話をしアンディたちと別れると、マークとルルーの生温い笑顔があった。

「？　何その顔？」

「「　お気になさらず～　」」

変なの。


「ス――――、……フ――――」

「そうそう、腹式呼吸が上手になったわね。それができると一息で呪文が言えるからね。そのまま続けて」

現在、ミシルと魔法科劣等生数名の合同特別授業中です。

やっぱりクラス内で段々と能力に差が出てきた。

まあね、魔法ってぶっちゃけ慣れが必要よ。貴族は自宅でも練習できるだろうけど、平民はなかなか練習できないと思う。暴走に備えて場所と経験者が必要だからね。

で。エンプツィー様にはとうとう逃げられました。

資料を置いての脱走なので、代理授業をなんとなくできています。亀様に頼むのも馬鹿らしいので今日は放置です。

感覚で魔法を使ってばかりの私にはエンプツィー様を探し回って時間を無駄にする暇がない！

ミシルだけの授業内容と資料と照らし合わせて四苦八苦中です。

「はい、じゃあ、一旦休憩するよ～」

季節としては初夏になったし、何かの時のために魔法実習は外の鍛練場を使うので、体を動かすと暑い。まあ、空が見えていてもドーム形に結界があるので暴走魔法が飛び出すこともない。

「今日も冷製レモネードがあるから、水分補給はちゃんとしてね～」

若いからと侮るなかれ。熱中症は危険です。でも、砂糖は控えめにしました。あまり甘くても飲みにくいんだよね。

劣等生十人とミシルを合わせて十一人。コップはドロードラング製です。

「腹式呼吸って体が温まるよね」

ミシルが車椅子（侯爵夫人と同じもの、ミシル用）に座ったまま、私の方を向く。

「そうね、深呼吸もそうよ。血の巡りを良くするから、どっちかが咄嗟にできるようになると良いわね」

「え、どっちか？」

生徒が驚く。

「そ。一息《ひといき》で呪文を言えるのも大事だけど、基本的に魔法って想像力が大事だと思ってるわ。でもその想像力って、冷静じゃないと上手く働かないのよ。私の場合は特にね」

主に暴走するわけなんですが。だからよく皆から深呼吸しろって言われるし、ヤバイと思った時はするようにしてる。教科書には腹式呼吸が絶対って書いてあるから驚くんだろうな。

「普通授業に戻れるある、ある程度がどの程度かは私にはわからないから、私が担当の内は想像力の練習を中心にしていきますよ～」

女子が一人、おずおずと手を上げる。

「あの、想像力って、よくわからないんですけど、どうしたらいいですか？」

ここにいるほとんどが農民だ。その他に商家の子が一人、男爵家の子が一人。質問した女子は農民出身。日の出から日の入りまで働くのが普通の農民の識字率は当然低い。吟遊詩人は色々と歌ってくれるが本を読めないという事は知識に偏りが出る。

そのコミュニティーから出ないのであれば余計な情報は必要ないかもしれないが、いつかは出る必要に迫られる。

知識はいくらあってもいい。何かの時の対処ができるから。

だから、手っ取り早く情報を仕入れられる本を読むということは結構重要だと思っている。

「ん～、あ。最初の授業で私が鍛練場を畑にしちゃったのを覚えている？」

「あ！　はい」

「その時、自分で何て思ったか覚えている？」

「はい！　私もこうできれば仕事が楽になるなって思いました」

「私も同じ事を思ったのよ」

驚かれた。あれ？　あれ？

「あれ？　皆、ドロードラング領《うち》の事を知らない？　奴隷王なんて悪どい呼び名のわりにスゴい貧乏領地で、畑は荒れ放題だわ、食糧難だわ、死にかけの人しかいないわで、突然目覚めた魔法でどうにか凌いだの。本当に魔法さまさまだったわ～」

あれ、ミシルまで驚いている。言わなかったっけ？

「なのに、今は伯爵……」

男爵家の男の子が呟いた。そうなんだよね～びっくりだよね～。

「まあ私が伯爵になったのは運だったけど、領地の復興は半分できたわね。いや盛りすぎた、三分の一くらいかな？」

「あ、あの！　劇団はどうして始めたのですか！」

商家の男の子も手を上げる。

「自給自足だけじゃ経営が厳しいのよ。農作物だけじゃ飢饉は凌げないわ。経済は物流があってこそよ。あれもこれもあって、一つが駄目でも他で補塡《ほてん》ができればその一年はどうにかなる。そういう仕組みにしたかったの。だからって奴隷業は論外よ。

幸い歌の上手い女の子が多くて、身軽な男の子もたくさんいて、私は花を育てるのに調子こいた時期で、合わせて見世物にしたらお金を取れると思ったのが始まりね」

手に花を咲かす。これは幻。その花を今度は皆に咲かす。驚く子たちを花で囲み、鍛練場いっぱいに色とりどりの花を敷き詰める。

感嘆。

指を鳴らせば一瞬で消える。全員が私を見る。

「地水火風のどれかに特化しても良し。得意不得意があって良し。どんな魔法が自分に合うのかじっくりやっていこう。せっかく学園に入ったんだしね！」

皆元気に返事をしてくれた。

……摑みはＯＫだろうか？

その後もエンプツィー様にはちょいちょいと脱走されるようになったけど、その度にお土産を強要することにした。特別クラス生＆私の十二人分。

研究費を削りたくなかったらしっかり授業せい！

「あ～、なるほど」

ヤンさんが気づいた。

「あ、わかる？」

「何となくですけどね。雰囲気が優しい感じがしますよ」

「魔法の素養もないのに気づくのか。興味深い男じゃのう」

エンプツィー様と昼休みを利用してアイス屋に来てます。目の前にはラフな格好のヤンさん。眼鏡はしてない。

「気配には聡《さと》いもんで」

アイス屋の定休日は国民の休日の次の二日間（月曜火曜）にしました。二種類しかないのに想定してたよりもお客さんが多く、一日の営業時間を長くした。まあ、アイスの美味しい季節だよね！

週休二日にしたのは仕込みもあるし、材料の確保もあるし、何より店舗のコックたちには王都の食堂を食べ歩きしてもらいたいから。修業の一環として。

で。店休日に何をしに来たかというと、実験です。

跡取り男以外にも暴れる奴らが現れるのは、うちらはまったく屁でもないが他のお客様に迷惑が掛かる。なので店内については、黒魔法を使った空気清浄機みたいな、気持ちが穏やかになる雰囲気になる装置を作った。精神に作用するので、亀様とエンプツィー様に監督をしてもらいつつ、そんな気がする、という弱い物に設定。美味しい物を食べて幸せになったそのままの気分で帰ってもらいたいし、ならず者も静かに連行したい。また何かの題材になったら恥ずかしいじゃない！

曲が流れるようにもしたかったけど、庭で生演奏の方がいいと今回は見送り。生演奏は一般の方からも見えるようにして待ち時間の暇潰しにしてもらいたい。良かった、庭を広くしてて。

「これって頭に作用するんですよね？　天井設置よりも窓の高さまでにしてもらえませんか。俺ら従業員は長く店にいるから効きすぎて感覚が鈍るようになると困るんで」

「あそっか。んじゃお客様の座った時の高さに合わせよう」

「なるほどな。やはり現場で聞くのは良いのぅ」

《通信機に作用不可を付けるか？》

「いや。見た目が水晶ですからね。上手くいけば同業者に売れるんじゃないですか？」

あ、そういう事。そっち方面は考えてなかったわ。

「あ〜……これ、お嬢には作用しないんですか？」

ヤンさんが言いよどんだ。珍しい。

「するよ。なんで？」

「今劇場でやってる演目で、上演時間が短いんですけど『平民の味方』ってのがあるらしいんですよ」

……………え。

「無法者を懲らしめる少女の話だそうで、爽快活劇って事で今注目だそうです」

…………………へぇ。

「観に行く時は水晶を持っていった方が良いんじゃないですか？」

「行くかあっ!!?」

立ち上がって叫んだ私は皆に笑われた。

だから！　アレンジしてよっ!?　私だとわからないくらいにっ!!

九話　一つの決着です。

こんなはずではなかったんです……という事が多い私だけれど、本気でここまでとは思っていなかった。

夏の長期休暇（ようするに夏休み）にドロードラング領で一週間くらいの合宿をしようと思うんだけど、と誘ったら特別クラス全員から参加申込があった。一週間という期間で劇的な変化は起こらなくても想像力の足しにはなるだろう。残りの休みは里帰りしてね。そして合宿あけにミシルの村へ行く予定。

事前にクラウスに相談したところ合宿人数三十名までOKをくれたけど、魔法科の劣等生十人＋ミシルの十一人だからと笑った私。まあせっかくだから、仲良くなった他クラスの何人かを誘おうと声を掛けたら、集まりました約二百人。

はあ!?

合宿だよ!?

遊びじゃないよ!?

畑も耕すよ!?　狩りにも行くよ!?　雑草も取るよ!?

アイス先輩たち！　あんたら社交シーズンは!?　っていうか、お貴族様は金を出せっ！

寮の料理人たちもそっと手を上げてるし。だから観光じゃないってば！

エンプツィー様!?　アンタ交ざらなくても行けるでしょう!

マージさん!?　旦那様はいいのかい!?

学園長他先生方!?　エンプツィー様に自慢されて気になってたって!?

いやアンディ、笑ってる場合じゃないって……


今回はとうとうアンディもお付き君たちや専属シェフと共に外にいます。王子の登場に皆ド緊張だけど、食べ物の匂いが漂うと緊張は弛むエンプツィー様を締め上げて、また丸一日の休日をもぎ取り、本日アンディのリクエストによる外ご飯。ええ、米です。

焼おにぎり二種（醤油、味噌）と、塩むすびと、豚汁です。味噌がついに学園デビュー!

そしてわりと好評。

豚汁の一口目は顔をしかめるけど、肉の出汁がいいのかお代わり続出。いえ～い。焼おにぎりのおこげを美味しいと言うなんて通だね君たち。嬉しいよ!

だんだんと会を重ねる毎に参加人数が増えてきたので、もう寮の食堂から一番デカイ鍋を借りてます。三つ。米は先に炊いて保温。今回の野菜も領や寮の余り物。根菜は持つからね!　肉は買いました。エンプツィー様が!　豆腐とこんにゃくがまだ見つけられず、私的には具が足りないけど、根菜と茸と豚肉の具だくさんの汁物食ってこれからの暑さを乗り切ろう!

あ、調理場には日光が当たらないようにテントを組みました。


そうして焼おにぎり豚汁パーティーの後、平民生徒限定ドロードラング合宿参加権争奪ジャンケン大会が、「うちは貧乏子爵だーっ!!」と喚くアイス先輩その他《ほか》を無視して開催。

と、今からジャンケンするよというタイミングでクラウスから連絡が。

『騎馬の里の空いた土地にテントを張りましょう。騎士科は野営も学ぶはずですから、男子は外で寝泊まりということにしてはどうでしょうか。予備の五人用テントが五張りありますよ』

「いや、男子をそんなにってか、食べ盛りをそんなに連れて行って大丈夫なの？」

『騎馬の里の事はハンクから言われたのですよ』

料理長が？　ならば良し！

ということで、特別クラスを除いた十九枠＋追加のテント二十五枠＝四十四名分。貴族参加可。なんだけど、乗り物の搭乗人数制限の関係で、最大四十名に。

女子は屋敷で雑魚寝十五名、男子はテント寝二十五名のジャンケンに変更。男子に限り貴族枠を五名分に。あ、ミシルは基本私とセット。

おお、アイス先輩が勝った。良かったね。いやぁ賑やかになりそうだな〜。

「僕も行っていい？」

アンディがこそっと聞いてきた。実はアンディたち（主に侯爵夫妻用）の部屋はすでに屋敷に完備されている。だからアンディが来るのはいつでもＯＫ。

「……あまり構えないよ？　いいの？」

「いいよ。仕事してるお嬢も好きだからね」

「ぶっ！　照れるなぁ！　頑張るね！」

「うん」

ああ。その笑顔で百人力だよ、アンディ。


「貴女いい加減にしなさいよ!!」

ぱっちーん!

寮食堂での朝食中に、クリスティアーナ・カドガン嬢に平手打ちをかまされ、ウィンナーが口から飛び出した。私の口を飛び出したウィンナーは放物線を描いてさっきまで乗っていた皿に着地。

「……ぁあっ!? 人が飯《めし》食ってる時にわざわざ平手打ちするくらい卑怯な事をするなら、椅子から転げ落とすくらいに力入れろぉっ!! 軟弱なビンタで私の飯の邪魔をすんなあっ!!」

「お嬢、そこじゃない」

馬っ鹿野郎マーク! 食事は美味しく食べないともったいないでしょ! アンディとの待ち合わせにも遅れるし! ふん! と食べ始める。皿の上だからセーフよセーフ!

「無視しないで!」

「なぜ非のある人の話をわざわざ聞かなきゃいけない? ざけんな!」

「お嬢様、口調」「いや、ルルーもそこじゃないよ?」

「ならば非があるのは貴女でしょう!? サレスティア・ドロードラング! 王太子殿下の婚約者に成ろうだなんて! どこまではしたないの!?」

…………は?

マークとルルーも目が丸くなっている。クリスティアーナ様はいつもとは違い、鼻息が荒く、興奮のせいか顔も赤いし、髪が少し乱れている。いつも冷めた感じの目力がすごい。

なんだこれ。え、マジですか？

「クラウス！」

『おはようございますお嬢様。どうかされ』

「私が王太子の婚約者になるって何の事？」

『は？　聞いておりませんが』

「ありがと、忙しいとこごめん！　詳細は後で」

ウインナーを飲み込み、渋々と立ち上がってクリスティアーナ様と向かい合う。ほうほう、それでも今日も朝からお美しいね。食事の邪魔をしたからその美貌は効かねぇぞ、こるぁっ!!

「そのようなお話、私にはありませんが、どちらからお聞きになられたのですか？」

「しゃあしゃあと……王城の重鎮の間では四神の力を使える貴女がルーベンス殿下と一緒になればと話に出ているそうよ？　国母に成りたくて貴女がそう差し向けたのでしょう!?」

国母!?

「そんな面倒な職業成りたいわけあるかーっ!!　領地の事もまだまだ手が掛かるのに、そんな事考えるか!!」

「じゃあ何でそんな噂があるの!?　アンドレイ様だけではなくてシュナイル様まで！　どれだけ私《わたくし》の」

!!　亀様！　エリザベス姫の部屋へ！

《承知》

「好きな人ばかりを奪って行くの――っ!!」

叫んだクリスティアーナ様の前には登校準備を終えびっくりしたエリザベス姫がいた。

「そうだったの……そのことを私《わたくし》が聞いても良かったのかしら?」

エリザベス様の寮の部屋のソファセットにエリザベス様は一人、その向かいにクリスティアーナ様と私が並んで座ってます。

「さすがに食堂の男性の前や平民棟の私の部屋では他の生徒に聞こえる恐れがありました。思い付いたのが領地かエリザベス様だけだったのです。突然にすみませんでした」

「も、申し訳、ご、ござい、ませ、ん、」

ボロボロに泣いているクリスティアーナ様。二枚目のハンカチも半分がびしゃびしゃになっている。

「いいのよ。貴女もたくさん我慢してたのね」

エリザベス様が優しく声を掛けると、さらにクリスティアーナ様の涙が溢れた。

叫んだ事で気が抜けたのか、目の前に姫が現れたからか、クリスティアーナ様はパニックを起こしてわんわんと泣き出してしまった。まあ、王宮で聞いた事を大っぴらに叫んだのだ。よっぽどの動揺だったのだろう。今回は呼び出されて叱られるだろうな。……擁護に行こう。

アンディに今日はゴメンと連絡をし、エンプツィー様には遅刻しますのでよろしくお願いいたしますと釘を刺し、マークとルルーにはそういうわけで普通に登校してくれと伝えた。エリザベス様とクリスティアーナ様の事は、エリザベス様のお付きに頼んで欠席の連絡をしてもらった。今日が試験日とかじゃなくて本当に良かった……。


クリスティアーナ様が手を上げた理由を教えてくれた。

クリスティアーナ様の初恋はアンディだった。

小さい頃から賢い子だったクリスティアーナ様に宰相様は、アンディと結婚してカドガン家の入り婿になってもらいたいと言っていたらしい。大好きな父親の言葉を守るべく勉学に励み、アンディに並んでも恥ずかしくないようにと努力をした。そしていつしか、アンディに恋をした。恋を知り、更に努力を重ねた。

なのに、婚約が決まったのはシュナイル第二王子殿下だった。

ショックだった。

アンドレイ王子の婚約者には、よりにもよって奴隷王という国犯の娘だった。

父が最後まで反対をした。でも、国王、ラトルジン侯爵、当時の学園長の三人の推薦には誰も勝てなかった。犯罪者の娘でも、その犯罪を止めたのがその娘だったから。自分には無い大きな大きな功績があった。努力して努力して努力しても、好きな人に届くことはなかったと呆然とした。

シュナイル第二王子殿下は寡黙な方だ。

ショックを引きずる自分には会話の糸口すらも見出だせない。淑女として会話が成り立たないのは落第だ。王族の伴侶に選ばれるのは栄誉だ。自分だけの事ではない。

わかっている。でも、……でも。

「カドガン嬢は、確か花が好きだったな。庭に出てみないか?」

無表情で手を差し出す殿下に正直戸惑った。でも誘われたなら行かなければ。

手を取った。

そして、花が咲き乱れる庭園をクリスティアーナに合わせて進んでくれた。綺麗な花に癒され、言葉が少なくともそばにいてくれた事にも、ほんの少しだけ心が動いた。それからも、二人でいても特に会話が弾む事はなかった。天気が良ければ外に出て、部屋ではクリスティアーナの淹れたお茶を美味しいと言ってゆっくりと味わってくれた。

日々、些細な事しか無かった。

けれどそれが、クリスティアーナの心を癒した。

シュナイル殿下は、クリスティアーナの心が彼に追い付くのをただ待っていてくれている。そんな気がした。だって、学園で親しげな友人たちに向けるものとは、少し違うまなざしをしていたから。

とても、優しかったから。

安心して、踏み出せた。

なのに。

四神が付いているのならドロードラングの娘をルーベンス殿下にあてがったらいいのではないかと誰それが言っていたな。

ほう。それは良いかもしれん。

しかし、バルツァー国の姫はどうする?

シュナイル殿下に変更すれば良い。あちらも第二王子なら文句はあるまい。

ではカドガン卿の娘はアンドレイ殿下か。

父に頼まれて王宮へ出向いたら、そんな話が聞こえてしまった。

また、ドロードラングか。どこまで、さらっていくのか。

その姿を見つければ、近づいていた。


「そうねいいかもしれないわ。女はいつも身の無い話をするなんて言うわりに、男もそういう事をするのよね。馬鹿馬鹿しい」

「ついでに親父たちも！」

「激しいわねサレスティア……」

「私も殴るわ～」

「まあ元はと言えば私《わたくし》のせいですけど、もう今さらアンドレイ様は誰にも譲りません！」

まだ涙を押さえていたクリスティアーナ様は、え、とハンカチを持ったまま顔を上げた。

「もし、それでもルーベンス殿下にというなら、アンディを拐《さら》います！　国外脱出です！　それでも追いかけてくるならアーライル国を潰しますね。えへっ」

「恐い！　笑顔が恐いわサレスティア！　国を潰さないで！」

「一応国王様にはそう脅しを、あ、了承を得ています！」

「言い直しても不穏さが滲み出ているわ……」

「そういう訳なので、婚約者変更はありませんよ」

「……本当、でしょうか……」

まあデカい失敗の後はすぐには気持ちは浮上しないよね～。さてどうしたものかと思った途端、部屋の外が騒がしくなった。ドンドン！　とドアが叩かれる。

「エリザベス！　俺だ！　クリスティアーナはそこにいるのか!?」

「！　……シュナイル様……」

シュナイル様の声にビクッとしたクリスティアーナ様は慌てて目元を拭くが、真っ赤な目鼻は隠しようもない。そんなクリスティアーナ様に目配せをして、エリザベス様と私がドアの前に立つ。

「あらお兄様どうなさったの？」

「エリザベス！　アンドレイにお前たちが揃って遅れると聞いた。ドロードラング嬢と何があった？　開けてくれ」

エリザベス様のとぼけた質問にシュナイル様は焦ったように返す。いつもからは考えられない慌てぶりだ。でも姫はドアを開けない。

「へぇ、シュナイル様も焦るんですね？」

「ドロードラング嬢か!?　クリスティアーナと何があった!?　クリスティアーナに何をした！」

ボソッと言ったつもりがしっかり聞かれてた。平民棟より遥かに立派なドアなのに。シュナイル様すげぇ。

「ちょっとお兄様、サレスティアが何かしたと決めつけるのは失礼ではなくて？」

すみません、きっとロケットパンチのせいです……

「頼むエリザベス！　クリスティアーナがいるなら姿を見せてくれ！」

「いくら兄妹とはいえ淑女の部屋に入ろうというのに理由もなく喚き散らすのは紳士としていかがなものかしら」

「クリスティアーナが無事ならそれでいいんだ！」

わお。エリザベス様と見合い、クリスティアーナ様を振り返ると、止まったはずの涙がまた溢れていた。

「……会わせても、いいのかしら？」

エリザベス様がクリスティアーナ様に聞くと、はっとした彼女は首を横にブンブンと振る。ポニーテールが顔を打ちそうだ。ですよね。好きな人に涙でぐちゃぐちゃの顔を見られたくないよね。

クリスティアーナ様も普通の女の子だな～。

「もう少し時間を置いてからにしましょうか」

私がそう言うと、今度は縦にブンブンと首を振る。……目を回さないんだろうか？

バン!!

「時間を置くとはどういう事になっているのだ！　クリスティアーナは無事なのか!!」

待ちきれなくて勝手にドアを開けたシュナイル様は、顔を隠したクリスティアーナ様を発見。その姿に何を勘違いしたのか、私に向かって来た。

「貴様！　クリスに何をした!!」

私を掴もうと伸ばした手をくぐり、そのままシュナイル様の胸元を掴んで後ろに倒れながら足に力を入れると綺麗に巴投げができた。イエス！　勢いが良すぎて想定よりもシュナイル様が吹っ飛んだ。ありゃ失敗。

シュナイル様はクリスティアーナ様の足元に叩きつけられた。

「したと言えばしたかもしれませんが、してません」

受け身をとったシュナイル様はすぐさま立ち上がるが、すでに仁王立ちの私の台詞が理解できないようで、変な顔をした。

でもその片手は、顔を隠したままのクリスティアーナ様を抱き込んでいる。

「わ、私《わたくし》が、サレスティアさんを、た、叩いたのです……」

蚊の鳴くような声でクリスティアーナ様が顔を隠したまま説明してくれたが、ますます混乱したようなシュナイル様。

「え!? ……え、と、なぜ?」

シュナイル様がクリスティアーナ様を覗き込もうと少し屈んだ瞬間、エリザベス様が間に入った。

「お兄様が朴念仁だからですわ」

呆気にとられたシュナイル様からクリスティアーナ様を取り返して背に庇う。シュナイル様の手が無様にさ迷う。

「さあ！　私《わたくし》からクリスティアーナさんを奪いたければどれだけ大事に思っているのか納得させてごらんなさい！」

「は!?　なぜそうなる!?」

「二人きりだろうと今まで口説いた事もないでしょう！　それを朴念仁と言わずに何と言うのかしら？　クリスティアーナさんは王宮で、婚約者の変更の噂を聞いてしまったのです。いくらサレスティアの近くに四神がいるとはいえ、そんなあり得ない事を信じてしまうほどに婚約者であるはずのお兄様に蔑ろにされたクリスティアーナさんが可哀想です！　ねえ、サレスティア？」

「そうですね、朴念仁が嫌ならば、腰抜けとかボンクラとかポンコツとかいかがですか？」

「ああ！　我が兄ながらなんと情けない二つ名の羅列……」

「待て!?」

おお。無表情がデフォのシュナイル様が真っ赤な顔でつっこんだ。さすが妹。

「エ、エリザベス様、悪いのは、私《わたくし》ですので、シュナイル様には、その、」

「俺は！　クリスティアーナ・カドガンが好きだ！　変更はあり得ない！」

突然の告白に皆で動きが止まった。

なんだ!?　どした!?　シュナイル様!?　赤面したのでキレたのか？

でもその目はクリスティアーナ様を見つめていた。


「アンドレイの婚約者が、サレスティア・ドロードラングに決まって、一番喜んだのは俺だ」

ええっ!?　言い切った後にシュナイル様はちょっと目を伏せた。

「いや、クリスティアーナがアンドレイをずっと想っていたのを知っていたが、婚約者候補のままで終わったのを知って、父上に直談判しに行った」

ええ〜っ!?　クリスティアーナ様も思わず顔をさらすほど驚いた。

「クリスティアーナを自分の婚約者にしてくれと」

ああ、これが、クリスティアーナ様が心を動かした目か。シュナイル様の視線は、クリスティアーナ様から動かない。泣いて真っ赤になっていた顔にも動じない。……コイツ、やりよる……！

「ゆっくりでも少しずつ俺に向いてくれればいいと思った。権力を笠に着た婚約だが……アンドレイの近くにいることになるが、それでも俺は、クリスティアーナが欲しい」

「『欲しい』？　お兄様、その物の様な言い回し、馬鹿にしていらっしゃるの？」

エリザベス様の声が低い。

「ああそうだな間違えた。すまない。……クリスティアーナ、俺は君のことが好きだ。俺の妻になってくれないか」

呆然とするクリスティアーナ様。マネキンになってしまったかのように動かない。え、大丈夫!?

ゆっくりと一歩を踏み出すシュナイル様。

「……クリス？」

ためらいがちに呼び掛けるシュナイル様。ゆっくり、ゆっくりと近づいて、エリザベス様を越えた。

クリスティアーナ様は逃げない。

「クリス……？」

「……私《わたくし》、シュナイル様に、望まれ、た？」

「ああ、望んだ」

肩の力が抜けたシュナイル様の声は優しくなり、床に片膝をつくとクリスティアーナ様の左手を取る。

「ずっと、君の髪がその形に結わえられるようになってから、ずっとずっと望んでいる。何度でも言おう。クリス、俺の妻になってください」

クリスティアーナ様の、花が咲いた。

好きな人に想われるというのは、とても綺麗だ。

幸せが、目に見える。

さっきまでと同じく泣いているのに、全然違う。

とても、綺麗だ。

「……はい……喜んで……」

ツンツンしていた彼女が綻んだ。

それを見ても動揺もせずに微笑み返す彼。なんだ。ポンコツなりに仲良くやってんじゃん。

「では次の休みにアイスを食べに行かないか？　甘いものは好きだろう？」

まだ誘ってなかったんかいっっ!?

やっぱりヘタレだポンコツだ……クリスティアーナ様が笑っているからいいけど。


「「　いいな～……　」」

エリザベス様とお互いに苦笑。

「私《わたくし》だけの台詞よサレスティア？」

叶わないだろう恋をしている姫の前で不謹慎だったな。でも。

「誰かが幸せで綺麗になる瞬間が羨ましくなるんです。……姫も、思い出に告白すれば良いのに」

「貴女、抉ってくるわね……でもそうね、いつかできたらいいかもしれないわね……」

穏やかに二人を眺めるエリザベス様は、また苦笑した。

と、何だかまた廊下が騒がしくなった。すぐにドアが開き何事かと構えたらビアンカ様が入って来た。おっ？

「ああ！　いた！　婚約者変更ってどういう事ですの!?」

慌てて長く走ってこられたらしいビアンカ様には悪いが、皆で脱力してしまった。

こんなはずではなかったんです……………あれ、デジャヴ？

学園の試験は学年毎に回数が異なる。

一年は学年末試験の一回（補習有り）。

二年は科毎に必要に応じて。最低月イチ。

三年は月イチ試験の他に個人で選んで必要なものを受け、就職活動も同時進行。

という理由で夏休み前は一年生だけがのんびりしていられる。ので、ドロードラング合宿参加の二、三年は目の下に隈がある。お疲れさまです。

まあそれはいいんだけど、私が呆然としたのは、領までの移動手段の事。領地ではお馴染みの十人乗りのホバー荷車が五台。連結して、私が運転で、と昨日までその予定でいたのに今朝突然オプションが付いた。

シロウとクロウである。
《アンドレイも共に来るというならば護衛が必要だろう?》
《しかし荷車は五台しか準備できぬとさ》
《主が場数を踏んでいようと成人前の子供。という訳で上手いこと我らを使うといい》
普通(魔物)サイズのシロクロが荷車の前で阿吽《あうん》の像よろしくおすわりをしている。喋る毎にフサッと尻尾を揺らす。ああ、可愛い。
いや待て待て。
もう転移でいんじゃね? と言えずにいるのは、シロクロにハーネスが付いていて、その繋ぎ先の荷車が進行方向にコの字に固定されている。……何その形、今までそんな物に乗ったことないんですけど……そして、大人しくしつつも今か今かと特にソワソワしてるのがシロクロだ。
「……確認するけど、荷車のこの幅じゃあ道を通れないわよね?」
《通れるぞ。すれ違えぬがな》
《だから飛ぶのだろう?》
だからじゃないでしょ! 最初からそのつもりでしょ! 誰の入れ知恵だよ! 面白いけどさ!
よく見れば座席は補強されているし、ベルトも装備されている。
「は~。そういう事だそうなので、覚悟決めて好きな席に乗ってくださ~い」
真っ青になっている皆に一応呼び掛けた。
「ドロードラングに行くだけで覚悟が要るとは……」
アイス先輩が諦めたようにクロウのすぐ後ろの荷車に乗る。あざーす。それに倣って皆がゆるゆると席に着く。

「あ！　アイス先輩！　たぶん真ん中の荷車が一番恐いと思うのでそっちに移動してくださ～い」

「鬼かっ!?」

そう言いつつも真ん中荷車に座っていた一年生を中心に席を替わってくれる先輩たち。さーすーが～！

「アンドレイ様とドロードラング嬢はどうするんだ？」

「アンディはシロウ、私はミシルとクロウに直接乗ります」

「え!?　鞍もないのに大丈夫なのか!?」

「ええ、わりと。あ、替わります？」

「結構です!!」

そんなバタバタをしつつも準備は終わり、では行ってきます！　と、見送りに来てくれた皆に手を振って浮上。するとあちこちから悲鳴が。ですよね。地上三十メートルくらいかな？　そんなに上がらなくても。

「恐かったら目を瞑っててもいいよ～。しっかり掴まっ「「「「ギャアアアア～～!!?」」」」

せめて行くぞくらい言ってから進んであげて!?　初飛行で景色がブレる程の速さって可哀想なんだけど!?

まあ、二頭の力で私らに風圧がかかることはないので、実はどんなに景色がブレようが快適なのだけど。後ろを見ればもはや死屍累々。……あ～あ。

《しかしな主、ドロードラングに来るような奴は下心があるから最初にカマして来いと言われたぞ?》とシロウ。

「え～?　それ誰が言ったの?」

《ニック》とクロウ。

　あの人はよ～～!

「ははっ、ニックさんなら言いそうだね」

「アンディ感心しないでよ。まったくいい大人が成人前の子供に何をさせるんだか……」

「でもまあ、一理あると思うよ」

「それでもまだ学生なのにと思うの」

「優しいな、先生は」

「もう!」

「ふふっ。ねえシロウ、クロウ。せっかく空を飛ぶのだからその素晴らしさも皆に知ってもらおうよ。どれだけ君らが空を翔るのを好きか空にいないとわからないし、僕らはそうそう簡単には空に上がれない。君らが羨ましいともっと思わせよう。そうしたら誰か一人は飛べるようになるかもしれないよ?」

　最後のは私に向かって言う。笑ってるし。でもそうね、これも想像の助けになる。

「お願い」

　納得してくれたのか速度が落ちた。ふよふよふよふよと音がつきそうな速さだ。クロウに張り付いていたミシルがその毛皮から顔を上げる。

「うわ!　うわあ!　……はあ～～っ!　すごいっ!　すごいね!　私たち、空を飛んでるんだね！」

そうそう、こういう反応になれば良かったのに。そっと後ろを見れば、何人かはミシルの声が聞こえたのか周りをそろそろと見てる。ミシルのように笑顔になったり、更に青くなったり。アンディとその様子に苦笑した。

ふと下を見ると、森の一部に焼け焦げ跡を発見。お。もうカーディフ領だ。

皆さ～ん、もうすぐドロードラングに着きますよ～。

おまけSS①　矛と盾

シロウとクロウは優しいね。
柔らかく笑いながら、我らが主の番《つがい》がそんな事を言う。
本当なら、従魔は主としか話さないのでしょう？　領の皆は特別として、僕とも普通に話してくれて嬉しいよ。ありがとう。
白《と、アンドレイが言うのだ》
黒《然《さ》もありなん。我らが主の番だからだ》
虎《我も！　我もアンドレイに言われたぞ！　白虎と話す事ができて嬉しいとな！》
龍《フム。そう言えば我も言われたな……》
亀《ふふふ。あの子も興味深いだろう。サレスティア程ではないが、充分な魔力も在り、王族としての務めをこなす努力も惜しまない。我らに媚びることもない。そして何より、サレスティアが心を開いている》
龍《玄武の愛《いと》し子《ご》なのだろう？》
亀《そうだ》

虎《愛《いと》し子《ご》？　何だそれは？》
龍《気に入った者を言うのだ》
白《そう言えば、白虎には愛《いと》し子《ご》は居《お》らんな……》
黒《自分だけ遊ぶのに手一杯だからな。他に目が行かん》
ああ～、と白虎以外が頷く。
虎《む！　サリオンは気に入っておるぞ！　最高の居心地なのだ！》
亀《人の子は成長が早い。そろそろ抱っこも終わりだろう？》
虎《うっ!?　……むぅ、そうなのだ。サリオンが大きくなるのは嬉しいが、抱っこがなくなるのはつまらんな～》
龍《魔力の調整ができるようになれば良かろう？》
虎《面倒だ!!》
白虎以外が半眼になる。
亀《ふふっ。それができれば、サリオンに入らずとも直接抱き上げてもらえるのに》
虎《ハッ！　そうか！　そうだな。ならばやろう！》
白虎以外が苦笑する。
亀《一番早く修得するならば、サレスティアに頼むと良いぞ》
虎《ん？　姉上か？　なぜだ？　人だろう？》
白《……ああ、そうだな。……適任だ》
黒《……うむ、……そうだな、適任だな》

虎《ん？　お前たちもそう思うのか？　なぜだ？》
白黒《《　………………ハリセンが、　》》
玄武と青龍がピクッとした。白虎がその気配をつかむ。そして、シロウとクロウの言葉が出てこない。
虎《ん？　どうした？》
白黒《《　……アレが主の手にあれば、逆らう気が無くなる……　》》
虎《んん？》
龍《……確かに。あのひだひだに何かが刷り込まれたのだろうか……思い出すだけで身が引き締まる……》
亀《ははっ、我もアレにはもう当たりたくない。新しい事も直ぐに覚えられそうだ》
虎《んんん!?　お前たちばかりで頷くな。どういう事だ？》
亀《真剣に学ぶ気になれるという事だ。そしてサレスティアは、弱き者以外には容赦ない》
龍《うむ……学園では皆が弱いからな、誰にでも優しい。……が、お前は強い》
虎《……ん～？　という事は？》
虎以外全員《《《　健闘を祈るが、手助けはせぬ　》》》
虎《えぇ～??》
白虎が腑に落ちない声で抗議をするが、誰も詳しくは教えてくれなかった。その理由は、後に身をもって充分に思い知ることになる。

その後。涙目の白虎がぐったりしている。

虎《もう！　ハリセン嫌いっ!!?》

亀《……うむ》

龍《そうなるな……》

同情の目を向ける玄武と青龍。シロウとクロウの目がキラリと光る。

白《ならばこそ！》

黒《しれっと主の前に飛び出せるアンドレイはいなくてはならぬ！》

虎《!!　……何という事だ！　我らの最強の盾はアンドレイか!?》

亀《そうだ。その事を努々《ゆめゆめ》忘れるな》

全員がしっかりと頷いた。

とかなんとか☆

一〇話　夏合宿その1。

後半は充分に空の旅を堪能した生徒たちは、ドロードラング領の様子を確認し、近づくにつれ口数が減った。初めて見る物に圧倒されているようだ。

屋敷の前にゆっくりと降りる。屋敷に今いるメンバーが出迎えてくれていた。

「はい到着。シロウ、クロウ、お疲れさま。楽しかったよ。さあ皆、降りて」

アンディが指示していく。

なぜか。私が使い物にならないから。

屋敷の上空に差し掛かった時から、私の目は涙ですぐ前に座るミシルすらよく見えない。地上で領の皆と白虎が待っていてくれた。

白虎の隣には、サリオンが立っていた。

学園に行く前は、耳と尻尾が付いたコトラの姿で見送ってくれた。

サリオンが自分で立っている。

地上に着いてクロウが伏せてくれても、もう一人では降りられない。クラウスが苦笑しながら私を抱き上げて降ろしてくれた。

サリオンがてくてくとこちらに来る。

「お帰りなさい。姉上」

コトラと同じ声。だけど、違う。ああ、こういう顔で笑うんだ……

「……びっくりした？」

少し不安げに首を傾げ、私を見上げる。ああ、サリオン……

「……うん！」

抱きしめた。


ぼったりと腫れ上がった瞼をそのままに、広間に待っててもらった生徒たちに合宿の流れを説明する。とりあえず今日は領の見学とその他。皆若いし、体力あるから見学は歩きねー。

「皆様こんにちは。いつも姉がお世話になっております。僕は弟のサリオン・ドロードラングです。この合宿が有意義なものになるように、微力ながらお手伝いいたします」

私の隣でサリオンが練習したであろう挨拶を堂々とする。

よくできましたーっ！　あまりの可愛さにおねーちゃん鼻血が出そうだよ!!　ああ！　なでなでしたい!!　撫でくりまわしたい!!

でもまだ一人で動くようになって一ヶ月そこそこ。コトラとして舞台も立っているけど、自分一人で動くのはまた違うらしい。ので、白虎（現在柴犬の成犬程の大きさ）がぴったり付いている。

そしてサリオンは、広間の壁にクラウスたちと並んで手招きするアンディにてくてく近づいて行く。

所作はアンディにも習ったそうだ。

いつの間に!?　っていうか、よくも黙っていたわねアンディ！　ああ！　アンディがサリオンをなでなでしてる!?　よくできました、って言うアンディがすっかり兄ポジション!!　え!?　あそこに私の入る隙はあるの？　……ええ～、何に嫉妬したらいいのコレ？

「お嬢、続き」

マークが突っ込む。マークたちは私の忘れ物が無いかを一応チェックしてから亀様転移で来ました。

えーと、説明は一応終わったから、えーと……

「はいじゃあ、おやつ出すぞー」

「「「ハンクさん!!」」」

皆の胃袋鷲掴み、料理長ハンクさんが登場。そして侍女たちがトレイに生徒たち分のチーズケーキを持って来る。女子でも三口で食べきれる小さい物だけど、お茶も飲んでちょこっと寛《くつろ》いで？

アイス先輩が項垂れた。

「ドロードラングのデザート事情はどうなってるんだ……旨い～～っ！」

あざーす！


さて、見学開始です。

まずは保管庫、冷凍冷蔵庫。ここに屋敷とホテルで使う食材が入ってます。あ、ジャーキーとか売り物用に保管庫一個追加しました。

家畜小屋。現在も鶏と牛。増築済み。

作業小屋。土木班専用作業場&保管庫。鍛冶班作業場&保管庫。服飾班&染織班の合同作業場。

細工班の小道具が増えて、一棟増設。

薬草班も薬草畑のすぐそばに一棟建てた。

大蜘蛛飼育場。大蜘蛛の数が増えて敷地も倍になった。うっかり大蜘蛛の姿を見た子が絶叫。うん定番。

畑をぐる～っと回り、騎馬の民が半分国に帰った騎馬の里を案内。男子二十五人はこっちでテントだよ。屋敷までちょっと遠いから嫌がるかと思ったけど、ザンドルさんが見せてくれたテントにテンション上がったようだから大丈夫か。

そして温泉、遊園地とホテルの脇を通り、屋敷に到着。

「はいお疲れ～。まあ、うちなんてこんなもんよ。自分等の領地とたいして変わらなかったでしょう？」

「色々おかしいのいっぱいあったぞ!?　まずこの大通りだ！　どうしたらこうなる!?」「あの保管庫！　いくらで売ってもらえます!?」「畑の広さが異常だよ……」「……大蜘蛛って飼えるものなの!?」「騎馬の民って、砂漠の国だよな、何でいるの？」「いやまず移動に使った荷車だろ！　浮くってなんだ!?」「鍬《くわ》や鋤《すき》が尋常じゃない煌めきだったんだけど!?　あれ農具だよね!?」

はいはい落ち着け～。とりあえずお昼にするから、ほれ、屋敷に入れ～。

と。騒ぐ生徒をハンクさんのオムライスで黙らせ、寛いだところを子供たちが「絵本を読んで！」と襲撃。

漏れなく生徒たちが読まされている間、私はサリオンとアンディの元へ。白虎は騎馬の里にいるらしく、今はそばにいない。先に気づいたのはアンディ。私に向かって小さく手を振る仕草にサリオンもこちらを向いて笑う。

「……怒ってる？」

そばによってもジリジリとしている私に、アンディが少しだけ恐る恐る聞いてきた。

「ううん、悔しいだけ。サリオンが自分で立つ時は私が一番に見られると思ってたから。私の知らないところで二人が仲良しなのも悔しい。どっちに妬《や》いたらいいのかしらと思ってる」

ぼそぼそと呟く私に気を抜く二人。

「僕だって姉上がコトラをとても可愛がるのにやきもちを妬いたよ。白虎も大好きだけど、僕なのに、って」

ええ～？　だってサリオンが動いてるんだよ？　可愛いじゃん！

あ。サリオンの笑顔がアンディに似てる。しょうがないなぁという感じ。……あれ？　私、弟にも甘やかされてる……？

「愛だよ、愛」

ブッ！　アンディがそういう風に言うとは！

サリオンが立ち上がり、両腕を広げたのでまた抱きしめた。

小さい身体。７才なのに、私の肩にも届かない。

でも、元気だ。うちにいる他の７才の子よりも小さいけど、元気だ。

「アンディ、今いないけど、白虎もありがとう」

サリオンの私に触れる手に力が入った。ああ、サリオンが動いてる。自分で、自分を動かしている。

嬉しい
サリオンが自分の意思で生きている。

嬉しい
「おじょー！　お兄さん読むのヘター！」「おねーさんもヘター！」「貴族のおにーさんの読み方、こーわーいー！」

どうやら読み聞かせは散々なよう。子供って素直だからね〜。お貴族様も関係ない。容赦ない文句に先輩方がうちひしがれている。

「あ！　サリオンずるい！　僕もおじょーと抱っこ！」「アンディ！　ぼくも抱っこ！」「わたしも！　おじょー！」

わらわらと寄ってくる子供たち。サリオンを避難させてアンディとアイコンタクト。

よし来ーい！


その後生徒たちは子供たちと行動を共にした。

乾いた洗濯物を取り込み、シーツやらテーブルクロスやらを子供監督の指示のもと畳んでいくのだけど、ここでも子供たちからの「下手っぴコール」が響いた。お貴族様たちはもちろん初体験。平民たちは丈夫な真っ白い布に触った事がないのでビビって力加減ができてない。それを子供たちがわりと丁寧に指導していく。

「ピタッと合わせないと、重ねてしまうのができないの」

なるほどと頷く生徒たち。

「終わったかー？　畳み方を終えたら男は俺に付いて来いなー」

ニックさんがヒョコっと顔を出す。その後ろからはカシーナさんが。

「女子は私の所へ集まってくださいね」

お、ここから男女別か。後はよろしく～。

ニックさんは親指を立て、カシーナさんはにっこり頷く。

そんじゃあ私は執務室にいます。よろしくね～。


死屍累々、再び。

男子は狩りに連れていかれ、野草や茸や木の実摘み。途中木登り実習。平民生徒は木登りができたけど、制限時間内では無理だったよう。貴族様は誰もできなかったらしい。

そして大豚と遭遇。なんと大豚は卒業試験の討伐対象の一種らしく、生徒は真っ青。

だけどまあ、うちの狩猟班には日常の獲物なので「顔を狙え」だの「真っ直ぐにしか突進しないから落ち着けば避けられる」とか「避けながら首を狙えよ、血抜きが楽になるから」「皮は使えるからなるべく体には傷を付けるな」「いつまでも仕留められないと肉が不味くなって怒られるからな、なるべく直ぐ殺れ」

狩猟班の助言と、あっさりと倒したその戦闘力に呆然。狩猟班は成人してからの仕事なので生徒よりは大人だけど、何人かは三年生より小さいし、細い。自分より小柄な人が大豚を仕留める姿に見入ってしまったと、少々青い顔色でアイス先輩たちは言った。文官科と特別クラスの生徒はまさかの戦闘だったので動けなかったとグッタリ。その後に行われた解体も大変な経験だったよう。合掌。

女子（特別クラス含む）は、ホテルに連れていかれ、洗濯担当は一日二回の洗濯物の回収と洗濯（午後の部）とトイレの掃除。ホテルの内装にビビり、その部屋数に圧倒され、洗濯場のオバチャンたちと歌いながら洗濯物を足踏み洗い。脱水機（博物館にしかないような手回しのヤツ）を回す力が足りなくてオバチャンたちに笑われ、大量の洗濯物を運ぶのにもフラフラし、干すのにもまた体力を使い、現在腕に力が入らないと嘆く。

掃除を担当した女子は二号館の部屋数の多さに涙が出そうになったとぼやいた。こちらも物を移動させての徹底掃除なので腕がプルプルしてるらしい。

お疲れ。

ミシルはクラスの女子のフォローを受けながら掃除をしてきたようだ。見たこともない建物が楽しく、疲れたけれど面白かったと彼女たちと笑う。

良かった。

「んじゃこの後は全員私に付いて来てね～」

と連れて来たのは、以前山を隔てた隣国との間にこっそり作ったトンネル。アンディとサリオンは屋敷に留守番。

我がアーライル国と隣のイズリール国を結ぶ主要道路はドロードラングを通らない。だからこそっと山をくりぬいた。

山を挟んで隣接するジアク領との交流のみになるだろうと予想してトンネルについての交渉をしに行ったら、ドロードラング領に楽に行けるように大きくしてくれと要望が出た。

せっかく帰って来たのでその工事？　をしたいと思います！

鉱山を知ってる子は壁がこんな綺麗な炭坑は見たことないと興奮。ありがと、落ち着け。お貴族様用馬車サイズがすれ違える幅に広げます。

「土と水の混合魔法よー。まあ、見ててねー」

トンネル手前の地面に両手を突く。今日は執務室から出てきたルイスさんに幅の確認をしてもらいつつ、開始。ちなみにトンネルの向こうにはクラウスとその護衛としてクロウがいる。

まずは表面に掛けていた風と水の魔法を解除。それから広げたいサイズの土に水を混ぜて捏ねる。ぐっちょぐっちょと嫌な音を響かせ、ぐにょんぐにょんと土が動く様子に生徒の悲鳴が上がる。ちゃんと混ぜないとね～。

そして、壁にするために捏ねた土を圧縮。なるべく滑らかな表面になるようにゆっくりとする。余計な水分が染みだしたのを、水魔法に馴染ませ風魔法を混ぜてそのままトンネル表面のコーティングへ。チラリと見ればルイスさんからＯＫが。通信機でクラウスからもＯＫ。

よっしゃ終了～。

「これがトンネルの作り方よー。いつか造る時の参考にしてねー」

「……トンネルを見るのも初めてなのに、エライ物を見た……」

アイス先輩はすっかりツッコミ要員だな。まあ、私独自の作業かもしれないのでそれぞれ工夫してちょうだいね～。

そしてそのまま歩いてトンネルを通り、隣国イズリール国ジアク領に出る。そこにはクラウス、クロウ、ジアク領当主始めその護衛、お世話になってるジアク領ギルド長と暇そうなメンバーが何人かいた。

「ようお疲れ。まさかのお嬢ちゃんが魔法使いだったな！」

「ギルド長、ご無沙汰してます。あ～あバレちゃった」

髭もじゃダミ声ギルド長がガハガハと笑う。山賊か。でも確か三十代。登録もできないチビッコの私が魔法使いでした～。

「あの悪名高いドロードラングの新しい当主が可愛らしい娘さんとはな。世の中何が起こるかわからんな」

ジアク領当主が呆れた様に笑う。こちらも見た目より若い三十代。当主になって十年らしいので、私も十年後には落ち着いた貫禄がつくかな？

「では約定通り、イズリールに何かあった時はここを使って王族の保護をお願いする。逆もまた然りだ」

「はい。よろしくお願いします」

避難路なら小さいままで良かったのでは？　とも思うが、王族だけを逃がしたところで国が残る訳じゃない。一時避難になる難民を分散して受け入れるためだ。

……そういう使い方をしないで済めばいいと強く思う。

「……どうにか一座を手に入れたかったが無理なはずだ」

「ふふ。これからはドロードラングにお越しくださいね」

「お宅の一座は美人が多いからなぁ。行けば会えるというのは嬉しいねぇ。ガハハ！」

「うちはいつでもお触りは禁止ですからね？　破った場合は国も身分も関係ありませんよ？」

「わかっているさ。それをやって痛い目を見た話は山程ある。ジアク領にそういう人間がいなくて本気でほっとしたよ」

当主とギルド長がクラウスをチラリと見る。今日も安定の笑顔でにこにこしてる姿に一瞬身震い。その隣で欠伸をしたクロウにもびくりとした。わはは。

「なぁ、その話、俺たちが聞いても良かったのか……？」

アイス先輩がこそっと聞いてきたので、非公式な事もあるよと言ってみた。

「何が勝負時に使えるかわかりませんからね。色んなものを見て聞いてください。私だって味方は多い方がいいです」

貴族生徒たちは難しそうな顔をしてた。現在イズリール国とはハスブナル国に対しての同盟を結んでいる。いざという時の手はいくつあってもいい。

「俺たちの誰かが裏切るとは考えないのか？」

確かにただの生徒に何の力も無い。が、その親がどう動くかはわからない。国への忠義を貫くか、我欲を取るか、正直その時にならないとわからない。だけど。

「私を裏切るなら相応な対処をします。ということを理解しておいてくださいね」

にっこり言ったら皆が真っ青になった。うはは、失礼な奴らだな！

その後は騎馬の里に寄ってテント張り実習。

テントと言いながらも簡易住居だから、男子五人までのサイズとしながらも大きいので手こずる。双子のオッサンお調子者担当バジアルさんの指導のもと男子たちが組み立てて行く。出来上がったテントを覗く女子。

「うちと同じくらいかな？」

農家の子は男女共にそう言う。私が領地に戻って来た頃の家々はこのテントよりも一回り小さかった。やっぱり貧乏なんだな、うち。

今のアパートの部屋はもちろんこのテントより広い。皆何も言わないけど、今度新しく建てる時はもう少し広くしようかな？

「村長の家より大きい……？」

ミシルが呟いた。

……マジですか？


翌日も生徒たちは子供たちと行動。

今日からドロードラング製の服を着てもらう。汚れても洗えば取れるから、しっかり働けよー。

早朝から畑の草むしり。収穫は大人が担当。ただし、育成中の野菜の観察もするのは子供が中心。野菜の病気はほぼ無いけど、虫が付くとあっという間にやられてしまう。見つけたら潰したり、薬草班特製の植物に優しい唐辛子入り防虫剤を撒いたり。

ホテルと屋敷に取れたて夏野菜を持って行き、調理場すぐの外の洗い場で洗って置く。優しく丁寧にさっさと洗うんだと子供たちがいっちょまえに説明。可愛いわ〜。それから朝ごはん。好きなだけ取り分けて食え〜。

その後、男子は放牧しに騎馬の国へ、女子は洗濯するために洗い場へ。


騎馬の国への転移門を潜って呆然。そのままあれよあれよと馬に乗せられ駆け足散歩。

騎士科生徒は一年生平民以外は苦もなく進めたが、それ以外の文官科と特別クラスの生徒は馬のたてがみから顔を上げられない状態に。それでも付き添ってもらって百メートルくらいは進んだ。

その横では、弓の訓練、馬レース、槍での打ち合い。それらを三十分くらいで切り上げ、騎馬の国の畑でも雑草取り。首長たちが水分を取ることに気をつけてくれる。

それからおやつを食べに帰ってくる。


女子はまた掃除と洗濯に分かれ、お客さんの出た部屋を掃除していく。この時間はお風呂場とトイレも掃除。窓を開けて空気を入れ換えて掃き掃除に拭き掃除にリネンの取り替え。掃除用具とリネン類をワゴンに乗せて、どんどんと進めていく。

侍女科生徒たちは学校でも掃除を習うが、うちはそれより随分と速い。経験の無い特別クラスの生徒と共に置いていかれないように必死だ。そのまま洗濯物を洗い場へ持って行き、用意されていた桶に入れていく。洗ってすすいで絞って干す。干場はいつもいっぱいだ。

そこまで終えて、おやつの時間。

合流し、お互いにぐったりした姿を見せ合う生徒たち。うちの子たちは元気です。

本日のおやつは騎馬の国産ドライフルーツたっぷりパウンドケーキです！　紅茶と牛乳とどちらか選んでちょうだいね。もちろんミルクティー（紅茶オレ？）にしてもいいよ～。

その後は格闘技訓練。

子供たちの相手には元盗賊と義手義足連中。

元気に動く子供たちに戦慄しながらも、騎士科生徒はげんなりする生徒たちをまずは見学させる。

女子は女子で護身術を侍女たちが指導。

マークの師匠のニックさんにビビりつつも、手合わせを願い出るアイス先輩たち。マークにもまだ勝てないのでこてんぱんだ。その他男子は護身術から。と言いたかったが、体が固くて柔軟を念入りにしている。

「いいかー。自分の体がどれだけ動けるか知っておくのは大事だぞー。誰かを守る時、助ける時、戦いを生業《なりわい》にしなくとも、事故なんかに遭った時に避けられるように、自分自身が逃げられるようになー」

訓練終了後、ぜはぜはと言う生徒たちにニックさんが軽く声を掛ける。……聞こえてる？

「あと、ここにいる間はきちっと飯を食えよー」

あ、お昼ですよー。

「……これだけ体がしんどいと食欲など無いはずなのに、何なんだドロードラングの食べ物は……美味い～！」

アイス先輩の呟きに騎士科生徒が頷き、他の生徒たちも口をモゴモゴとさせながら頷く。今日のハンバーガーは照り焼きだぜ！　ちょっと入ってるマヨネーズがいいよね！

「このハンバーガーは王都では売らないのですか？　アイスクリームのように紙で包めば持ち帰りもできそうです！」

商家の男の子、テッド・ツェーリが言う。王都のツェーリ商会の次男坊。まさかの魔法素養に家族で驚いたとか。ほうほう良いね、商売に関する興味を持つのは。

「肉屋とパン屋と八百屋で相談ね。テッドの商会で馴染みの所に教えてもいいわよ」

なぜか生徒全員が目を丸くした。

「ええっ!?　余所に教えるって、自分の所で出さないいんですか!?　このテリヤキソースはどの店にもありませんよ？」

テッドが立ち上がって慌ててる。あ、やっぱりそう思うんだ。

「でも材料さえ揃えばどこの料理人でも作れる物よ」

「だからそれを独占すれば良いじゃないですか？」

「それも良いんだけど、あんまり派手に売れてもどこかの店が潰れちゃうでしょ。基本的にうちは王都で稼ぐよりも領地まで来て欲しいのよ。その方が安く提供できるから」

「だけど出し渋っている間に盗られちゃいますよ？」

「いいわよ別に」

ええ〜っ!? と叫ばれた。

「味の好みなんてバラバラでしょう？　盗んだ人が美味しいと思う味付けで出せばいいわ。王都だって同じメニューでも店毎に味が違うじゃない？　まあそれでもうちの料理人が作った物が一番美味しいけどね！」

「はっはっは。そんな風に言い切られると料理人冥利につきますね」

ハンクさんがお代わりハンバーガーとフライドポテトを持って来た。へろへろの生徒たちの手がまた伸びる。食え食え。

「このイモ揚げだって味付けは塩と胡椒だ。材料さえあれば家でも作れるよ」

「油の値段が高いですし『揚げた物』って、初めて食べました」

「そうだな。俺もお嬢がこうしようと言わなければ思い付かなかった調理法だ。うちで安く提供できるのはお嬢がいるからだよ。薄々気づいてるとは思うがドロードラングには魔法製品が多い。お嬢がいなければできなかった保管庫のおかげで、夏でも肉も野菜も駄目にせずに済んでいる。材料が豊富だから安く提供できているのもドロードラングの強みだ。

それを王都の物で作った時に単価がいくらになるか計算してみな。うちのお嬢は庶民派だが、けして慈善家じゃないぞ」

ハンクさんの言葉を聞きテッドが計算を始める。さすが商家の子、暗算か。

「当然でしょ。私は領主よ。自領の利益が一番よ。施しなんかしないわ、投資よ投資。ま、魔法があったから今こうして投資できるまでになったんだけどね」

「では、この合宿は投資か。……だが俺はシュナイル殿下から離れる気はない」

アイス先輩が真面目にこちらを見る。

「もちろんそれで良いです。誘った人を全て取り込むのは無理ですよ。私は毎日が平和であれば良いんです。そのためには何だってするつもりです」

そう。できることは何だってしておきたい。

「アイス先輩たちがシュナイル殿下のそばにいてドロードラングが平和であれば、何も言う事はありません。皆もそう。どこにいても穏やかに暮らすために頑張ってるなら、それで良い。困ったなら助けに行くし、頑張れなかったら連れて来るだけよ。アーライル国が平和ならそれで良いの。そういう意味の投資よ」

生徒たちがシンとしてしまった。ハンクさんはにこにことしている。……何かズレてたかしら？

アイス先輩の表情がゆるんだ。

「俺の家名はモーズレイだ。アイス呼びはいい加減止《や》めろ」

「え？『アイス・モーズレイ』ですよね？」

「違ーう!!　名はマイルズだ！」

「『マイルズ・アイス・モーズレイ』？」

「わざとにも程がある！」

皆で笑った。

午後からは遊園地周辺のゴミチェック。不審者チェックもするので大人と組んでの見回りだ。

私はまた執務室で仕事です。クラウスやルイスさん、クインさんが仕分けしてくれてるけど、書類はなかなか多い。サリオンは昼寝でアンディはその付き添いに行ってしまった。……姉の領分が……！　仕事をちゃっちゃと終わらしてやる!!

『お嬢。今いいですか？』

「ラージスさん？　どーぞー」

『見回り中にハーシーが子供に絡まれたんですけど、屋敷の一室借りていいですか？』

は？　どういう状況？

そうして提供したのは食堂。

頬を義手で押さえたハーシーさんと、痩せた子供を担いだラージスさん、その子供のだろう荷物を持ったアイス先輩と子供たち。あ、見回りは終わったのか。

「離せ！　離せよ！　そこの腰抜けをぶっ飛ばしてやるんだ!!」

騒ぐ少年を椅子に降ろしそのまま肩を押さえるラージスさん。ハンクさんがホットミルクを持って来て少年に渡す。

「まぁとりあえず一杯飲め。突然襲ったら犯罪だが理由によっては戦う場を設けてやる」

ラージスさんの言葉に渋々とミルクを飲む少年。蜂蜜入りだぜ、たんと飲め。

「うま……」

一気に飲み干した。

「もう一杯飲む？」

そこで初めて私に気づいた少年は慌てて首を横に振った。コップを受け取りながら、どんな理由でハーシーさんを殴ったのか聞いてみた。

「やっと見つけたから、殴った」

少年は真っ直ぐハーシーさんを睨む。今度はずっと俯いているハーシーさんに聞いてみた。

「この少年に殴られる理由は？」

深呼吸を一つしたハーシーさんは、ゆっくり顔を上げ、はっきりと口にした。

「息子です」

傭兵だったハーシーさんはとある戦いで大怪我を負い、利き腕を失ったと同時に自信も無くし、遅くに生まれた息子と大事な嫁の元に帰る気も無くなってしまった。

その戦いで死んだ場合、家族には補償金が支払われると約束されていた。

傭兵としてプライドの高かったハーシーさんは、ボロボロになった自分を家族には見せたくなかった。それに片手ではろくな職には就けない。食うに困るならと、死んだ事にして補償金の申請の手続きをした。

死んだ事になったので国に帰る事もできなくなった。ただ、二人の幸せだけを祈ろう。

「こんの糞馬鹿野郎!!」

大人しくしていた少年が叫んだ。ラージスさんが慌てて押さえる。

「何が幸せだ!!　何が金だ!!　母ちゃんは！　そんなの要らなかったんだ！　アンタが帰ってくれれば！　それだけで良かったんだ!!　最後まで笑ってた！　朝から晩まで俺以上に働いて！　体を

壊して！　休んでって言っても！　こんなので寝てたら父ちゃんに申し訳ないなんて言って！

お、俺の成人を待って、ゆっくり、眠るように……」

少年が、俯いて、服の胸元をぎゅうっと握る。

「利き腕がないからなんだ、片腕だからなんだ！　それでも！　母ちゃんは！　あんたが戻ってくれれば！　それだけで幸せだったんだ!!　俺だって働けた！　アンタ一人くらい！　増えたって！

全然、平気、だったんだ……」

ハーシーさんが少年を抱きしめた。成人したと言うわりには細過ぎるその体を、恐々と。

「この、腰抜け！」

「すまない……」

「こんな所でのほほんとしてやがって！」

「すまない……」

「あの世で母ちゃんに土下座しろ！」

「必ず」

ガッと、少年がハーシーさんの服を摑んだ。

「……生きてた……父ちゃん……」

ハーシーさんが、少年をかき抱いた。

二人で静かに泣いていた。


それを、ずっと見守った。

一一話　夏合宿その2。

うちは代々騎士としてやってきたが……遺された者は、皆ああいう心持ちになるのだろうか……

泣き疲れて眠った少年を抱えたハーシーさんが食堂から出た後、アイス先輩がぼそっと言った。

ラージスさんが苦笑しながら、ぐしぐしとでっかい手でアイス先輩の頭を撫でる。

「色々考えろよ少年。無意味に振るう剣では役に立たない時があるからな」

そんな行為はあまりされた事がないのだろう。小さくはいと言いながらも、ぐしゃぐしゃになった髪を直さずに呆然とラージスさんを見上げていた。


「では、この一画をお願いします」

「かしこまり～、んじゃ皆見ててね～」

騎馬の国ルルドゥ領にて、今季の耕運機始動いたします。合宿メンバー全員とアンディも来ました。

ボフッ!!

縦百メートル、横百メートル、厚み五十センチの土が、地上二メートルに浮き上がる。

そして空中でバラける。そのさらに上には馬糞と枯草が浮いている。

シュシュシュシュシュシュ……

枯草が細かくなり、馬糞と土と混ざりあい、静かに、開いた穴に戻された。

「はい終了。この作業の注意点は枯草をなるべく細かくすること、混ぜた土を戻す時にそっとすることよー。ここで勢いよくドカンと落とすと、せっかく柔らかくした土が固くなるからねー」

……返事がない。見渡すと、アンディとルルドゥ領主となった元首長だけがにこにことしている。

あと二つ分耕す。

「お嬢、ありがとうございました。これで芋の苗を来週に植えられます」

「あ、畝《うね》も作る？」

「それくらいはできますよ。正直、苗が足りないくらい耕してもらったので他の種も蒔けますから、それに合わせて畝を作ります」

「そう？　じゃあ雑草取りとか手伝いに来るから、必要な時は呼んでね」

「その時はよろしくお願いします。あ、そうだ。タタルゥで頼まれていた物を買ってきたらしいですよ。ついでに顔を出してやってください」

お！　あれかな？

「……だから、規模が、おかしくない……？」

沈黙の生徒軍団からボソリと聞こえた。ん？　何が？　外国で畑を作ったこと？　騎馬の国とは持ちつ持たれつだから良いんです。

んじゃ今日の実習はこれで終了～。

次の日。朝食を終え、皆を送り出してから食堂のテーブルに簡易竈（コンロ）でコーヒーを沸かしてみた。メンバーにアンディを含んでの試飲会。

「へぇ～、これが『コーヒー』ってヤツですか。……香りが良いような焦げ臭いような……」

コーヒー豆を手に入れました！　やっぱりあった！

タタルゥやルルドゥと色々と行商に行くようになった先で、黒い飲み物でお茶のように親しまれている物があったら買っといてと頼んでいた。そこではコーヒー豆を砕かないで煮出して飲むタイプだったみたいだけど、手に入れてソッコー鍛冶班キム親方に道具を発注。コーヒー豆を挽くミルと、エスプレッソポットっぽい物を作ってもらい（一晩でできた。オタク万歳）、火にかけて、コップに分けたところ。

黒い液体は醤油で耐性がついたのかあまり騒がないけど、香りが全然違うので皆が覗きこむ。

さっきのセリフは料理長ハンクさん。

「本当ならもっと見て楽しい道具があるんだけど、とりあえずコレで飲んでみよう！　このままだと濃いから牛乳と砂糖を入れまーす」

「濃い？」

「お湯や水で薄めればいいけど、この作り方だと強烈に味が濃いよ。健康的にはすすめないわ。このままのを味見する？」

じゃあ少し……とハンクさんが小皿に分けた少量をグビッと飲んだ。

「ぐはあっ!?　ごふぉッ!?」

水っ！　水っ！　と調理場に走って行く。わ〜……ハンクさんのこんな姿、初めて見たわ〜。

「何ですかコレ……香りに騙された……焦げか……茶を煮詰め過ぎたやつよりひどいですね……」

水を飲みながらコップ片手に涙目で帰って来た。そのハンクさんに、今度は温めた牛乳と砂糖を入れ、私の味見済み（スプーンでしたよ）のコーヒーを渡す。アンディにも一口くらい。

「はい。私はコレくらいが美味しいよ」

スッゴい顰めっ面で受け取ったハンクさんは、今度はちょびっとだけ口を付けた。

「!!　……旨い、なんだこれ!?」

「わ、本当だ。へ〜」

一口飲むとハンクさんは弟子たちに渡し、彼らも恐る恐る一口ずつ飲んでいく。

「作り方にも因《よ》るんだけど、この道具を使った場合は薄めたり牛乳で割ったりした方が飲みやすいわ。大人は砂糖無しでも飲めると思うけど、子供たちは砂糖が入ってる方が良いかな？」

「じゃあ本当にお茶と同じ扱いなんですね〜。は〜。色々あるなぁ」

「で、コレでアイスクリーム作りたいんだけど、どう？」

「は〜は〜なるほど、良いですね。まあ、コーヒーを広めてからの方がアイスの受けも良いと思いますがね」

よし！　コーヒー味、近々デビューです！

「あの、さっきのコーヒーだけのも味見させてもらっていいですか？」

とコックたちが言うのでもう一回沸かして飲ませた。そうしてチャレンジャーたちは水場に群がった。だから言ったじゃん。

「うわっ！　……これはすごい味だ……」

アンディ何してんの!?


「あれ？　たんぽぽ茶の匂いがする……？」

調理場でコーヒー豆を挽いてはコーヒーを淹れていると、おやつに戻って来た特別クラスの中の農民女子が一人、ふと呟いた。

ええ!?　アーライル国にたんぽぽコーヒーがあったの!?

聞けばアーライル国の北部地方にあるホイストン領のごくごく一部の田舎で飲まれているとか。

「私の村は昔からたんぽぽの根をお茶にして飲んでるの。お客様には茶葉を使ってお茶を出すけど、村人が家で飲むのはほとんどがたんぽぽ茶だよ。村が貧乏で、茶葉なんて何軒かでお金を出しあって一袋を買うんだ。学園に来て茶葉でしかお茶を淹れないってわかって、うぅ、恥ずかしい……」

「何言ってんの。私、探してたんだよたんぽぽコーヒー！　いよいよ自作かと腹を括りそうだったんだから！」

なんて事だ！　てことは？　私の欲しい物は大抵揃うんじゃないの？　米だってあったし？

「予定変更！　この後昼まで事情聴取よ！」

大人たちがざわつく。

「事情聴取って、穏やかじゃないな」

ニックさんが苦笑。

「田舎だけ、地元だけで食べられている、広く知られていない物がまだあるはずよ！　それを教えてちょうだい！　ということでたんぽぽ茶なんだけど、スミィ！　毎年どれだけ生産してるの？商品を見たいから貴女を送り届けた時に飲ませてよ！　そして取引は誰に聞け、ガッ!?」

マークの縦チョップが入った。後頭部が痛い。……ああそうね、おやつだね。今日のおやつはカスタードクリームにレモン果汁と細かくしたレモンの皮が入ったレモンパイよ。冷し紅茶とどうぞ。さあ！　さっさと食べて教えなさい！

「お嬢様、女子はこの後服飾棟の見学ですが？」

!!　……そそそそうでしたねカシーナさん。ええ！　遠慮なく予定通り日程をこなしてください！　ハイ私《わたくし》空き時間を見計らって皆さんに聞き取りイタシマスのでェェっ！

「わはは、お嬢はカシーナには勝てねぇなぁ」

何言ってんのニックさん！　言っておくけどね！　ネリアさんにもクラウスにも勝てないわよ！他にも結構いるんだから！

「はぁ良かった……実は服飾棟に行くのを楽しみにしてたんだ。ドロードラングのドレスは人気だから直接見られるのが嬉しいんだ！　自慢しちゃう！」

ねー！　と、スミィが女子たちと笑う。

そっか。大蜘蛛の数は増えたけど、だからって布、服の生産量を増やしていない。うちのお針子たちは優秀だけど、その彼女たちが質を落とすことを許さない。余っている機織り機がある程だ。

ラトルジン侯爵夫人、騎士団長夫人マミリス様と、販路を確保したのに、現在王妃様方を含めた貴族夫人たちにしか販売できていない。つまり貴族のドレスなのでより丁寧に製作する事になる。高く買ってもらえるのはいいが時間がかかる事が更に稀少価値を高めてしまった。

そして何が問題かと言うと、成長していく子供たちの服を作る事もお針子たちは大好きなのだ。

「子供たちの服とドレス作りは選べない!!」

と言う。ジャンルがこんなに違うのに、どちらも燃えるらしい。てか基本、服という全てを作るのが楽しくてしょうがないという顔で作業をしている。もちろん男たちの服だって手を抜かない。お針子の数を増やしたいが、領内では他にも仕事があるので人数を確保しづらい。更にカシーナさん、お針子たちが納得する技術を修得しないと作業に参加できないという難関職にしてしまった。なので、やる気のある乙女たちが他の仕事をこなしながらギラギラと修業中。新人は随時募集中である。男たちからも募集しようかな……何人かいるよね、きっと……オトメンが。

蜘蛛たちは増やし過ぎると縄張り争いが起き、そうなるとストレスで糸の質が落ちる。そんな事になったら私が怒られるのだ。……なぜ私なのだろうか……？　管理？　不行き届き？　になるのか？　……ならばイタシカタナシ。甘んじて文句を受けよう……できれば、ほどほどで、お願いしたい。今以上の数の大蜘蛛飼育は、担当のロドリスさんの弟子がもう少し育ってからだな。

ミシンをいまだに作らないのは、なるべく職に就く人数を多くするため。細工師ネリアさんから足踏みミシン製作の案が出たのだけど「手縫いが基本です」と真顔のカシーナさんに負けたのもある。

お針子たちの手縫い仕事は速い。かつて授業でビクビクとミシンを使っていた私の数十倍は速い。プロすげぇ。

ということでミシンを作るのは様子を見ているところ。生徒の何人か、将来服飾班に入りたいってドロードラングに来ないかな〜。

そうして。

男子が狩りに行き、女子もまた新たな戦場に向かうのを見送ったのだった。


子供たちの舞台の練習を見ていた時、ハーシーさんの息子さんがやって来た。

「あの！　お騒がせした上に、お世話になりました！」

ガバッと直角に体を折る。その姿はもう旅装束だ。その腰には子供たち用うちの仕様の保存袋が付いている。

「ちゃんと休めた？　ハーシーさんには挨拶したの？」

「はい。用はもう済みました。ご飯、すげぇ、いえ、とても美味しかったです！　ご馳走さまでした。保存袋もありがとうございます。とう、ち、父に聞きました！」

ははっ、たどたどしいな〜。

ハーシーさんの息子さんはお母様が亡くなった後、冒険者になったそうだ。ギルドでたまたま出会った初心者たちと六人パーティーを組んだらしい。この細っこい体で？　と言ったら弓専門ですと答えた。ハーシーさんがいなくなってからそれで足りない分の飯を賄っていたというから、随分小さい頃から培った自信のある腕なのだろう。

そのギルドでハーシーさんの元同僚に偶然会い、アーライル国で似た男を見かけたと聞き、ドロードラングにたどり着いた。特に焦る旅でもない初心者パーティーだ。仲間のモヤモヤを解決しようと皆でやって来たが、うちで宿が取れず、仲間たちはダルトリー領で待っているそうだ。

「とりあえず一発殴ったのでもういいです。自分としては精一杯の力を込めたんですけど、倒せませんでした……」

悔しそうに苦笑する。

「そんなのまた挑戦すればいいわ」

息子さんの目が丸くなった。

「貴方のお母様が最後まで信じた男よ。息子とはいえたった一発でそうそう倒れるわけないじゃない。でも、お母様は貴方を誇りに思ってる。一人遺しても心配ないから先に旅立たれた。だから、貴方はこれからもっと強くなる。ここまで付き合ってくれた仲間とね」

握りこぶしが震えた。私に付いているマークと息子さんに付いていたラージスさんがニヤニヤする。

「ハーシーさんがいる限り何度でも来なさい。そのついでに珍しい食材を持ってきて。物によっては買うから」

隣にいたマークが噴いた。そして笑いを堪えたラージスさんが息子さんにピアスを渡す。

「これは一回だけ使える物だ。親父さんの所にと強く願えば転移できる。お前さんの触れた全てを連れて転移ができる。ただし、お前が身に付けていないと使えない。他の誰も使えない。これもハーシーの願いだ」

説明を聞いた息子さんは腰の保存袋に触れながらも呆然とラージスさんを見上げる。

「餞別だ。また会うための」

息子さんの肩に手を置き、ニヤリとするラージスさん。

「親父の代わりに言ってやるよ。『何かの時は頼れ』。全滅する前にな」

「そうよ。死んでなければどうにかしてあげる」

「でもまあそれまでは死ぬ気でやれよ。親父さんはどうか知らないけど、うちのお嬢はそこら辺厳しいからな～」

マークも笑いながら彼の肩を叩くと、息子さんはまた直角になった。

そして鼻をすすって顔を上げると、背筋を伸ばして「ありがとうございました！　次も歩いて来ます！」と仲間の元へ戻って行った。


後ろ姿を見送って、ハーシーさんが作業してるだろう方向を見る。

「泣いて別れを惜しむってそんなに恥ずかしいかしら。男って本当カッコつけよね」

「ゆうべ済ませてたみたいですよ、ぎこちなく」

ぎこちなく！　ははっ！

「まあ、あのピアスをお嬢に頼むくらいには大事に心配してるのはわかりましたね」

「ラージスさんも要る？」

「そうですね～。冒険者になりたいと言うならピアスが必要ないと思えるくらいには鍛えてから見送ります。ナタリーは頼むかもしれませんけど」

「ラージスさんとこ娘でしょう。どれだけ鍛える気ですか……」とげんなりマーク。

「ん？　お嬢と渡り合えるくらい」

「ごくごく普通の女の子に育ててあげてっ!!　絶対恨まれるからっ!!」

スケボーで追いかけっこを始めた私とマークを子供たちが笑って見てた。


「「「お嬢！　！」」」

お昼に戻ったら女子たちに囲まれた。侍女科魔法科全員だ。

な、何何何何!?　皆目が恐い!?　ミシルの目も恐い!?　なに!?　服飾棟で何があったのー!?

「……これ、出世払いで良い？」

侍女科三年のキャシー先輩が自分の胸を指しながら、こそっと言う。

??　大きくて羨ましいソレで何を払う気だ……？　あ！　そっか、ブラか。

ラトルジン侯爵夫人より綿レースをいただいた。

懇意にしているデザイナーのお弟子さんが練習で作った物。当然売り物にはできないので、ドレス全体のデザインをする時の試しにしか使われない。そして流行り廃りのある服飾関係なので、型落ちの綿レースその他は処分になる。たまたまその現場に立ち会った夫人が交渉してくれて、無料《タダ》でいただけました。

レース作りまで手を出せなかった服飾班は現物を見て狂喜乱舞。

……マジ恐かったんでそのまま渡しました。私は箱の蓋を開けただけでした。

で、うちでも売り物には使わないと決め、レース編みの見本として使う、服のデザイン案としてあてるとなった。使いたいのに使えない。地味にフラストレーションが溜まってしまって殺伐とした服飾棟の雰囲気に困ったカシーナさんが相談に来た。領民全員には足りないし、男連中はまあ必要ないだろうけど、子供たちにも足りないかも？　一人につき少ししか使えない……さて困ったな～、と閃いたのがブラジャーとショーツへの飾り使い。

見えないオシャレというのもツボだったのか、服飾棟は新たな熱気に包まれた。

それが入学前の話。今回生徒たちはマーケティング目的で試着させられたんだろう。

「カシーナさんが出世払いでって言ったの？」

皆がブンブン！　と首を横に振る。恐っ。

「試供品だから持ち帰っていいって！　使用感を教えてもらえればそれでいいって！　レースのリボン飾りが付いたスパイダーシルクの下着なんて着け心地がものすごく良くたって無料だと恐いのよ!?　忘れているようだけど平民にはお目に掛かれない生地だからね!?　出世払いって言ったけど支払い終わるまで私たちじゃ何年もかかるからね!?」

代表でキャシー先輩が私に迫る。ああそういうことか。

「はいはい落ち着いて～。ドロードラング領にある布はほとんどスパイダーシルクよ。うちはこれが主流なの。シルクと言いながらものすごく丈夫だし、材料に困ってない。今は逆に綿《めん》の方が貴重なの。下着類の改良点も外からの意見が欲しいし、そういう投資なのコレも。許可済みよ」

女子たちが微妙な顔になる。う～ん。

「下着はいつかは商品として売り出すわ。だから次に欲しくなったら自分で買って。ちなみにうちの下着は売れると思う？」

「「思う!!　すごく高価《たか》そうだけど!!」」

おおぉぉそうかい、うん、そんなに寄らなくても聞こえるよ。

「じゃあその時は宣伝もよろしくね。それがうちの目的だから今回だけよ無料なのは。わかった？」

納得してくれたのか集まりは解散となった。さあ、お昼を食べましょう。

と、キャシー先輩がまだそばにいた。真っ直ぐ私を見てくる。

「お嬢、私、けっこう本気でドロードラング領で働きたくなってきたんだけど」

おおぉっ！

「とても嬉しい。まずは、親御さんとよく話し合ってからね」

「……そうね……うん。今回、ドロードラング領に来られて本当に良かった。掃除洗濯のコツも学園で習ったよりもあったし、護身術もとても為になったわ。我が儘なお嬢様に仕えてそこで手堅い結婚相手を探そうと思ってたけど、それよりもずっとずっとここでは楽しく生きていけそう。指導は厳しいけど」

そう笑って、キャシー先輩は食事の列に並んだ。

それを一緒に眺めていたミシルがこちらを向く。

「私もすごく楽しい。空を飛ぶなんて思ってなかったし、仕事がたくさんあるし、ご飯はとても美味しいし、皆がとても優しい。連れてきてくれてありがとう。……ふふ、お嬢ってよく泣くよね。

青龍と同じくらい？」

違うと言いたかったけど、ビアンカ様の本で青龍と同じくらいに泣いたので黙ってた。それにまだ泣いてないやい！　声は出せないけど！

「どうしたの？」

「あ、アンドレイ様、サリオン様」

ミシルが二人に対して礼をする。貴族に対する練習だ。とっさの時にもできるようになってきた。よしよし。

「先輩にドロードラングがとても楽しくて本気で働きたいと言われて、この状態に……」

喋れない私の代わりにミシルが答えた。

「姉上は嬉しいんですね」

「その様だね。良かったね、お嬢」

アンディが頭をポンポンとし、サリオンが手を繋いでハンカチをくれた。

私の下手くそ刺繍ハンカチ。刺繍が下手くそ過ぎて情けなくて泣きそう……


「……俺たちは……騎士とは……なんだろう……」

午後のおやつに戻って来た男子が今までになくグッタリしている。いや、グッタリというか、キノコがもっさりと生えそうな雰囲気。ぼやいたアイス先輩の騎士科生徒のみならず、文官科、魔法科の男子たちも同じ顔になっている。男子たちの後に現れたタイトに、どしたのコレ？　と聞いてみた。

「あ〜、狩りが早く終わって、たまたまクラウスさんとニックさんの手合わせを見たからだな」

……あぁ。そういやクラウスは暇ができたからニックさんと手合わせするって執務室を出て行ったっけ。ルイスさんも出たし、私はその間刺繍をしてた。

「んで、その後フラッと現れたシン爺とクラウスさんの手合わせも見た」

……………あぁ、来てたんだ、シン爺ちゃん。

「まあ、シン爺は直ぐにギンさんに連れて行かれたけど、その時の捕まるまでの逃走劇も見た」

……………あぁ、あれも見たのか……となれば、掛ける言葉はコレしかない。

「皆！　あの人たちは私たちと人種が違うの！」

「ひどい言い種《ぐさ》だが、その通りだ！」タイトも頷く。そして、「あの人たちが己の前に立ちはだかった時以上に恐い事は無い！　と思えば大抵の事は冷静に対処できる！」

そうだそうだ！

「勝てない時はどうにか逃げろ！」

その言葉にアイス先輩が顔を上げた。

「あの人たちから逃げられるのですか？」

「俺は無理だ！」

「俺たちタイトさんにも勝てないのに！　どうやって逃げるんですか!?」

「馬鹿野郎！　お嬢が来るまで持ち堪《こた》えろ！」

「ちょっと待って！　それって私がクラウスの相手をするって事!?」

「そうだ！　お嬢がクラウスさんを足止めしている間に全力で逃げろ！」

「馬鹿じゃないの!?　私だって敵わないからね!?」

「大丈夫！　お嬢なら五分は持つ！」

「適当言うんじゃないよっ!?」

「無双歴更新中のクラウスさんと五分も対峙できる女はお嬢しかいない！」

「そんな時ばかり女扱いすんな!!」

「はいはい、そのくらいにしなさいよ」

　ハンクさんがシフォンケーキを持って来た。生クリームも乗っている。それを見て息を吹き返す男子たち。

「ナマの剣聖が見られて良かったじゃないか。戦時中はあんなものじゃなかったらしいぞ?」

　あれでも全てじゃないのかとまた戦慄が走る。

「ルイスも執事として大分働くようになったんだから、クラウスさんも余裕があるだろ?　言えば稽古つけてもらえるんじゃないか?」

　真っ青を通り越して真っ白になる面々に、ありゃ、こりゃよっぽどだったなぁと笑うハンクさん。

　そんな中アイス先輩が立ち上がる。貴族先輩方もそれに続いた。お。

「俺は、俺たちは、これからもシュナイル殿下の助けになるために、稽古をお願いしたい……！」

　真っ青だけど……

「お前らすげえな。さすがマークが褒めるだけあるわ」

タイトが呆れたようにも感心したようにも言った事に、アイス先輩はハッとした。

「マークさんが……？」

あれ、マークが「さん付け」になってる。

「言ってた。慢心せずに精進しろよ」

はい！　と言うと、アイス先輩たちはシフォンケーキを一口で食べた。わあ。

「お嬢！　珍しいものを捕らえたぞい！」

わあ！　びっくりした！

噂をすれば何とやら。ギンさんからまた逃げて来たらしいシン爺ちゃんの手には、首を掴まれて困った感じの青いタツノオトシゴがあった。

「ぎゃあっ！　何やってんの!?　離して離して！」

「何でじゃ？　珍しい魔物じゃろ？　この皮なんぞ剝げば高く売れそうじゃろ」

「青龍だから！　友達だから！　剝がさないで!?」

青龍？　とシン爺ちゃんは自分の顔の位置まで青いタツノオトシゴを持ち上げる。

《挨拶もせずに申し訳ない。青龍と申す》

「……四神の？」

《如何《いか》にも》

「ほ〜お！　そのわりには隙だらけじゃったのぅ。ちっこいし生まれたばかりか？」

《いや……あぁ、まあそうだ、若輩者である》

「そうかそうか！　精進せぃよ」

《肝に銘じよう》

……何このやり取り。

わあ!?　とミシルが駆けてきて、シン爺ちゃんが掴んだままの青龍をどうしたものかとわたわたしている。

「すすみません！　青龍が何かしましたか？」

慌てるミシルに呵呵《かか》と笑いながら青龍を渡すシン爺ちゃん。受け取ってホッとするミシル。

「転移門を出た所に丁度居《お》ってな。キラキラしとるから、お嬢に土産にしようと後ろから首を掴んだだけじゃ。四神かなるほど。道理でなかなか死なんはずじゃ」

シン爺ちゃんはまたも呵呵と笑う。

ガタンッという音に振り向けば、椅子にグッタリとしているアイス先輩たち。

「青龍を素手で掴むとか、ドロードラングに集まる人間はどうなってるんだ……」

もはや涙目である。いやいや特殊なのは一握りだから。後は普通人ばかりだから。…………うん、たぶん。

「学園で留守番してるんじゃなかったの？　何かあった？」

ミシルがふよふよと浮く青龍に聞く。ビアンカ様の本を読み終えたんだろうか？

《うむ、白虎に呼ばれたのだ。良いものを見せてやると言われたのだが、その白虎を探す間にその御仁に捕まってな》

……あ～白虎に。あれ？　今どこにいるんだろ？　しかし、あの白虎が言う良いものって何だろ？　……恐いな～。

あ、舞台を終えた子供たちも戻って来た。あれ？　ケモグッズを着けたままだ。

「あ！　青龍！　ここにいたのか！　我らを見ろ！　可愛いかろう！」

どーだ！　とコトラが胸を張る。それにつられて皆も同じポーズをする。はい！　とても可愛いです！　仔にゃんこがいっぱい!!　可愛い!!

《白虎か!?　何だその姿は!?》

「ふっふー。これが人との融合だ！」

《なんと……！》

偉そうに言ってるけど、手伝いがないとできなかったからね？　そしてコトラがふわりと光ると、白虎が分離した。ケモ耳その他が無くなったサリオンが、分離した柴犬サイズの白虎を撫でてから青龍に向き合った。

「初めまして青龍殿。サレスティア・ドロードラングの弟、サリオンです」

《は!?　弟!?》

サリオンと私を交互に見る青龍。……何だ、何か文句ある？

そして、今度はサリオンと白虎を何度も見て、しみじみと呟いた。

《サリオン殿は、器が大きいのだな……！》

どういう意味だ!?

一二話　夏合宿その3。

「よし。今日も頑張ろう」　オオーッ!!

アイス先輩の掛け声に男子生徒たちが拳を上げる。

「今日もしっかりとこなしましょう」　ハイ!!

女子生徒もまた、キャシー先輩に返事をする。

この二人がまとめ役になったようだ。

アイス先輩もキャシー先輩も視野が広くなってきた。自分の仕事をこなしながら、手こずっている人の助けに入る事が多くなったそうだ。それにつられてか他の先輩たちもそのように動くようになってきた。

学園で教えるのは、自分一人で仕事をこなす、自分の割り当ては完璧にする、というもの。まあ、貴族または王族に仕えるのに個のスペックは高い方がいい。だけど助け合いも必要だ。それで早く済ませる事ができるならその方がいい。

ドロードラングで単独で動くのは私とクラウスを含めた男（親父）たちが何人かだけ。女子はたとえ強かろうが二人以上で行動する。例外はネリアさんだけ。防犯目的の事だけど、成人しても男女共に、仕事以外でもまだ下の子たちの面倒をみる。後輩を育てるのも大事な仕事だ。

「これからも良いんじゃない？　合宿」

皆を見送って、アンディが言った。

「そんな事言うならアンディも組み込むよ？　もちろん教える方で」

「僕が？　何を教えるの？」

「王族への対処」

「王族自ら？」

「一度で覚えるんじゃない？」

厳しいな～。そう笑って私たちも執務室に向かう。

「僕も狩りに交ぜてもらえないかな？　魔法科の生徒にどんな風に魔法を使うか見せた方が良いでしょ。お嬢じゃ特異過ぎて参考にならないだろうから」

言うね～。そうかもだけど。でも、そんな前線に立って大丈夫だろうか。

「大丈夫とは言い切れないけど、今後魔物が目の前に現れない保証もないから僕もそれに慣れておきたい。亀様を信用していない訳じゃないよ。万が一の時に安心に胡座をかいて全然動けないんじゃ意味がない」

ふむ。

「じゃあ私も一緒に行く。私だっていつまで助手をやらされるかわからないから、順を追って魔法を見せられるようにならなきゃ」

学園には討伐実習がある。

ギルドが初心者用の依頼を生徒用に分けてくれて、もちろんクリアすれば報酬をもらえる。平民生徒にはいい収入源だ。文官科侍女科には薬草採集や代筆なんかもある。

「お嬢様、アンドレイ様、先程ジアク領ギルド長よりトレント討伐の依頼が届きましたので、昼前に行かれますか？」

クラウスがその封書を持ってきた。よし、木材調達に行きますか～。


「おりゃあ――っ！」

トレントがまた一体、木材に変わる。

「と、最終的にはこう加工できると後が色々楽になる。が、今はそれは置いておく。さて、トレントに有効なのは火だ。討伐するだけなら燃やして構わない」

私が一体のトレントを討伐する後ろでアンディが皆に説明をしている。

「火が使えなくても、戦士職と組むならば他の魔法でも戦える。例えば水だ」

手のひら程度の直径の水球を出したアンディは、それをトレントの目に当てる。トレントの動きが一瞬止まる。

「あの程度の大きさのものでも、目に当てて視界を塞げればトレントの動きを一時的に止められる。対象の動きが止まれば戦士職もだいぶ楽になる」

止まった隙にアイス先輩たちが枝を切り落としていく。

「トレントの討伐で気をつけるのは枝だ。振り回されると近寄るのが難しいし、威力の弱い魔法では弾かれる時もある。なので、目に当て続けて動きをなるべく止めたまま、次は足だ」

そうしてまた水球を目に当てる。今度は続けて。

「足の方が枝より太いから時間が掛かる事に注意するように。だから魔法攻撃が途切れないようにする」

　そして足が切り落とされたトレントは倒れた。

「トレントは根である足が無くなればほぼ討伐終了だが、目の光が無くなるまでは油断しないように。その後は火をつけても良し、討伐部位を取って帰っても良しだ」

「ドロードラングに限って言えば、枝葉以外全部持ち帰ってくれると尚《なお》良しね」

　腐葉土を作るのに葉っぱは残さないとね。割り当て分を倒した私もアンディの講義に交ざる。今回は大量発生ではないのですぐに終わった。私の持ち帰り発言に苦笑したアンディは皆に続ける。

「人数が多いからと油断はしないように。僕ら魔法使いは遠距離攻撃になるが、討伐対象以外の魔物が寄って来たりもする。それにも注意を払わなければならない」

　その事に気づいて顔色を青くする生徒たちに笑いかけるアンディ。

「経験は大事だというのはそういう事だ。討伐実習は教師が付く。守りの強い内に魔力が弱いからと遠慮せずに何度か参加するように」

　はい！　と皆が返事する。

「ああ、明らかにランクが上の魔物と出会ったら全力で逃げるのも大事だよ」

　アイス先輩が恐る恐る手を上げる。

「逃げられないと思うのですが……」

　まあ普通はそう思うね。なので、シン爺ちゃんに手伝ってもらう事にしました。午後はシン爺と鬼ごっこよ～と言うと、ゲェッ!?　と騒がれた。

「逃げられないと思うのですが!?」

まあ「練習」だから〜。

「今日のおやつはパンケーキ〜。蜂蜜いっぱいかけなさいよ〜」

シン爺ちゃんとの強制鬼ごっこで生徒たちは誰一人として逃げられず、そして時間の限りに何度も追いかけられ、食堂で席に着くなりテーブルに突っ伏した。

「ほっほ〜！　すまんのぅハンク殿」

一人元気なシン爺ちゃん。目の前にホカホカのパンケーキを置いてたハンクさんにもニコニコだ。

「いえいえ。パンケーキでこちらを手伝ってもらえるなら腹がはち切れるまで焼きますよ」

「なんという贅沢！　死してなお一片の悔い無しじゃな！」

はい。シン爺ちゃんの好物パンケーキで釣りました。安い！　助かる！　教会の分も焼いて、後で迎えに来るであろうギンさんに渡す予定。シン爺ちゃんに預けると確実に減るから。

そしてぐったりしていた生徒たちも起き上がる。

「嫌だもう……美味しそうな匂いだけで疲れが取れそう……」

キャシー先輩がのろのろとした動作で、バターが溶けだしたパンケーキに蜂蜜を掛ける。

「私たち本当なら配膳もするはずなのに……すみません、インディさん……」

お茶を注いで回っていたインディに、キャシー先輩が頭を下げた。

「ふふ、いいのよ、シンお爺さんとの鬼ごっこだもの。私だって立ち上がれなくなるわ。本当にたくさん焼いてあるから、温かい内にいっぱい食べてね」

フワッと笑うインディに男女皆がうっすらと顔を赤くしながらフォークを手に取り、ふわっふわ

ッド。


のパンケーキの美味しさに大騒ぎになった。

「これ！　このパンケーキにはどんな秘密が!?」卵をとにかく泡立てるのだよ、ツェーリ商会のテッド君。この道具を使うのさ、とハンクさんから泡立て器（手動）を受け取ってしげしげと見るテッド。

ボウルと卵を持ってきて使い方を実践するハンクさん。

「ほら、このくらいになったら粉とさっくり混ぜるんだ」

「もうこんなに!?」短時間でふんわり泡立った卵に女子が驚く。

パンケーキなら平民だって作るので女子は経験があるのだろう。調理道具といえば、柄の長いヘラ、柄の長いフォーク、柄の長いスプーン、フライ返し、お玉。箸文化ではないので菜箸はないけど、泡立て器が画期的な道具だったのには驚いた。だからハンクさんは最初ロールケーキにハマったのだ。毎日毎日スポンジばっかり焼いてたもんな〜。生クリームも毎日泡立ててたな〜。

「はいはい、お代わり欲しい人〜。今食べないとあげないわよ〜」

うちの歌姫ライラがパンケーキがたくさん乗った大皿を左手に持ち、右手にはトングを持ってやって来た。……結婚してから旦那に似て逞しくなったな〜。

「何、お嬢？」

いえいえ何も〜！

軽やかに笑う派手美人にやっぱり皆赤くなりながらも、お代わりの手を上げたのだった。

次の日。朝の雑草取りに呼び出された。

「お嬢！　これを見ろ！」

タイトが鼻息荒く、赤く俯いている魔法科の男爵の子、ウルリ・ユニアックの右手を掴んでいた。

どうしたよ？　タイトがずいと出したのは畑ではお馴染みの雑草。根が強くて取っても取ってもすぐに生える一番厄介なヤツ。

「今すぐコイツをうちに取り込め！」

お前のその無礼さを少し抑えんかい。しかもウルリを取り込めとか、何よ？　……あ！

「根っこに土が付いてない……!!」

ウルリがますます俯く。タイトの手を払いのけ今度は私がウルリの腕を掴む。私の方が背が小さいから俯いた真っ赤な顔が見える。

「ウルリ、これ、貴方が意識してやったの？」

顔を隠せない事に気づいたのか、随分と躊躇った後に頷いた。

「スゴいじゃない！　ウルリは火魔法ばかり練習していたから、火が得意なのかと思ってたわ。ねえウルリ！　本気でドロードラングに来ない？」

え？　と赤い顔のままポカンとした。そして、おずおずと「あの……何の役にも立ちませんよね？」と言った。

「はああ!?　そんなわけないじゃない！　私が欲しい能力よ！　こうして引き抜いた時に根に土が付いてないって、スゴくスゴく楽なのよ！」

畑が無駄に崩れない、空気を含んだ土になる、土が柔らかいと野菜も育ちやすいし、収穫した後の水洗いの水をぐんと節約できる！　水を節約できるということは水仕事が減る！　手荒れを防げるのよ！

「でも、」

「でもじゃないわ！　貴方、スゴい魔法を使えるのね！」

ウルリは泣いてしまった。うえっ!?　私の顔そんなに恐かった!?

「だ、誰も、家では誰も、そんな風に、言いませんでした……ど、どうにか、火だけでも、お、覚えて、こいと……」

あー、まあ、地味な魔法だわね。ウルリも突然の魔力発覚だったはず。派手な方を期待してしまうよね～。ウルリは袖で顔を拭い、私を見た。

「ぼ、僕の土魔法、は、役立ちますか？」

「とっても！」

ウルリに笑顔が戻る前に、ガシリとその肩に手が乗った。びっくりして振り向いた先にはタイトが悪い顔で笑っていた。

「いやあ良い人材だ。ということでウルリ、どんどん草を抜け。まだ手に触れたモノしか綺麗に抜けないみたいだが、合宿が終わるまでガンガン修業させてやるからな」

いや、させてやるからなって、タイトは魔法を使えないだろう。

タイトの笑顔にウルリの顔が青ざめた。……合掌。

そして今度は洗濯場を覗いてます。はい、覗きです！

昨日の夜会議で洗濯班のケリーおばさんから、誰かわからないけど風魔法を使う子がいると報告があった。洗濯中はよく皆で歌うのだが、歌が始まるといつもより風が少し強いらしい。いつもより乾きが早くて助かるね～と笑う。

という事でスカウトすべく覗いているんだけど…………魔法科女子、ミシル以外の皆が使えるんじゃね？　全員が微々たるモノだから弱いんであって、素養はあると。……誰だ！　入学時の個人情報作った奴は！　魔力属性をちゃんと調べたのかい！

「ねぇ亀様、ミシル以外の全員が風魔法を使ってるよね？」

《その様だ》

落ちこぼれと括られたけど、皆うちに来てくれないかな～。何だかんだ働き者だから魔法がなくってもいいんだけどな～。

《ああ、なるほどな。歌に合わせて無意識に強まっている》

へ～ぇ！　歌ってスゴいな～！

そして今度は騎馬の国に来ました。

双子のオッサン（兄）・ザンドルさんが、魔法科の子が乗った馬がいつもより速く駆けると言う。これにはシロウとクロウも反応。男子の中にも風魔法を使う子がいるようだ。

それにしても、この数日でよくまあここまで馬に乗れるようになったもんだ。最初はたてがみにへバリついてたのに……若いって素晴らしいね～。

「何か、ドロードラングは緊張しない」

夕飯時に、どうやら無意識に魔法を使ってるみたいだよと魔法科の皆に教えてみた。自分が風魔法を使えると思っていなかったうちの一人、スミィが何やらウンウン唸った末のコメントだ。

「あ、それ、わかるかも……」

天才雑草取りの男爵っ子ウルリも、タイトに散々草取りをさせられて、ぐったりしながらもスミィに同意。

「そっか……僕ら、どうにか魔法を成功させなきゃとばかり考えていたから、緊張してたかもしれない」

商家の子テッドが目からウロコのような顔で隣に座るウルリに頷く。

「ドロードラングの人たちはどんなキツい仕事も楽しそうにしているから、私たちにも気持ちの余裕ができたのかも？」

ミシルがそんな事を言う。

「一人でやらなきゃってのはあったわね。そう学んできたから、最初は力を合わせるのが難しかったわ。でもそれで知っていたつもりのクラスメイトをよりわかった気がするわ。だから、手伝うという行為が魔法にも表れたんじゃない？」

侍女科キャシー先輩の考察に、魔法科の皆も他の科の皆も真剣に聞いている。侍女科の先輩方はキャシー先輩と微笑む。

「例えば、洗濯物が早く乾けばいいな～とか、馬が気持ちよく走れたらもっと楽しいとか」

「そうだな。草取りだって全員でする仕事だ。気兼ねする事もない」

アイス先輩たちもウルリの隣で雑草取りをしたので、そのスゴさを目の当たりにしたようだ。

「魔力持ちが魔法を使うって、思う程大変じゃないかも……？」とスミィ。

「得意不得意があってもいいって意味がわかった気がする」ウルリが笑う。

「弱いのはしょうがないけど、アンドレイ先輩も言っていた、使い方次第ってことか……」テッドが顎に手を当てる。

「それが想像力……」ミシルが私を見る。

あれまあ、何だか勝手に成長していくなぁ。合宿中にそこまで考えるとは思ってなかったよ。

「うん。色んな事を素直に感じて、その中からその時々に必要なものを役立てて。今日使わなかったから明日も必要ないって事はない。これが案外大変だけど、これからの長い人生その事を意識してね」

本当、いつ何が役立つかわからない。

前世の知識が今世で役立ったりね。


何だかんだと誰も脱落することなく迎えた合宿最後の夜。

お久しぶりの結婚式です！

私が立ち会わなくても結婚式を挙げて良いよと言ったんだけど、「亀様がいるとはいえ、お嬢がいた方が派手にできるから」だって。……うんそうね、せっかくの魔法だし？　派手婚は見て楽しいし！

「お嬢の教え子が来るなら珍しい魔法をたくさん見せたらいいよ。俺はお嬢とアンディのしか知らねぇけど」

今日の主役、ダンが笑う。……ダンが大人っぽい！

まあ16才だし、去年成人済みだから大人の仲間入りをしてはいるんだけど……アホなところをいっぱい見てきたからついそう思ってしまうなぁ。

今回料理班初挑戦の豚の丸焼きも朝から準備。大豚だとデカすぎて焼くのに何日かかるかわからないので子豚を一頭捕獲。それでも普通豚の大人サイズである。デカい。内臓を取っても重い。腹にハーブを詰め込み、鉄棒を刺す。そうしてバーベキュー竈の上でじりじりと焼きながらクルクルと回す。

てか、結婚式に丸焼きって良いの？

「こんな手の掛かる食べ物、結婚式でもなきゃ要望出せないじゃん。丸かじりする訳じゃないし、皆で食べられるし、一度やってみたかったんだよね～！」

主役がそう言うならいいけど。よく考えたら普通に肉料理は出すし、お祝いで丸焼きってあったね。作業に行く前に誰もが豚の前を通って行くのはおかしかったわ～。

午後から全員で結婚式の準備。と言っても、ホテルも遊園地も通常営業中なので半分の人数だ。なので騎馬の国からも手伝いに来てもらった。もちろん生徒たちもお手伝い。アチコチ走り回って一所懸命やってくれてた。男子はヘロヘロだけど、女子はニッコニコだ。

お客さんの何人かが豚の丸焼きの匂いにつられてやって来た。今夜は結婚式なんですと説明すると、なんとご祝儀をくれた！　ええ〜っ!?

何でも、旅行先での偶然の結婚式は自分にも福を呼び込むから、商人なら必ずご祝儀を渡すのだそうだ。赤の他人にこそ。そういう商人ジンクスがあるのなら式にご招待しましょう！

少ない金額なのでと参列を遠慮したのを、うちの自慢のドレスを宣伝してくれればいいですと強引に引っ張る。交渉のルイスさんもその場に呼び、そしてクラウスに席を用意してもらう。今度から豚は二頭にしようと、クラウス、ルイスさん、ハンクさんと頷きあった。

そして陽が暮れて。

テーブルに乗った、会場を飾る花があちらこちらからぼんやり光り出す。

眩しくなる前にまた弱まる光。何度か点滅を繰り返し、一斉に強まって、ふっと消える。

同時に屋敷の扉が光で縁取られ、歌姫たちの歌が始まり、騎馬の民の弦楽器も響く。

ゆっくりと左右に開いた扉をゆっくり進むのは、白い衣装の新郎ダンと新婦ヒューイ。

ヒューイのドレスはいつかの雪像のドレスのように花をモチーフにした飾りがたくさん付いている。そして足元まで流れるベールにも小さな飾りが付いている。

二人のお辞儀に合わせて、また花たちが淡く光り、屋敷から亀様像に続くバージンロードも、二人の歩みに合わせて淡く光る。

亀様像の前で止まり、一礼すると、亀様像の草花で作られたアーチも色鮮やかに光り出す。

《今宵、新たな夫婦を迎える事を嬉しく思う。晴れ渡る夏空の様に、お前たちの日々が心豊かに過

ごせる事を、我は望む》
初めて亀様の声を聞く人が何事かとざわめく。
《新郎ダン。新婦ヒューイ》
二人が亀様に寄り、像に手を置く。
《二人の……婚姻を結ぶ証に、誓いの言葉が要る。……新郎ダン》
「はい」
《健やかなる時も、病める時も、どのような時も、変わらず、妻となるヒューイに愛を捧ぐことを誓うか？》
「誓います」
《新婦ヒューイ。健やかなる時も、病める時も、どのような時も、夫となるダンに愛を捧ぐことを誓うか？》
「……はい、誓います」
《二人の誓いを受け取った。今この時より、二人は夫婦となった。その命の限り、二人に幸があるように、誓いの口づけを》
向かい合い、ダンがヒューイのベールを捲る。そして両の手を取り、真っ直ぐヒューイを見つめる。
「前も言ったけど、亀様の前でもう一度ヒューイに誓う。俺は病気にならない。長生きする。だから、永くヒューイのそばにいる。子供もたくさん育ててヒューイを寂しくなんかさせない。だから、俺と幸せになろう」

そうして、涙を流して微笑むヒューイにキスをした。はぁ～！　カッコ良くなったな～！

「ダン、格好良いね」

隣に座るアンディがこそっと言う。同じ事を思ったのがおかしい。

「フフッ、そうね！」

会場の盛り上がりと祝いの歌に合わせ、小さな光がふわふわと上空へ集まる。速いもの、遅いもの、幾つもいくつも現れてはふわりふわりと昇っていき、一つに集まっていく。

もう一つの月のように輝く光に、マークからそっと渡された弓を、新郎ダンが構え、射つ。

光る魔法の矢は光の軌跡を残しながら天空の光に吸い込まれ、破裂した光が小さくキラキラと降ってくる。

会場中に降り注ぐ光に歓声が上がる。

そして新たな曲が流れ、新郎新婦の周りを三年の生徒たちが白の揃いの衣装を着て簡単なワルツを踊る。男子は詰め襟のシャツにスッとしたパンツ。騎士科だけにスタイルが良い。女子は袖のないAラインのワンピース。胸元やスカートの裾にもらった綿レースが使われて、大人可愛い感じに。

ダンがベールの裾端を両手に持ち、ヒューイがそれに手を重ね、生徒たちと一緒にクルクルと回りだす。ふわりと膨らむベールに合わせて光が舞うと、女子の翻るスカートの裾にも光が舞い上がる。

会場のどこからか手拍子が始まった。叩いた手からも光が飛ぶ。会場中が更にキラキラとする中、静かにダンスが終わる。

新郎新婦と踊り子たちがお辞儀をすると、また大きな拍手が起こった。

そこに、ハンクさんがいつものウエディングケーキを運んでくる。ナイフを渡し、息を整えた二人がケーキにナイフを入れる。また、拍手。ナイフを受け取ったハンクさんが笑う。

「おめでとう」

そして二人は会場の人々にまたお辞儀をした。


今回はお色直しはなし。

なんと、ベールに付いていた小さな花は女子生徒が縫い付けたんだそうだ。触っただけで緊張する綺麗な生地にキャシー先輩ですら手が震えたそうで、食事が始まる頃には皆がホッとして大泣きした。

「お嬢が先生になって生徒さんを連れて来るって聞いたから、思い出にしてもらおうと思ってお願いしました。付けてもらえて私もとても良い思い出になりました」

ヒューイが女子生徒一人一人にありがとうと握手をし終えてから教えてくれた。

なるほどね～。良かったー、私誘われなくて！

「お嬢様にはご自分のベールを縫ってもらいますよ」

嘘でしょカシーナさん!?　マジですか!?

男子は男子で、今美味しそうに丸焼きになっている子豚を仕留めたそう。何だかんだと男子生徒の世話を率先してやってくれたのはダンだったから、お返しになればいいとアイス先輩が言った。

二人の後ろで踊ってもくれたし、皆ありがとう、お疲れさま！　いっぱいご飯を食べなさいよ～！

そしてホテル勤務と交替しての第二部。と言っても、料理を追加してワルツを披露して、だけだったけど。皆が「あのダンがな～！」と微笑むのには笑ってしまった。確かにちょっと早い結婚な気はするけど、ヒューイへの誓いの言葉は良かった。

最後は皆でわいわいごちゃごちゃと踊って結婚式は終わった。は～、今日も良いお式でした。

後片付けをしてる時、手を動かしながらアンディが「僕も、こっちで結婚式挙げたいな」と言った。

「え？」

「皆がお嬢にどんなドレスを準備するのか見てみたい。光の結婚式でお嬢がどれだけ素敵になるか皆に見せたい」

にこっとするアンディに見惚れながらも想像してみた。

服飾班渾身の衣装を身に着けたアンディの隣で、鼻血を抑えるのに必死な私が見えた。

……あれ？

ぎぃやゃああああぁぁぁああ～!!

おおぅ、見事だな～。ジェットコースターから響く悲鳴に感心しながらの合宿最終日。

生徒たちは今日は仕事はせず、午前中に遊園地からの温泉コース。お昼を食べてからシロクロ荷車で各々を送って行く予定。

新しいアトラクションはモンスター（おばけ）屋敷。

……だったんだけど。腕の立つ人がバンバンと壊していくから、これはちょっと保留だわね。お客さんに怪我をさせる訳にはいかないし。

まさかの反応だったわ～。だよね～、魔物と出会ったら殺られる前に殺れが基本だもんね～……

それにしたって張りぼてでも壊されると修理費が……

悲鳴を上げながらもジェットコースターは好評で何度も乗ってもらえた。

「最初に空を飛んだから慣れたのか、恐いは恐いが面白い」と先輩たちが言う。

「お姫様になった気分！」とメリーゴーラウンドも女子に人気。

全ての遊具で楽しんでもらえたので良かった。


「なんか、掃除してないのにお風呂に入るのが申し訳ないわ～」と服を脱ぎながらキャシー先輩たちがぼやく。今日はお客様気分になっていいのよ～。

大きな浴槽、景色を見ながらのお風呂に、男女とも満喫してくれたようで良かった。

屋敷のお風呂も大きめだけど、外の景色を見ながらも良いでしょ？


「はぁ、最後の食事か……」

生徒たちがため息をつく。あれ？　最後の晩餐みたいになってる。

「正直、家に帰ってからの食事がツラい……」

誰かのぼやいた言葉にハンクさんが笑う。

「そんな事を言うけどな、育った家庭の味が一番だよ」

「いえ！　落ちこぼれと言われても学園に入って良かったと思ったのは美味しい食事がたくさん食べられる事です！」

スミィの力説に平民生徒が力強く頷くとハンクさんはさらに笑った。

「じゃあ王都の店で料理を教えよう。向こうの奴らに話をしておくよ。いいですかいお嬢？」

ＯＫ～。

「やった！」「あ、じゃあ僕も参加して良いですか？」「私も！」「ぼ、僕もお願いします！」

「待て待て、そんなに大人数用の厨房じゃないから、何人かずつに分かれてだな。学園の勉強が優先だから、お嬢と学園長と相談しながらだよ」

「「はい!!　」」

と元気な返事をして、おろしハンバーグ定食を食べ始めた。おお、スゴい勢いだ……

「お嬢はどんどん忙しくなるね」

できることは手伝うよとアンディが笑った。

……あれ？　また自分の首しめた!?

おまけSS②　合宿中のとあるやりとり

「アイス先輩！」

マイルズ・モーズレイは振り返った。

もはや訂正するのも面倒くさいし、アイス呼びはすれども後輩たちが自分を敬っているのは伝わってくる。アイスクリームが好きなのは今さら訂正する理由もない。あれは至高の食べ物だ。

ドロードラング発祥のそのデザートに釣られて合宿に参加できる事を喜んだが、ここでは今まで常識と信じたものがほとんど崩された。

その常識を砕く最たる者、サレスティア・ドロードラングがマイルズに向かって駆けてくる。

「どうした？」

ドロードラングに着いて五日。すでに何かを悟りかけている気がする。

「クラウスが稽古つけてくれるそうですよ〜。生徒の皆に声掛けお願いしま〜す」

今日は何をやらされるのかと地味に戦々恐々としていたマイルズは一瞬で煌めいた。

クラウスとはドロードラング領の侍従長であり、かつて剣聖を賜った男。あっさりと表舞台から消えたが、今でも剣を持つ者、武に携《たずさ》わる者には憧れの人だ。

ドロードラング領に着いて最初に挨拶をした。侍従長としてはそれで正しい。彼は自分達の御世話係ではない。だが、その穏やかさに意表をつかれた。

鬼と呼ばれた男がまるで好好爺ではないか。

ラトルジン姓を名乗らなかったのでマークに教えられるまで全く気づかなかった。彼がその人とわかっても、シュナイル殿下の取り巻き仲間共々、憧れが過ぎて日々の挨拶しかできていない。

その彼が！　稽古をつけてくれるだと!?

以前、やはりサレスティアの侍従のマークに「俺に勝ったら剣聖に話を通す」と言われたが、未だマークに勝てていない。

その事実が影をさす。

「合宿参加者には特別ですって。皆、真面目に働いてくれてるから快諾してくれたわ」

家格その他が自分より上なのは確実なのに、今までの行いからとにかく無礼な小娘と思ってしまうサレスティアに、初めて後光が見えた。いや、あの穏やか侍従長にこそ後光が見えた気がした。

思いがけず、前日にマークの師匠ニックとの手合わせを見たが、クラウスの剣筋はほとんど見えなかった。誰が『シュナイル殿下は剣聖の再来』と言ったのか。

殿下には失礼だが、マークにギリギリ勝っているようでは全くクラウスには及ばない。クラウスに勝てないニックにも及ばない。

どう及ばないのか確かめられる。見切れるとは思わないが、殿下に進言できる。

殿下はもっと強くなる。自分はそのそばでお助けしたい。殿下の盾にも成るべく、そばにいたい。

張り切って仲間の元へ向かうマイルズを見送って満足気なサレスティアは、廊下の角を曲がった所をたまたま掃除していたキャシーたちにその話をした。

「何で喜べるのかわからない！」「私も昨日チラッと見ましたけど二人の剣なんて見えませんでしたよ？　男子たち真っ青になっていたのに」「ああ～、二年の男子も喜びそう……」「……騎士科って脳筋ばかりなんですかね？」

「だからアイス君はあんなに食べているのに太らないのかしら？」

「え？　どういうことですか？」

「いくら鍛えているからって言っても全然太らないじゃない？　私なんかドロードラングに来て太ったのよ……学園のお嬢様たちには太るとすぐにチェックされるから体型維持するのをずっと注意してたのに……だから、脳みそが筋肉ならそこでものすごい消費してるんじゃないかと思うわけ」

ああ～！

女子たちがキャシーに非情な同意を示す。

「そうね、アイス君は学力もあるし。頭でも栄養を消費してるわね、きっと」「シュナイル殿下の取り巻きたちは大抵そんな男子たちよね」「ということは、仕事はできるけど食費もスゴくかかる？　うわ、大変！」「結婚してもたくさんのドレスは買ってもらえなさそう」「君のドレスよりも肉を買ってもいいだろうか、って？」

なかなか辛辣な冗談に笑う彼女たちを、女子ってのはどこの世界も変わらないな～と微妙な笑顔で眺めるサレスティア。

「でも皆責任感が強いからきっと家ごと守ってくれるんじゃない？」

「嫁の実家まで！」

そうそう！　とこれまた笑う女子たち。

何だ好評価じゃん、とそっと胸を撫で下ろすサレスティアに気づかず、一礼してすぐに仕事に戻る女子たち。今日も平和だな～とサレスティアは一人執務室へ向かった。

そして、クラウスに稽古をつけてもらった男子たちは、その時に使った木剣を大事に持ち帰ったのだった。

一三話　ミシルの村で。

シロクロカー（仮名）にて生徒たちを実家もしくはその近くまで送った時、平民は呆然とするばかりだけど、貴族は大騒ぎでお抱え騎士＆魔法使いがお出迎え。危うく戦闘になるところをアンディが取り成してくれたので、誰一人怪我もなく送り届ける事ができた。

が。

「なんだこれは!?　俺抜きでばかり楽しい事をしやがって！　乗せろー！　今すぐ乗せろー！　ドロードラングの税金上げるぞー！」

最後にアンディを城の敷地に降ろした際に、国一番の我が儘親父に取っ捕まり、十分の空の旅を強要された。緊張するから嫌だと言うミシルを泣き落として、アンディにも再び乗ってもらって四人でフワフワしていたら、我が儘親父の奥さん方にも見つかりレシィとエリザベス姫も一緒にさらに十分の空の旅。なんだこれ、ハーレム飛行か。

そして王城の庭に皆を降ろしたら王様は宰相様と侯爵様に連れて行かれ、王妃様方は可愛いミシルを取り囲み、私は姫たちとじゃれて一息ついた。

アンディに振り返る。

「じゃあ行ってきます！」

「うん、気を付けてね」

「うん。着いたらクラウスを呼ぶし大丈夫」

アンディが両手のひらを上げたので、それに私の手を乗せた。

ぎゅっ、とお互いに少しだけ力を入れる。

「クラウスでも手に余る事が起きたら呼んでよ」

「うん、ありがと」

「亀様、お嬢とミシルをお助けください」

《うむ、承《うけたまわ》った》

ミシルと二人でシロウに乗り、クロウには荷車を領に返してもらうため、こっから別行動。

「私、空にいるんだね。貴重な事だけど、やっぱり変な感じ」

あはは！　そうかも！

「こうして見ても全然村が見えない。遠いんだなぁ」

ミシルが進行方向を見ながら呆れたように言った。

「本当ね。学園が無かったら会えなかったかもね」

学園が無かったら私たちはどこで会えたんだろう？　私の前のミシルが振り返る。

「学園に行けて良かった」

ちょっと照れた感じで笑っちゃって、私をどうしようというのさ！　可愛いなー！

「ふふ。さっき、チューするかと思った」

へ？

「お嬢とアンドレイ様」

へ？　私とアンディがチュー？　何で？

「……何でそんな顔するのか、こっちが不思議なんだけど……」

《ミシルよ、それが主なのだ》

シロウが言う。ミシルが微妙な顔になる。え？　何が⁇

「お互いに好き合っているんじゃないの？」

好き合っ……！

「ルルーさんとマークさんみたいな雰囲気になるから、政略婚約って聞いたけど恋人なんでしょ？」

恋人⁉　こっ恋人⁉　え？　ウン？　……婚約者、だし、違くはない……？　あれぇ⁉

「え、っと、……友達？　ではあるよ……？」

うわ、久しぶりにミシルの眉間に皺がよった。

「……侍女さんたちが言っていたけど……」

《我はアンドレイを連れ出す以外は何もできんぞ》

「え、亀様も関わってるんですか⁉」

《カシーナたちも努力はしているんだがな……》

《主はそれを物ともせんのだ……》

亀様の苦笑に続き、シロウがため息まじりに呟く。

呆れた空気が漂うとともにミシルの皺がさらに深くなった。ええ～……

「手強い……いや、重症……？」

何が!?　元気だよ!?　とっても元気！


「私」の恋は一度だけ。

兄の友人に10才から十年の片恋。

妹としか思われずにアプローチは悉《ことごと》く失敗。今日こそはと本気の告白をした時ですら「うん、俺も好きだよ！」と朗《ほが》らかに返された。私の本気は、妹からの愛情としか認識されなかった。

それでも諦められず、兄弟たちからは呆れられたけど、結婚を決めた彼女を紹介されるまで続いた。

「可愛い妹に一番に報告できて良かった」

無遅刻無欠席皆勤賞を誇った私の勤務経歴が終わりを告げた。世界が滅べばいいと布団の中で呪い続けた。

それでも、お腹は空くしトイレにも行く。

健康優良児に超が付く私は、昼も夜も布団の暗闇にいる事にも世界を呪う事にも飽き、朝日と共に起きて走って風呂に入り垢を落として家族分の食事を作り食って出勤した。隈はすぐには取れなかったけど。

あの人には好意しか伝わらなかった。

愛していると言ったけど、私の思うように正しく伝わらなかった。あの結婚報告の時に彼女の顔が少し青ざめたから、私の本気は彼以外には伝わっていた事に後から気づいた。

私の想いは、好きな人にだけ通じなかった。

十年の付き合いの中、彼は私に向けた事のない顔で彼女を見つめて、微笑み合ってた。

……素敵な事だ。

素敵な、結婚式だった。

やっと、諦める事にした。

その夜は、家族団欒で酒を飲んだ（弟はジュース）。

その月は、私が家計簿をつけ始めて最大赤字の月になった。

それくらい飲んでも、怒られなかった。


そうして私の恋心に費やされていたエネルギーは、家計簿とへそくりと借金残高を減らす事に注がれる事になった。


「「磯の香り～！」」

ミシルとハモった。

見慣れた地域に入ったのか、ミシルがあれはねと色々説明してくれる。私も海に近い地域にはあまり馴染みがないのでとても新鮮だ。年イチの海水浴場しか知らないもんな〜。

「あの林を抜けた所に村があるの」

と言いながら既に見えた村には、懐かしの、掘っ立て小屋に似た物がたくさんあった。

「波が荒くなるとすぐに逃げ出せるように、変に家を丈夫に作って逃げ遅れたりしないように粗末な造りなんだって」

なるほどね〜！

「まあ、貧乏なのを上手く言ったなって今は思うけど」

目を丸くした私に、ミシルがえへへと笑う。

「今の説明スゴく納得したの！　都会に行って気づいたの！」

「私もそうだったの！　都会に行って気づいたの！」

笑い声が聞こえたのだろう。家の中で作業していたであろう村人が一人二人と現れた。それに気づいたミシルが手を振る。

「ただいま〜！」

シロウがふわりと村に降りた。見るからに魔物なシロウを恐れてか、一定の距離から誰も近寄らない。ありゃ。

そんな中、一人の爺ちゃんが一歩出た。

「ミシルか……！」

「村長！」

声の張り具合から、爺ちゃんではなくおじさんに変更。ミシルが駆け寄り、深く頭を下げた。

「ただいま戻りました。まだ修行が必要ですが、誰かに怪我を負わせる事はなくなりました。学園が夏の長期休暇に入ったのでドロードラング様に連れて来てもらえました」

上体をガバリと起こしたミシルは周りの人々と目を合わせ、村長にまた向き合う。

「私、元気です！」

村長がミシルを抱きしめた。それを皮切りに村人たちが群がった。

ミシルが人波に埋もれるのを、シロウと並んで見てた。


「そうか、イムは駄目だったか……」

ミシルの母親の遺体は今、青龍に預かってもらっている。まずは村長に大まかに説明をして、その後村に運んでもらう予定だった。結局、村長の家にお邪魔してすぐに皆に話してしまったけど。

村長含め、村人たちはそっとミシルの母親の冥福を祈る。

「ドロードラングさんでしたか。ミシルが大変にお世話になったようで、感謝の言葉もございません」

「いいえ。ミシルが魔力を安定して使いこなせるまで学園で指導しますので、今すぐ帰す事ができず申し訳ありません」

「いやいや！　それはドロードラングさんやリンダールさんが納得するまでお願いします。私らでは何もできませんから。ミシルもそれで良いんだろう？」

「はい！」

そこで話は一区切りとし、外に出て亀様にクラウスと青龍を呼んでもらう。砂浜に音も無くクラウスが現れるとざわめく村人たち。

「あれ？　青龍は？」

「ご自分でいらっしゃるそうです」

ふうん？　ミシル母を連れて来るのに何か手間取っているんだろか？

と思っていると、青空に胡麻粒を発見。

隣のミシルが私の袖をそっと摑み、クラウスがあぁと呟く。その胡麻粒はぐんぐんと大きくなり、青く煌めくモノになった。

脱力する私らに気づいた村の人が、目線の先の空飛ぶ物体を見つけた。その間もぐんぐんとそれは近づき、その異様な姿に何人かが腰を抜かす。

ぐんぐん、ぐんぐんと迫るスピードに反して、風の流れも感じさせずにそれは砂浜に静かに降り立った。

ミシル母をくわえた標準サイズの青龍が現れた。

《すまぬ。遅くなった》

「馬鹿かーっ!!」

《ええっ!?》

《今までの所行、及び本日の行い、誠に申し訳ない。伏して、伏してお詫び申し上げる》

タツノオトシゴが地面と平行になっている。驚きでヘタりこんだ村長の顔よりも低い位置で。村人もほとんどが腰を抜かし、何人かは気絶した。

「い、いえ、こちらこそ、こんな見苦しい姿で申し訳ありません。青龍様どうぞお直りください」

「いいのよ村長。躾は然るべき時にしないと後で大変になるんだから」

躾……!? と村長が小さく驚く。

《そうなのだ村長殿。我は社会勉強中なのでな、こうする事は当然である。我に様付けすることもない》

「と言っても、あまりやり過ぎても村長も皆も緊張しちゃうからもう終わりにしよう？ お母さんを運んでくれてありがとう、青龍」

ミシルの助け船に私以外の皆がホッとした。が。これだけは言わせてもらう。

「今後緊急性が無ければむやみに姿を晒さない。無駄に騒がれるのって本当に面倒なのよ。初めてあんたに会う人は混乱するということを覚えてね。……これが守れないなら、あんたをじっくり煮込んで出汁を取るからね！」

《し、承知！》

直立不動のタツノオトシゴが返事の後にミシルの陰に隠れた。ミシルが苦笑する。

「青龍が無駄に恐がられないように言ってるんだよ？」

《む、うむ……ん？》

青龍が何かに気づいたように村と隣の街を繋ぐ林道を見ると、クラウスが私の前に立った。ん？

「青龍は姿を隠した方がいいかもしれません」

クラウスが向こうを見ながら言った事に青龍は大人しく従い姿を消した。シロウが私のそばに伏せたのでその毛並みを撫でた。

潮風で毛が傷んだりしないのかな～とぼんやり思っていると、馬に乗った兵士が三人やって来た。

「お前たち！　今ここに魔物が飛んで来なかったか？」

「それは、私の従魔ではないでしょうか？」

シロウを撫でながら答えると、兵士は馬から降りてこちらに歩いて来た。じりじりと。

「もっと長くて青っぽかった気がしたが、んん～？」

しっかり見られてた！

もっと日本化された甲冑的な鎧を想像してたけど、アーライル国一般兵士と大して変わらない鎧を身に着けている。兜を取った時にちょんまげを期待したけど普通の短髪だった。残念。

……いや、そんなのまじまじと見ちゃうだろうから駄目だな。

「お前たち、いや、貴女方は貴族のようだが、このような所で何を？」

「はい。私《わたくし》、アーライル国立アーライル学園にて教師助手をしております、サレスティア・ドロードラングと申します」

ドロードラング、と兵士の一人が息を呑んだので、知られてたと、視線を彼に向けたら睨まれた。

「ドロードラングといえばこんな島国にも聞こえる下衆だろうが、何をしに来た！」

三人の中では一番若いらしい、睨んだ兵士がドスドスと前に出る。

それを最初に声を掛けて来た兵士が止めた。

シロウが威嚇しようと顔を上げたので、彼が止めてくれて良かった。

「待て。それをこれから聞くところだ」

さして大きくもない声なのに効いたよう。短気君は大人しくなった。リーダー（仮）が私を見て続きを促す。黙っているもう一人は、私のそばへ控えるクラウスをじっと見ている。

……へぇ。

「兵士様、そのお方はアーライル学園へ魔法の勉強をしに行ったこのミシルを送り届けてくれただけでさぁ。こんなでっかくて真っ白い獣など見たことがねぇもんだから、皆で腰を抜かしちまったよぉ」

村長がさっきまでと違う言葉使いで、シロウを指しながらよっこらしょと立ち上がる。それをミシルが支える。

「お前は？」

「この村の村長でごぜぇます」

「そこの娘は魔法が使えるのか？」

「へぇ。荒波をちょこぉっと鎮めるだけのもんでさぁ。だからわしらも全然気ぃつかんで、たまま旅行に来ていたアーライル学園の学園長さんが修行せんかと誘ってくれたんですわ」

リーダーは真剣に聞いている。

私は村長がどう話を持っていくのかドキドキしている。

「何でも、ちょこっとでも魔法が使えればぁどんなモノでも見たいと言うし、こっちとしても、漁の時に今以上に波が収まれば儲けもんでさぁ。まあ、こんな貧乏漁村じゃあ、細っこい娘じゃ働きにならんで、丁度良いっちゃ良かったんですわ」

ちょっと理由付けは厳しいけど、兵士たちは漁村を見回して何かを納得したようだ。

「一人では不安じゃろうてその母親も一緒に行ったんですが、元々体が弱かったもんで。そのドロードラングさんとミシルの話じゃあ、たいそう良くしてもらったようだけんど、死んじまったんでさぁ。村じゃあ遺体は海に流すのが供養なんで、でっかい従魔持ちのドロードラングさんが運んで来てくれたんですわ」

今、ミシルの母は筏《いかだ》に寝かされている。

クラウスを見ていた兵士が遺体の確認に向かった。

「ドロードラングさんはミシルと同い年なのに先生なんですと。えらいもんでさぁ。わしらにも丁寧にしてくれましたぜ？」

確認を終えた兵士が戻って来て、二人に頷く。

「そうか。葬儀の邪魔をしてしまったな。悪かった。もし他の魔物を見る事があったら連絡してくれ」

意外とあっさり信用してくれたリーダーに、短気君が詰め寄った。

「待ってください班長！　ドロードラングですよ!?　奴隷にするために来たんじゃないですか？」

村の状況がよっぽど酷かったらそのつもりでしたよー。

「止《や》めないか。かのドロードラングは若い女当主が立ち現在復興中で人手を募っているとは聞いている。俺は彼女がその当主と言われても納得だ。貴族特有の気がある。それにアーライル国は戦争奴隷以外は禁止だ。お前はもっと世情を知れ」

しかし！　とまだリーダーに言い寄る短気君。正義感？　血気盛ん？

「彼女がドロードラングの当主であれば、そこに立つ御仁は剣聖と思われますが」

筏を確認に行った無口君がクラウスを見たまま短気君の気を逸らした。リーダーもへ？　となる。

ちらりとクラウスを見れば、いつもの穏やかな顔だ。

「まあ、元気で生きているなら彼ぐらいの歳だとは思うが、彼は侍従だろう？」

「気配は武人です」

リーダーが片手で顔を覆った。お前もなぁとため息をつく。

クラウスがくすりと笑った。うん、リーダーって大変だね。

「あのぉ、葬儀を始めても良いですかぃ？」

村長が困ったように会話に入ってきた。リーダーが慌てて、すまない！　やってくれと言うので、村長は村人とミシルを連れ、筏を担ぐと波打ち際に移動していった。

頭を掻くリーダーたちに向き直る私。

「兵士様、私《わたくし》は確かに奴隷王を父に持ちます。ですが、子供だからとお目こぼしをいただきました。悪事を働かないという事で領地の復興も許されています。確かに人は集めていますが、政《まつりごと》から溢《あぶ》れた自国のスラムからです。

この村は貧しそうですが、皆さん生き生きとしています。ああして土地を離れていたミシルをお帰りと皆が集まってくれる、優しい人たちです。そういう所からは連れ出しませんし、第一ここからでは運ぶのに遠すぎます」

短気君が戸惑った。遠いでしょう？　正直亀様がいるから関係ないけど。

クラウスが胸元に入れていた書類を私に寄越す。貴族が国境を越えるので一応手形を出してもらっていた。問題が起きたら見せるようにと、国王、侯爵、学園長（新）、おまけにアンディの判までが押されている。すぐ済ませるから何も問題なんて起きないよと思ってたけど、もらっといて良かった！

外国の一般兵士に見せてどれ程の効果があるかは疑問だけど、このリーダーさんは無下にはしないだろう。書類を読んだら若干青ざめたが、あれ？　リーダーさん、大陸共通語を読めるんだ。スゲェ！

「貴女の仰る通りとわかりました。我らの無礼をお許しください」

「こちらこそ、遺体を運ぶ事を優先したばかりに余計なお仕事をさせてしまい申し訳ありませんでした」

リーダーが頭を下げてくれたので、私も礼をすると、驚かれた。お嬢様、とクラウスが耳打ちしてきた。

「いいの？」

にこり。………うん、ほどほどにね。

「あの、こちらのお詫びとして、このクラウスと手合わせはいかがでしょうか？」

兵士の目が点になる。お詫びで手合わせって……ねぇ？

クラウスが前に出る。

「貴族籍を外れるまではラトルジン姓を名乗っておりました。現役の頃より腕は落ちましたが、話のタネにいかがでしょうか」

「ラトルジン！　……剣聖、ラトルジン！　……本物？」

無口君の目が光る。短気君も真剣だ。

クラウスは変わらずにこりとしたまま、仕舞っていた木剣を取り出した。

「確認をしてみては？」

不敵に笑うクラウスに向かって無口君が剣を抜いた。

剣を抜いた無口君に慌てるリーダーを手で制す私。好きにさせたらいいさ～。怪我したら治癒するから～。

そうして浜から少し離れた所に移動した。シロウも。

無口君が踏み出し、ガキンッ！　と金属音が鳴って、無口君が吹っ飛んだ。

「「　はあっ!?　」」

リーダーと短気君の驚きの声が揃った。

「本気でいいですよ」

体勢を立て直した無口君が再びクラウスに駆け出す。

が、ビタッと止まった。……うぅ、圧がスゴいわ～。シロウも伏せたままだけど耳がピクリとした。

無口君の汗がスゴい。ふと見ればリーダーも短気君も汗が流れている。私らの所でコレだもん、クラウスの正面の無口君は可哀想になる。

結果。一分後に無口君は膝をついた。おお！　一分！　ご苦労さん！　クラウスは、若いっていいですねぇ、とのんきな事を言っている。

短気君はへたりこんでリーダーはふらふらとしながらも辛うじて立っている。

「腕に自信を持つのは良いですが過信してはいけませんよ。相手がどんな牙を持っているか、探るのも斥候の役目です」

鬼神……とリーダーがぼそりと呟いた。

「これで、腕が落ちたと……？」

「みたいですよ？　私は現役の彼を見た事はないですし、本人がそう言ってますから」

保存バッグからタオル（綿製）を取り出して三人に渡す。

「恐れ入りました……」

「いいえ。これで本物と納得していただければと思います。差しでがましいですが貴方は判断力がありいます。あそこで跳ばずに堪えていたら骨が折れたでしょう。それと柔軟に優れていますね。体重が軽いのは悪いばかりではありませんが、足腰の鍛練は地力に通じます。やり過ぎないように鍛練してくださいね」

無口君が素直に頭を下げると、クラウスが助言をする。短気君からものすごく羨まし気な気配が漂う。

「貴方もしますか？」

「ありがとうございます！」

やるんかーい！

とまあ、結局三人で飛びかかってもクラウスの圧勝だったんだけどね。

シャン　　シャン　　シャン

鈴の音が聞こえた。

海を見れば、筏は沖の方にあり、浜では巫女のような衣装を身に着けたミシルがいた。

村人たちは皆海に向かって手を合わせている。

「良ろしければ皆さんもお願げぇします」

こちらに来た村長がそっと言い、私たちも手を合わせて海を見た。

あの時のようにミシルが舞う。

衣装と鈴が「神に愛された舞」の信憑性を増す。

綺麗。

兵士たちのため息の音に、私の息が止まっていたことを知った。魅入ってた。

と、シロウが顔を上げ、クラウスが息を呑んだ。

「お嬢様！　沖を！」

あ。ミシルばかりを見ていたけれど、そうだ、葬送の儀式だったんだ。沖？　筏は？　とクラウスの指す方を見れば、そこには海から顔を出したぼんやりと透けている青龍がいた。

ここで突っ込み叫ばなかった私を褒めてくれ。

「おお！　竜神様が現れてくださった！　これであの母親の魂は竜神様が守ってくれるじゃろう……良かった……」

村長が涙を湛えて竜神に向けて両手を合わせたまま何度もお辞儀をする。

浜ではミシルの舞も終わり、村人たちが村長と同じようにしていた。

そして、青龍が空気に溶けるように消えた。筏ももう無い。

「そ、そそそ村長、い、い今のは、い、一体……!?」

気丈にもリーダーが発した。他の二人は顎が外れそうなくらいに口が開いている。

なのに村長はけろっとしたものである。

「へえ、うちの葬儀はこうなんですわ」

三人がギョッとした。

「この村は昔から竜神様を祀ってますんで、たまぁにああして現れてくれるんでさぁ。まあ、陽炎《かげろう》みたいなモンでしょうけんど、今日のはいつもよりもはっきり見えましたなぁ。皆さんが来たから竜神様もおまけしてくださったんですかねぇ。お陰で景気よく送れましたわ。ありがとうごぜぇました」

そうして三人の兵士は、細長い魔物らしきモノは幻だったと結論付け、剣聖との手合わせを土産に帰って行きましたとさ。めでたしめでたし。

兵士さんが見えなくなってから村長の家に戻ると、タツノオトシゴが家の前で待っていた。

「ね？　面倒でしょ？」

《忝ない！》

「いやいや青龍様、ちょっとの打ち合わせだったのに想像以上の良い働きでしたよ」

《村長殿……恭悦である》

「はいはい、ご飯の準備だよ～、手伝ってね～」

持ち込んだ米を炊き、村の奥さん方が作ってくれたあら汁と～、冷奴と～、青菜のおひたし～、ワカメときゅうりの酢の物～、昆布の煮しめ～、たくあん～！

海藻！　豆腐！　ついに豆腐とご対面したよー！　各家庭手作り！　形は半球ザル模様ばっかり。

いいねぇいいねぇ！

魚は一夜干しされたものを串に刺して焚き火でじっくり焼いたもの。脂がパチパチ言うわ良い匂いがするわ、早く食べたい！　皮の色が緑や紫なのは無視します！

そして！　刺し身！　出たーっ！　刺し身ぃぃ！　さっき村のおじさんたちが釣ってきたばかりの魚！　何だろう？　白身の魚！　外見がピンクだったのはこの際無視します！　サッと湯がいたホタテみたいのも出てきた！　貝柱が大きい！　旨そう！　殻が真っ赤だったのは無視します！

「この魚ね、生でも美味しいの！」

ミシルがニコニコしてる。ご馳走だ。ありがたい！

「こちらこそですよドロードラングさん。腹一杯米が食べられる日が来るとは……」

村長さんが涙ぐむ。

「いやいや村長、これからは交渉次第よ。ミシルから村の特産物を聞いて取引したいものがあるの」

真剣な顔になった村長にクラウスが書類を見せる。そこに書いてあるものは、塩、干物（魚、貝、海藻類）、鰹節（的なもの）、豆腐、こんにゃく。他。

村長が目を丸くする。

「はいはいそんなの後！　後あと！　村長、その紙はちゃんと持っていて。さあご飯だよ〜！」

ミシルが大皿を持ってご飯を急かす。

うわーい！　いただきまーす!!

「ほぉ、ドロードラングさんたちは箸の使い方が上手いですなぁ」

そりゃあ日本人でしたから～。ドロードラングでも箸を使うのは実は少数。料理班は完璧だけど他の大人たちは難しそうだ。子供たちの方が上手に使えている。クラウスはもちろん使えます。

小皿はなく、大皿に一品ずつどっさり乗っているのをそれぞれご飯を盛った茶碗にいちいち取って食べる。私は気にならないし、軍経験のあるクラウスも平気。

「そうなの！　お嬢は箸を上手に使うから最初はびっくりしたよ」

「あはは～」

隣に座ったミシルとする話を村人たちが質問してきたり驚いたり、村人の自慢話を聞いたり、喋りながらもガツガツ食べる私に呆れたり、ミシルの友達が持ってきてくれたお代わりに目を輝かす私を笑ったり。

そして、食べながら交渉開始。

村で獲れ過ぎて困る程あるのは塩と海藻。浜から離れた所にある畑では村人がどうにか食べていけるだけの野菜しか採れない。採れたら採れたで保存を利かせるために塩漬けだ。

魚は一応年中獲れるが冬の漁はとにかく寒いし、夏はすぐに駄目になるから素早く売りに行かねばならない。夜中から明け方に漁をし、午前は行商と干物作りと畑仕事に分かれ、午後は漁で使う道具の補修や粟稗《あわひえ》の脱穀。明かりの燃料は漁にしか使えないので日の入りと共に就寝。

村で作っている穀物類は粟や稗。米は隣村で買い、こんにゃくもそこ。豆腐も隣村の方が多く作っていると言う。

どこが楽になればいいですかと問えば「私らは漁をするしかないですからねぇ」と村長は苦笑する。むぅ。塩と海藻だけでも良いかもだけど……

「まあ、あの兵士さんたちが噂を広めてくれれば竜神祭でもでっち上げられるんですけどねぇ」

……これだ。

「村長って元々はどこの人？」

「あ、わかります？」

「うん、言葉も使い分けるし機転も利くし、発想も田舎育ちの人とちょっと違うよね？」

「はっはっは！　ドロードラングさんに釣られたかなぁ。随分と庶民に馴染んでますね」

「貴族のフリをする余裕もない貧乏領地だったもの。誇りよりも食料なのは今でも変わらないわ」

村長は微笑んだ。

「実は、だいぶ昔にクラウスさんにお世話になったことがあります」

ええ!?

「あぁ、やはりあの時の。随分と変わりましたね」

「せっかく逃がしてもらいましたし、今じゃ歳も取りましたし。あぁそれはお互いですね」

「ははっ！　そうですな」

ええぇ～、二人だけでわかり合ってるところ悪いんだけど、どういう仲なの？

「先の戦争で私とジャンの剣が全く当たらなかった男です」

……え、それって人間？

「ははは！　そんな言い方をしたら、俺がものすごい武人みたいじゃないですか。腕っぷしは全然の、逃げ足だけが自慢のこそ泥ですよ」

村長がわははと笑う。隣を見ればクラウスも笑っていた。

「影は追えても姿を見られず、敵の部隊がどうしても一人足りない。最後は文字通り網を張って追い込んで捕まえました」

え、笑い話？　お祖父様とクラウスに追いかけられるってただ恐怖では？

クラウスの説明に、いやあ、逃げ場が無いって恐かったですね～とまた笑う村長。

「こちらとしてもハスブナルの兵は逃がしたくなかったですからね。必死でしたよ」

ハスブナルの兵!?

あ、でもそうか、戦争の相手だもんね。あれ？　でも逃がしてもらったって……

「無様に泣き喚いたんですよ。三日かけて泣き落としたんです」

……うわぁ。でも、それだったら他にも捕虜がいたと思うけど？

「捕虜になった人間は頑張っても数時間で諦めるんですよ。泣く気力も起きなくなるんです」

クラウスが穏やかに言う。そのまま村長に目を向ける。

「その後《ご》、どうでしたか？」

村長は静かに苦笑した。

「あの時の約束はまだ果たせていません。まあ、ここに一人でいるのがいい証拠です」

村長は静かにお茶を飲んだ。酒は飲めないらしい。

村人たちは各々飲んでいて、死者への供養にどんちゃん騒ぎだ。

私たちの話が聞こえているのはミシルだけ。

「俺は、ただのこそ泥だったんです」

村長は私とミシルに向かって言った。

「盗賊団に所属しない、義賊でもない、その日その日を他人様からちょろまかして一人で生きていました。ある裕福そうな家に盗みに入った時、檻に囚われた小さな魔物と会ったんです」

魔物と聞いてミシルと見合う。

「仰々しい檻のわりに小さな魔物でした」

《何者だ》

誰もいないと思われた真っ暗な部屋に入った途端に声を掛けられ、慌てて部屋の暗がりに潜んだ。

《我に闇は効かぬ。窓から入るのは無作法だな》

丸見えと言われてしまった。どこからか確かに視線を感じ、汗が一筋流れた。猫の鳴き真似は効かなさそうだ。

「……ええと、通りすがりのこそ泥です……」

《こそどろ？　……あぁ盗みに入ったのか。悪い事は言わん、この家の物は止《や》めておけ。高価な物には魔法が掛かっている。前にも盗もうとした者が消し炭になった》

盗めない宝の部屋とわかったが、声も視線もどこからのものか判断がつかない。にしても静か、いや、落ち着いた声だ。

「……あの、泥棒だ捕まえろ～とか、騒がないの？」

《なぜ？　我自身が捕らえられているのに。ここの家人に恨みは特に無いが、助ける義理も無い》
捕らえられている？　なるほど。そういう事なら、まあそうだわな。
《お前は……変だな。落ち着いている》
「いや混乱してるけど、突き抜けたというか、あんたは何者だい？」
《あぁ、お前の正体は聞いたな。我は、……すまぬ、言えぬ》
謝られた!?
《姿を見せる事は構わんが、それで良いか？》
この短時間で相手がだいぶ気の良い奴なのはわかった。だからといってこっちが無事で済む理由も無い。はっきり言えば恐怖だが、湧き上がった好奇心に従った。
《一番大きな檻は見えるか？　その中だ》
部屋に明かりを灯す事はできないが、窓から射し込んだ月明かりがその檻を少しだけ照らした。天井にまで届きそうな縦にも横にも大きな檻。それに寄って行って見えた姿は、
「あれ？　小さい？」
《まあ、そうだな》
「……檻から抜けられそうだけど？」
《檻にも触るな。死ぬぞ。たくさんの術が込められているらしくてな、通り抜けられんのだ》
魔物自身が頑張れば通り抜けられそうな隙間は罠らしい。
「へー。あ、飯の時はどうしてんの？」
《食物は檻の隙間を通れる。投げ入れはせぬが転がして寄越すぞ。我は何も食べぬのに毎朝持って

くるのだ》
「へー。食べなくていいんだ、いいね。俺なんかすぐに腹減るけどなぁ」
途端にぐ～ぅと腹が鳴った。少々気まずい。
《何だ今のは？》
「俺の腹の虫が鳴いたの」
《ふむ。人とは腹に虫を飼うのか》
噴いた。
「違うよ、腹が減ると音が出るだけだよ。どうなってるのかはわからないけど、虫に腹を食い破られた話も聞いたことないし、う～んと、たとえ？」
ほぅ、そういうことか。と真面目に言う様子になんだかな～……
「ははっ、あんた、面白いな」
《そうか？　我はお前が面白い。この果物を食らうといい》
「え、あんたの飯じゃないの？　良いの？」
《腐らせるのも嫌なので食べるが、持ち帰ってもいいぞ》
そうして魔物がこちらへ林檎やその他を色々と転がす。
「やった！　ありがとう！」
魔物がぽかんとこちらを見た。

次の日、の夜。

窓が音も立てずに開く。
《何だ。また来たのか》
「ちぇっ。今度はバレないと思ったのに～。お、今日も新しい果物が！　毎日桃があるとか、金持ちだなこの家」
《ももと言うのか》
「うん。街の八百屋ではなかなか見ない高級品だよ。確かに旨いよな！」
《街の、やおや……？》
野菜が色々売られているんだ。そんな話をした。

《まだ隠れる気か？》
「今日こそバレないと！」
《無駄だ。お前の気配は屋敷の外でもわかる》
「がーん！　逃げ足と気配の殺し方は自信があったのに！」

《何だ怪我をしてるのか？》
「いやあドジった。鳥の巣から卵を取ろうとして木から滑り落ちたんだ。ま、擦り傷だけどな！」
《こちらへ寄れ。治癒を施してやる》
「いいよ、もうかさぶたになったから。あれ？　檻の中に本がある」
《うむ。お前の話が面白くてな。本を所望したのだ》

「へー。魔物でも字が読めるんだ。スゲエ！」
《お前も読めるだろう？》
「読めねぇよー。お触書《ふれがき》だって読めねぇし、本なんか触った事もねぇもん」
《……そうか。この本はお前にも読ませたいと思ったんだがな》
「……ふぅん？」
《そうだ。少し我の加護をやろう。名は何というのだ？》
「名？　ねぇよ、そんなもん」
《？　人にはあるものだろう？》
「人は人でも、名前があるのは親がいる奴だけだって」
《……そうか。ならば、我の、いや我が付けてやる》
「え、いいよ、今さら……」
《……シュウ、はどうだ》
「シュウ？　……シュウ……シュウ、か」
《シュウ》
「何？」
そう応えた途端、一瞬目眩がした。
その瞬間、ほんの僅かな時間、何かに包まれた気がした。
ハッとする。
《どうだ？》

「え？　どうだも何も……あれ、本の字がわかる。あれ？　読める？」
《ふむ、上手くいったな》
「え？　何？　これ」
《果物をやるからシュウは我に面白い話を語れ。シュウの話は面白い》
「……うん？　よくわかんねぇけど、わかった」
《うむ》

「ちょっと！　ちょっとちょっと！」
《どうした騒々しい》
「足が速くなってんだけど！　コレも加護？」
《そうだ。シュウが捕まってしまったら誰が我に語るのだ》
「あ、あぁ、そういうことか。ありがとな！」

《なるほどな。本に書かれている事は事実もあるのか》
「そうみたい。歴史書は大抵同じ事が書かれてたよ。恋愛？　は俺にはよくわからねぇ。ただ疲れただけだった……。やっぱり物語が一番面白いな～」
《うむ。お前の話は面白い》
「俺のじゃないよ。本にあった話だよ」
《ふむ。我はお前が語れば面白い》

「……そう？　へへっ！」
「この本にあった宝石、本当にあるんだって！　今日ギルドで聞いたんだ。びっくりしたよー！」
《ほぅ》
「冒険者って奴が持ち込んだんだって。大陸中もその他も色んな所を見て回るんだってさ。あ～あ、お前と一緒に行けたらなぁ」
　魔物は呆けた表情をした。
「何でそんな顔してんの？　お前、閉じ込められてるわりに色んな事を知ってるけど、本当はその色んな事を自分で確かめたいだろ？」
　魔物のおたおたした姿も初めて見た。
「ははっ！　面白れ～！」
《……我は、シュウからの話を聞ければいい》
「俺もお前に話すのは楽しい。……いつか、一緒に行けたらいいな？」
《……ふ。そうだな》
《何だと？　もう一度言え》
「だから冒険者になるって言ったの。お前の知りたい所に行ってみて、どんなだったか教えるよ。今までみたいに来られなくなるけど、お前もいつその檻から出られるかわかんねぇし、本だってこの部屋にあるヤツを暗記しちまうよ。つまらないだろ？」

《だが、檻の中にいる我にもわかる程この国は危うい。戦《いくさ》が起こるのではないか？　危険だ》
「まあ、そうなんだけどさ。でもだから旅の資金を貯めるのにいい機会なんだ、傭兵とか募集兵とか。お前のおかげでどこまでも逃げられるから大丈夫だって」
《浅はかな》
「適当なところでずらかるって。戦なんか最後まで付き合うかよ」
《シュウ》
「考えてもみろよ。途中で逃げ出せば戦の間は余所の国にいるんだ。その方が安全じゃねえ？　お前のこの家はデカいし、まあ大丈夫だろ」
《シュウ》
「この憎らしい檻だって、戦の時は守りになるだろ」
《シュウ！》
「この檻を壊す方法を見つけて帰るっ!!　絶対お前をこれから出すっ!!」
いつかのように目を丸くする魔物が面白い。
「いつになるかなんてわからねぇけど。へへっ、俺、お前に触りたい」
《…………馬鹿め……外は危険なのだろう》
「お前の加護があるからな、大丈夫だろ」
《命の保証は無いぞ》
「全力で逃げるって！　なあ、行ってらっしゃいって言ってくれよ。そしたら絶対に帰って来られそうだろ？」

《……》
「なあ、なあなあ」
《……行ってこい》
「ははっ。色気ねぇの」
《行って、来い》
しばし見つめ合う。部屋の外がいつもより騒がしくなってきた。
「やべ、さっき大声出し過ぎた。じゃあな！」
窓枠に足をかける。
《行って！　来い！》
「へへっ、行って来ます！」
そして窓から飛び出し駆け出してから、涙が出た。
必ず、お前の所に帰る。

「必ず報いたい友がいる。冒険者になって一緒に世界を歩くのだと、彼は言い続けました。その時に所持していた武器には人を斬ったあとが無く、ジャンが泣き声に辟易としてそのまま放り出したんです」
クラウスが静かに語った。お祖父様の事を話す時はいつも穏やかに笑う。

村長は苦笑しながらも、一点を見つめたままだ。

「戦場で死体から色々と掠めて溜め込んでいた物をそのまま持たせてくれたんですよ。まあ、檻を壊せる魔法使いを雇うには全然足りませんでしたけどね。逃がしてもらえたのでそのまま一度帰ったんです」

屋敷は火事になっていて焼け焦げた残骸しかありませんでしたと、村長の目が仄暗《ほのぐら》くなった。

魔物のいた屋敷が無くなっていた。

私の体のどこかが、わずかに震えた。

「近所に聞きました。その理由を誰も教えてはくれませんでしたが、噂は残っていました。その家は、お上《かみ》への反乱を企てていたために焼き討ちにあった、と」

ミシルが手で口を押さえたのを、視界の端に見た。

「魔法使い以外に誰も運べない筈の檻も残らない焼き討ちはできるのか？　調べて調べてやっと檻が残っていると確信し、運ばれた場所に忍びこんで、隙間からあいつを、やっと見つけました……」

村長の暗い目が、恐い。

「生きていました。ただ、あの見慣れた檻の外側に、三重《さんじゅう》に檻が増えていました」

魔物が生きていた事にホッとした。喜べる状況じゃないけど生きているなら。

「近づいたからアイツもわかったのでしょう、目が合いました。そして直ぐに逃げろと言われました。俺も助ける手段が何もなくて、すごすごとその場を離れました」

すごすごなんて嘘。血の涙を流して、胸を掻きむしって、喉を枯らして。そんな姿が、村長の表情に見えた。

ミシルが私の腕に触れる。その手に私の手を添えた。自分以外の温もりにホッとする。

クラウスは村長の肩に手を乗せていた。

「それからずっと調べる事と自棄《やけ》になるのを繰り返して生活は荒れました。そうこうしている内に戦が終わりましたが、逃走兵の俺は国を出ていました。そして、行った先々のギルドに世話になりながらアイツの助けになる何かを探しました」

その最中、一つの噂を聞きました。と、村長の目が更に暗くなる。

「ハスブナル国が四神を捕らえたらしい、と」

村長はどこを見つめているのか、動かない。

「もしかしてとは思っていました……言葉を話す魔物は珍しい。だけどアイツは見た目も雀のように小さく、全身が赤いのがただ珍しいだけ。ハスブナルが大見得を切っただけだと。調べる程によくわからなくなりました。アイツは俺にただただ優しくしてくれた。資料にある四神の様に荒ぶる事はいっさいなかった」

村長は顔を両手で覆った。

「アイツが四神だと言うなら、同じ四神を探そうと、それらしい話のある所に行きました。アイツは話が通じたので他の四神も話は聞いてくれるかと。

アイツを閉じ込めているのが魔法使いなら、俺は魔法使いには助けを求めないと決めました。

でも、どこもかしこも空振りで四神なんていなかった。竜神を祀る地域はたくさんあったけど、この村だけが何かの気配がありました。それがアイツの加護のおかげかはわかりませんが、この村に留まりました」

　村長の手はそのまま。

「四神は人間には脅威でしかない。二体がつるんで現れた事も歴史上無い。本当に話が通じるかもわからない。それでも、俺にはそれしか手が無かった。もしかしたら、ジャンさんとクラウスさんならと思ったが、逃がしてくれた恩ある人達をそんな危険には晒《さら》せない」

　手が、離れた。村長の目は濡れていた。

「生きて会うことは、もう叶わないと、覚悟を決めながら、生きてきました……まさか、この村に青龍が本当にいたとは……」

　村長がミシルを見た。

「ミシル、一度だけ、青龍に、願ってもいいだろうか？　無理と言われても構わない」

　光の宿った静かな目。私の腕を握るミシルの手が震えている。

「か、構わない、とは、どういう事ですか？」

「助けられないと言われる覚悟はある。その時は村長を誰かに任せて村を離れるだけだよ」

　村長は私を見る。

「旅をしながら色々な物語を覚えました。アイツの近くでそれらを聞かせることにしようと思っています」

　穏やかな顔だ。

　その魔物のそばに行くということは、とても危険な事だろう。逃げろ、と言われたのだ。危険しかない。

ただの人が魔法を無効にするのは難しい。素手ではまず無理だ。

無理。でも、諦められない。


かつての想いがよぎった。

私の叶わなかった想い。

でも、それはあっという間に風に吹かれ、星空を背にしたアンディが手を差し出す姿が見えた。

それは、月明かりだったり青空だったり。

いつものアンディ。

いつもアンディはそこにいて、微笑む。

……………まいったなぁ。


「もうこの歳ですし元々最後はそのつもりだったんです。この村での心残りはミシルだけだったので、これだけ元気になって安心しました。あとは、まあ彼らはどうにか生きていけますしね」

村長が村人の様子を優しく眺める。

「ここに一緒に住むのもいいなと、少し長居し過ぎました……」

よく見れば、皆の中にタツノオトシゴと白ワンコがまざっている。子供達にじゃれているようだ。

この村もなかなかの人達がいるよね。ミシルのお母さんだって明るい人だったし。犬はともかく、タツノオトシゴはもっと警戒しなよ。つい脱力してしまう。

「……ふふ、そうね。一緒に住むには良いんじゃない？　あ、骨を埋める前にドロードラングにも来て欲しいわ。二人で」

　村長は静かに微笑んだ。

「では、作戦を立てませんと」

　クラウスがにこりとしながら座り直した。村長の眉毛が上がった。

「まずは偵察ね。あまり行かせたくないな～」

「ヤンとルイスに行ってもらいましょう」

「え、その二人？　恋人と奥さんいるじゃん。嫌がるんじゃない？」

「情報について領では速さと確実さで突出した二人ですよ。アーライル国で把握してない情報があれば欲しいですね」

「そっかそうね。その情報をまずは侯爵や宰相とすり合わせましょう。ミシル、その情報によっては青龍にも頼むよ？」

「え!?　私に聞くの？」

「あれ？　青龍とはまだ何も無い？」

「何もって何？　村長みたいな加護とか？　無いよ～！　自分の魔力だってまだまだ使いこなせないのに青龍に助けてもらうのは図々しくない？」

「そう？　私らみたいに遠慮しないでばんばんと付けてもらえばいいのに。亀様に頼んでるのは防御だけど、それでも四神が相手じゃ怪我するけどね～。まあ、白虎も手伝ってくれるんじゃないかな？　サリオンの影響か大人しくしてるけど、本当は派手なの好きだろうし」

「え。ねえ、四神が揃うって大丈夫なの？　学園だって大変だったのに」

あ。……ハスブナル、沈むな……

「まあそれでも良くない？　あの国本当評判悪いしあそこの役人嫌いだし、一回国ごと耕して「駄目ダメ止《や》めて～！」冗談よ」

ミシルがじとんと見てくる。冗談ですよ冗談。

「ふふふ。それをしないための情報収集ですよ」

クラウスが穏やかに言えば、ミシルも落ち着く。

「というわけで村長、もう少し時間をちょうだい。貴方の判断で動いても良いけど、ここで会ったのも何かの縁よ。私は魔法使いだけど今回は手を組みましょうよ」

と村長を振り返れば、顎が落ちているんじゃないか？　というくらいに口が開いていた。あれ？

オーイと目の前で手を振ってみたら、ハッて言った。大丈夫？

「ち、ちょっと待って。え、四神て、え、今現在、揃っている……⁇」


国潰しの大精霊と言われる、ほっこり穏やか玄武。

眷属に力を預けたままの、抱っこ大好き、甘えんぼ白虎。

目覚めたばかりの残念マザコン、社会勉強中の生真面目青龍。

そして、村長と冒険者になりたい、囚われの朱雀。


村長は白目を剝いて気絶してしまった。

「村長――っ‼」

ミシルの叫びに皆がこっちを見た。


自分は運があるのか無いのか……と昨日からずっと呟く村長。あるでしょ。あるよー。あるある、たぶん。

ミシルの村にお泊まりしました。村長の家にあのまま雑魚寝です。起きた時ちょっと体が痛く、久しぶりの感覚に笑ってしまった。

朝食に焼き魚定食をいただきながら昨日の復習《おさらい》。

《我が朱雀の元へ直接向かえばいいのでは？》

タツノオトシゴがそんな風に言う。

「そうね。それが一番早く片が付きそうだけど魔法使いを侮ってはいけないわ。生まれ直した直後とはいえ、こんなに長い間朱雀を抑えているのよ。檻もそうだけど、魔法使いがどんな魔法を使っているのか下調べは必要だわ。四神は討伐できない事はないのよ？」

何度か封印された事のある青龍、もとい今はタツノオトシゴは黙った。

「だからって三神で行ってしまえばそれこそ何が起きるかわからない。皆優しいから被害は少なく済むとは思うけど、三神に囲まれた相手がどうはっちゃけるか予想も付かないし、ミシルが駄目って言うからその案は却下ね。まあ、四神大戦なんてなったら私だって冗談じゃないわ」

ミシルはやっぱりじとんと私を見てる。いやいやもう言わないって。

「青龍、脆弱だからと人間を侮ってはいけない。目標のために力を合わせるのが得意だからね。おかげでドロードラングは繁盛してきたわ」

最後をおどけたように言えば、タツノオトシゴは納得したのか頷いた。

《いつでも助力する》

「ありがとう。そう言ってもらえると助かる。当てにしてるからね」

タツノオトシゴの目の下辺りがピクピクした。……照れてる？　ミシルも気づいたのか小さく噴いた。

あ、とタツノオトシゴが何かに気づいた。

《だが、サレスティアは脆弱ではなかろう？》

ミシルとクラウスが噴いた。

お前ーっ!?　乙女に向かって何て事を！

そうして。

朱雀を助けに行く算段をつけるまで村長は引き継ぎを済ませることにし、ミシルはドロードラングでエンプツィー様と私と特別修行を決定。エンプツィー様の都合？　何ですかソレ。

ミシルの家にもしもの時の転移門を作り、村の作業場近くに保管庫を一つ寄付。生食は取れたてが美味しいので、保管庫は干物と野菜専用になるようだ。好きに使ってちょうだい。そして取り引きしましょう！

辺境の地ということで心配していたけど、ミシルの国は識字率がわりと高かった。村人には村長が教えているそうだ。

「この国の人たちはおおらかだから、昔むかしから他国から色々騙されてきたらしいんです。まあ、それでも成るようになるさと流してきたんですが、国王が奮起して学問を普及させたんですよ。まだ完全ではないですが、それもあって俺は村長に納まってるんです」

ミシルはその学びの時期に事故で籠っていたから学園に来るまで何もできなかったのね。ふむふむ。まあそのハンデも今はほぼ無い。

「アイツの加護で俺は生きていられます」

そう笑う村長に通信イヤーカフを渡し、干物、乾物を村が生活できる分を残したギリギリの量まで買い取り、その代金で隣街からこんにゃく等、村には無いものを購入してもらい、それをまたドロードラングで手間賃込みで買い取り。

「急に金だけあっても生活が崩れますから、しばらくはこれで行きましょう。あの保管庫をいっぱいにしようと皆が張り切ってますよ」

やった！　でもほどほどに。見た目より入るからね〜。

《漁を手伝わなくて良いのか？》

青龍にやってもらえば莫大な量が獲れるけど、村人たちは「私らは漁師ですから」と助力を辞退。でも、たまに寄ってくる魔物を退ける処置を海にしてもらっていた。

あ、その魔物食べられそうなら手伝うよー。

想定していたよりも多量の（五人前の量を希望したら十人前分が出てきた）海の幸（塩込み）と、

和モノ食材を手に入れ、ミシルは青龍と転移門でドロードラングへ。私とクラウスはシロウに乗って村を出た。

帰る途中で、アイス先輩のモーズレイ子爵領にてゼラチンを購入。

騎士の家系と聞いていたから全くのノーマークだったモーズレイ子爵領は、隣のトラントゥール子爵領（エリザベス姫の想い人テオドール先生の実家）と共に牧畜が盛んで、特に牛の加工は細かく、ゼラチンまで作っていた。

一人踊ったのは言うまでもない。デザートの幅が広がると騒げばアイス先輩が食いついた。

どうやら膠《にかわ》や資材としてしか使っていなかったらしい。食用にできますよ～。アイス先輩がそれを聞いてものすごく悔しそうな顔をしたので、試作はアイス屋に招待しますと言っておいた。

あ、ミシルの村で天草《テングサ》も仕入れました。寒天寒天～。

そしてホイストン領のたんぽぽ茶。

図々しくもスミィの家でご馳走になり、味を確認。純粋なコーヒーよりはやっぱりお茶だけど美味しいわ～。

今年の収穫は終わりで、乾燥させたものを一袋だけ譲ってもらえた。代金を払うと言ったんだけど、値段なんてつけたことがなく、スミィが世話になったからと無料《タダ》でいただいてしまった。

まあそうね、ここでは仕事の片手間に作るお茶だから値段はつけにくいのね。収穫の時はウルリを連れてくることにしても大変そう。たんぽぽの根っこは長いからね～。スミィはウルリみたいにできるように練習してみると張り切っていた。うん、他の収穫も楽になるし頑張って！

お土産を持ってホクホクでドロードラングに帰る途中でアーライル城が見えた。

何だかソワソワしてしまい、後ろに座るクラウスに笑われた。

……夕べだってちょっと喋ったし、さっきもこれから帰るねと報告したばかり。

「寄って行きますか？」

いつもよりも笑うクラウスに、連絡もせずに迷惑だろうと思いつつも、まあ今さらかなとも悩む。

『お嬢？』

「うわっ！　びっくりした！　どしたのアンディ？　何かあった？」

『亀様が、お嬢が城に寄ろうか迷ってるって言うから呼んでみた。おいでよ』

亀様仕事が速いよ……うんでもありがと。

自室のバルコニーにいると言うので、シロウにそこに向かってもらうと、手を振る姿が見えた。

何だろう。嬉しい。妙にドキドキしながらシロウから降りる。う、緊張してきた。

「お帰り」

!!　……う、わ、ぁぁ……

顔が熱い。美人の微笑みは破壊力がスゴい！　の、とは違うダメージだ。いや、動揺だ。

「では私たちは先に戻りますね」

え!?　クラウスとシロウ、先に帰っちゃうの!?　私の混乱を見ていないのか、アンディに一礼したクラウスはシロウの背に乗りさっさと飛び立ってしまった。

「どうしたの？　何か急ぎの用があった？」

「……何も、ない……です」

今までにない動揺に自分で落ち込む。何なんだ急に……？　アンディはいつでも美人でしょう？

あれか、村長の話の時に思い出したから？　先輩じゃなくてアンディだったから？

その事がただただ恥ずかしくて、俯いた。

「お嬢？」

ごめんアンディ、会いたかったのに何だか今すぐ顔を上げられない。でも顔を見たい。

「サレスティア」

名を呼ばれた事に驚いて、勢いよく顔を上げてしまった。真剣なアンディが、私を見ていた。

何か言われるのだろうか？　何かって何だろう？　少し不安に感じるとアンディの口が動いた。

「抱きしめてもいい？」

顔が、熱い。湯気が出ているんじゃないかと思うほどに熱い。

ふ、とアンディが笑った。

「嫌ならしないよ」

涙が出そうだ。

何だこれ、こんな事で涙が出るの？　何の涙？　アンディにそんな事を言われたから？

言わせたのは私のこの態度だ、馬鹿か私は。

左手に、アンディが触れる。アンディの白くて意外とごつごつした手に、私の真っ赤になった手が乗る。

恐る恐る、目を合わせる。

「でも、これは許してね。昨日見送ったばかりなのに、とても会いたかったから」

ぎゅっと握られる。

いつだってそうだ。痛くなんかない。

アンディは私に、いつだって手を差し出してくれる。

アンディに、一歩踏み出した。

どんな顔をしているかなんて、自分じゃわからない。

でも私がどんな顔をしてたって、アンディが逃げた事はない。

すとん、と何かが落ち着いた。

そうだ。アンディはいつだって、手の届く所にいてくれる。

安心して、手を伸ばせる。

いつだって、握り返してくれる。


好きになっても、今度は、届く？


「私も……抱きついていい？」

まだ、顔が熱い。

それをアンディが包む。

アンディの肩に顔をつけて、ほっとする自分がいる。

離れた手は、お互いの背に回る。

「何かあった？」

髪に、アンディの息がかかる。くすぐったい。嬉しい。

「うん色々。今は、お帰りが嬉しすぎて、一人で混乱しただけ……上手く説明できなくてごめん」

少し強く抱きしめられた。

同じくらいであればいいと、私も腕に力を入れる。

「そっか」

「うん」

熱が落ち着いてきたのがわかった。

「うん、お帰り」

「ただいま」

やっと、笑い合えた。

一四話　夏休みの終わりに。

お嬢がニヤニヤしてて気持ち悪い。と、最近よく言われるが自分ではよくわからない。

「仕事に支障はありませんよ」とクラウス。

「所作が以前より丁寧になりましたね」とカシーナさん。

「魔法に頼らない護身も前より動くようになったな」とニックさん。

「は？　人使いの荒いのはいつも通りですよ」とルイスさん。

「がに股が直ったんじゃねぇ？」とタイト。してねぇわ！

「お嬢の食への情熱は変わらないですよ」ハンクさん、人の事言えないでしょ。

「何か変わったか？」とグラントリー親方。だよね～。

「はっはっは。王子を逃がすなよ」にこやかに頭をポンポンとするキム親方。……ぬぅ……

「可愛くなったわよー！」チムリさんそんな大声出さないでっ。

「ふふん、頑張りな」……うぃす、ネリアさん。

「もうちょっと髪を伸ばしてアンディにいっぱい触ってもらいいな、綺麗になるよ？」…………返事に困るよケリーさん……

「結婚式は張り切って歌うからね！」……えーと、うん、そのうちお願いするね、ライラ。

「お化粧もしましょうか？」う……ん、まだ子供だからいいよ、インディ。

「今からたくさん狩っておかないとなぁ」……張り切り過ぎだって、ラージスさん。

「ふふっ、可愛いですよ」……ありがと、ナタリーさん。

「あのお嬢がとうとう……アンディやったッスね！」トエルさんに言われるのもなぁ。

「お嬢様顔が崩れてますよ」ハッ!?　ありがとルルー！

「ほらな？　気持ち悪いじゃん」マーク……お前もうちょっと考えろ。

「やっと自覚した？　……の、かなぁ……？」……あの、ミシルもできればそっとしてくれる……？

「「「やっぱ、お嬢が気持ち悪い」」」

子供たちよ、にょにょと私を見るなあぁぁぁぁ!!


「アンディ兄上は次はいついらっしゃいますか？」

夏休みも後半。優秀なスタッフのお陰で少ない書類を片付けている時にサリオンが執務室へやって来て、忙しいところをすみませんと唐突にそんな質問をした。

今ちょっと微妙な私は机に突っ伏す。それをクラウスとルイスさん、クインさんがにやりとして見てる……気がする。

「姉上？」

「あ、ごめんごめん。えっと、私が学園に戻る日に来るよ。明後日の朝だわね。急ぎの用？」

「いいえ。舞台での新しい踊りを見てもらう約束をしていたので。皆も納得の出来になったので披露したいなって話してたんです。姉上も兄上と見てくださいね」

「え～、私には先に見せてくれても良くない？」

さっきの恥ずかしさもあり、ほんの少し不貞腐れたら、サリオンがアンディのように苦笑した。

またも突っ伏す私。

「サリオン、アンディに似過ぎ……」

「本当!? やったぁ！」

コトラのような元気な動きに笑ってしまった。

「無理してアンディみたいにしなくてもいいんだよ？」

「無理じゃないです。だって兄上は目標ですから。クインだってクラウスだって、兄上は貴族としての見本だと言いました。それに僕は兄上が大好きです！」

くっ……キラキラした顔で言うなぁ。

「姉上も兄上を好きですよね？」

「ふぐっ!?」

私の呻き声に執務室に苦笑が響く。

「そりゃあ好きですよ、婚約者ですし。ねえお嬢？」

ルイスさんがによによと仕掛けてきた。そりゃあそーだとも！　友達の頃から！　……友達、婚約者………私が婚約者でいいのかなぁ。

アンディからの好意は安心する。温かい。私に見せる顔はいつも優しい。もちろんふざけ合ったりもしたことはある。ケンカとか、実は想像できない。

ビアンカ様やクリスティアーナ様に嫌味を言われた時。あの時くらいしか怒った所を見たことがない。

何であんなに穏やかなんだろう？　王子だから？

普通、中学生なんて反抗期真っ盛りだったり、無駄に元気だったりするのに。領のその年代はとにかく元気だ。そのすぐ上の代が見張っているからケンカ程度で大きな問題はないけども。

比べる所が違うだろうけど、貴族というものがそうなのだとしたら、アンディは正しく貴族であると言える。侯爵夫人がドロードラングでのアンディはとても楽しそうと言うので、馴染んでいるのは嬉しい。泥だらけになるのも厭わない。合宿だって当たり前のように参加してくれた。

それでもふと思う。私に合わせてばかりでどこかで無理してないだろうか？

「僕は、姉上と兄上が一緒にいるととても安心します」

サリオンがうふふと言う。

「両親の事を覚えていませんが、姉上と兄上がそうなのだと思ってます。僕と歳が近すぎますけど」

……え、

「最初はクインに安心がありました。安心という意味も後からわかりましたけど。

初めてお会いしてから、姉上はそれまでの何よりも温かかった。とても心地好かった。でもいつからか少し変化しました。姉上が安心していると僕にはとても心地好いとわかりました。

兄上がそばにいる時がそうだと気づいてから、夫婦の間にもそれぞれに同じようなものがある事を感じました。皆に背負われてた時からですよ？」

ちょっと待て。ものすごい事を言われたけど理解できそうでできない。顔だけ熱くなる。

「だから僕は、兄上を姉上と同じように信頼してます」

たたみかけるように続けるサリオン。

え、だからアンディに似てるの？　親に似るように？　私が信じているように？

「白虎も、僕に接する兄上をアンドレイ様で良かったなと言いました。優しくも厳しい事は白虎にもわかるそうです。僕も姉上の弟で良かったと誰からも言われるように、兄上のように姉上のために頑張ります！」

またも突っ伏した私の周りで大人たちの含み笑いが起きた。


「で？　なんでここでお菓子作りなんです？」

王都アパートに逃げて来ました。台所でクッキーを作ってます。

「だって屋敷のどこにいてもいたたまれない気がしたんだもん。休みの日にうるさくしてゴメンね、リズさん」

呆れ顔のリズさんが手伝ってくれている。

「そんなのいいですよ。休日に一人って特に何もしませんからね。洗濯も掃除も終わっちゃったし、お嬢が来てくれてちょっと助かりました」

ふふっと笑ってくれた彼女にホッとする。

リズさんのいる治療院はお医者先生が他にも弟子をとったのでシフトを組めるようになった。連休じゃないけど週休二日。お医者先生は週休一日のままだけど、ヨールさんも色々任される事が増えたそうなので、お医者先生は前より楽になったと聞いた。

「クッキー生地を捏ねるって、いいですよね……」

リズさんがしみじみと言った。

「あれ、何かあったの？」

「何で私に恋人ができないんですかね？」

何も無かった!!　無さ過ぎた!!　しまったーっ!!

「あ～あ、私もお嬢みたいなロマンスが欲しいぃぃい!!　ここにも良い女がいるっての！」

捏ねるはずが、勢いがついて叩きつけている。……うどんにすれば良かったかな？　きっと美味しいのができたろうなぁ。

「お嬢、何を逃避してるんですか」

「いや!?　ロマンスとか考えられなくてアパート《ここ》に来たんだからね!?　そういう話題私に合わないでしょ!?」

ビダンッ！　ビタン！　と叩きつけていた音が止まり、リズさんがまたも呆れた顔で私を見る。

「何言ってんですか合いますよ。私らのお嬢ですよ？　恋愛残念仕様でもこんなに可愛いんだからお釣りが来ます！　これでアンディが何かやらかしたら私だって黙ってませんからね」

ウフフと据わった目で笑うのは止《や》めて!?

「お嬢は女の子なんだから、そのままで良いんですよ」

そう、引っ掛かるのはそこ。

私は現在12才だけれど、精神的にはアンディとかなりの歳の差。

本当ならお互い恋愛対象になり得ない。

だけど。……だけど。

「何でそんなに自信無さげなんですか？　別にアンディの前で猫を被ってた訳でもあるまいし。むしろ生き生きしてますよ、お嬢は。そんなにさらけ出していて今さらですって。アンディだって嫌だと思ったら婚約解消の相談くらいしてきますよ」

すがるようにリズさんを見上げる。

「それだけの信頼はお互いにあるでしょう？　私らがアンディにヤキモチ焼くくらいには二人でいるのは当たり前ですよ。この際だからシワッシワの老人になるまで添い遂げるつもりになってください。ま、それは私の理想ですけど！　恋人〜っ!!」

そしてまた隣でビダンッ！　ビタン！　と音が鳴る。……クッキーなんだけどそれ、焼き上がっても食べられるかな？　でも、私の不安を叩きつけているみたいに聞こえてきた。

ちょっと逃避しつつ、ちょっと安心しつつ、私の分は普通に作った。

一度に大量に焼くためにお店の窯を借りに行く。

「恋バナしながらリズに作らせたら駄目ですよ……」と、堅過ぎクッキーを前にコックたちに呆れられる。

はい、すみません。私が責任持って食べます。焦がさずに焼いてくれてありがとう！

これを砕いてバニラアイスに混ぜ込めば少しはふやけて食べやすいかなと、アイスを少しもらいスプーン二杯程度のクッキーかす（ごめん、リズさん）を混ぜる。すぐに一口食べたら「ガリッ!!」となったので、そのまま少し置く。

ちなみにリズさんは焼き上がりを待つ事なく、私を店に送り届けると街に繰り出していった。ハントしに行くのかと思いきや、街を歩くだけでも楽しくて気分転換になると言う。……王子が現れるのを待つタイプなんだなぁ。

再び一口食べる。クッキーがサクッとした。うまっ！

私の顔を見たコックたちが味見をすると「堅過ぎクッキーかす」を全て持って行ってしまった。私の密かな楽しみになるはずだったのに……

「お嬢、はい！　これは領地の分で、こっちはアンディの分ですからね。忘れないでくださいよ！」

どんと容器ごと置かれたクッキークリームを持ってまずは領地に。

そして粉まみれの服を着替えてアンディの元へ、お邪魔してもいいかの確認を取ってから亀様転移。

「いらっしゃい」

そう微笑んで迎えてくれたアンディの後ろには、国王、お妃方、兄王子たち、姫たち、宰相、団長、侯爵、他の大臣方もいた。

「会議中じゃんっ!?」

「うん、ちょうど休憩しようとしたところだったんだ。新作アイスだって？」

国王のお付きさんにアイスの入った容器を渡すと、手を引かれなぜか用意されたアンディの隣の席に座らされた。逆鱗は侯爵。

え、ちょっとアンディさん、なぜ私もここに座る？　はっ!?　挨拶!!

「突然お邪魔してしまい申し訳ありません」

「いや、アンドレイからの申し出に許可を出したのは私だ。そのままいるがよい」

そう言いながらも国王の視線はアイスに向いている。レシィもこちらを見てニコニコ。……うんまあいっか。

「丁度良かったわ。ドロードラングで摑んだ情報を教えてもらいたいと、私が呼んだのです」

王妃が……あれ？　側妃方も眉間にシワが。兄王子たちと、王妃たちの並びに座るエリザベス姫もため息をつく。レシィはニコニコ。

何があったの？　とアンディへ向けば眉が下がった。

「ハスブナル国から姫様方への縁談の申し入れがあった」

侯爵の説明に、反応が一瞬遅れた。姫様方って、レシィも!?

「それだけではない。サレスティア・ドロードラング伯にもその打診がある」

宰相の言葉に顔が崩れた。ハア!?　私!?

ここでアイスが各々に配られた。

うん、とにかく食べよう……うん旨し。よしよし皆喜んでるな。甘いのが苦手な人はまあしょうがない。

姫たちや側妃たちも会議に出席してるのは、姫たちに直接関わる事だからだろうか。王妃はともかく他の女性の参加は珍しいよね。ドロードラング《うち》だけの仕様だと思ってたのに。

……あ。

「私にもということは、ミシルにもあるのでしょうか？」

宰相が首を横に振る。

「いや。ドロードラング伯を指名したから彼女の存在を知らぬ訳はなかろうが、ミシルに申し入れはない。平民相手だからどうとでもなると思っているのだろう」

「最終的な目標はドロードラング伯だろう」

王太子、ルーベンス殿下が続けた。

「領はアーライル国で今一番の成長株ですし」

シュナイル殿下も食べ終えたようだ。

私を狙うというからには、まあ四神が目的なのだろう。王子と婚約しているってのに無茶言うなぁ、ハスブナル。

だいたいそもそもが国同士で不仲のままだろうが。お前のとこと繋がってもこっちに何の利益も無いのにうちの姫を嫁にやるわけないだろうが！

「随分と舐められたものだ、と思っていたところだ」

ラトルジン侯爵が鼻で笑う。目が恐いんですけど。文官のふりしてくださいよ。

「何番目かわからん王子の名前を出されてな。そやつを学園に留学させたいらしい」

は？　なにそれ？

「今までもハスブナル国から他国に留学したらしい王子や姫は居《お》ったが、国に戻ってからの消息が摑めない事が多い。自身の子をどうしているやらわからん」

はぁ!?　なにそれ!?

「ひと昔前にはうちの学園にも何人か留学したが、帰国後その子等へのこちらからの問合せに対して梨の礫《つぶて》だ。戦後は国交断絶したままだからな、今さら縁組みしようなど四神目的としか思えん」

侯爵のオーラが恐ろしい事になっている。

が、私もそれに気づかないくらいに腹が立っている。自分の子供をどうしたって？

「落ち着いてください」

左手を軽く握られる。アンディは苦笑しながら侯爵を見ている。

「こんなあからさまな方法で仕掛けて来たのです。対策しやすいではありませんか。丁度ドロードラング伯もいらしたことですしさっさと決めてしまいましょう」

ん？

「また兄上が王太子の許嫁なら諦めるのではなどと言い出さない内に作戦を立てましょう」

ンン？

「だからそれは、」

「仮初めだとしても、私はそれを許さない。サレスティア・ドロードラングの婚約者は私です」

ルーベンス様の言葉をぶった切って、アンディは言い切った。そして私を振り返る。

「君がその案を良いと言う事も許さないよ」

……あぁ、どうしたらいいんだろう……

どうしようもなく嬉しいなんて。

「……そんな事で嫉妬するようでは先が思いやられるな……」国王がぼそりと言う。

「ホホホ。あの大人しいアンドレイが成長したこと」王妃が扇子で口元を隠す。パメラ様、オリビア様も同じしぐさを。

「フフフ。我が子ながら頼もしいこと」マルディナ様も笑う。

「アンドレイって、サレスティアの事になると不器用よね」エリザベス姫が息を吐く。

「お兄様がお嬢の事を誰よりもわかっている証拠です！」レシィが胸を張る。

……何か、色々、言われているんですけども……

「今すぐ婚姻を結んでも良いんだけど？」

ボンッ!!

……顔の赤くなる音をまさか自分が出すとは……マークとダンだけだと思ってたのに……

にこやかなアンディがちょっと恨めしい。

「な、なんだって、ここで、そういうこと、言うかな……」

あまりの恥ずかしさにアンディを見られず、俯いて小さな声で文句を言えば、ふふっと言う。

「だってそれくらい言っておかないと、本当に婚約者変更になっちゃうからね。……それくらい赤くなってくれればもう大丈夫かな？」

せ！　性格悪っ!?

愕然と見上げると、アンディの顔もうっすらと赤い。うわ、珍しいものを見た！　と凝視したら、自分の顔も赤い事に気づいたのか、アンディははにかんだ。

ぐはあっ!?　性格悪いって思ってゴメンなさい!!　その攻撃は防げないっ！

「休憩は終わりだぁ!!」

国王の突然の大声に正気に返る。

「そして王子は全員婚約者が決まっているのだから婚姻は上から順に執り行う！」

何をムキになっているやら、と王妃が扇の向こうで呆れてる。

まったく、子供か。隣で侯爵があからさまに呆れてる。

「息子といえども目の前で無駄にイチャつかれるのは腹が立つ！」

会議室の空気が更に弛んだ。奥さんが四人もいる奴が何をほざいてやがる……


ハスブナル国が朱雀を捕らえているという噂はアーライル国でも十数年前に把握していた。

だが、それが今回、真実であると証明されるまでただの噂だと思われていた。ハスブナル国が戦後は大きく動かなかったからである。

騎馬の国の出稼ぎ集団に交ざってハスブナル国に入国。ルイスは市場やギルド、時には作業をしつつ広い範囲で調べ、ヤンは貴族屋敷、ギルド、様々な場所に忍び込んだ。同時に騎馬の民のザンドル、バジアル兄弟も仲間と共にハスブナルの周辺国でそれを手伝ってくれた。

大体の事はアーライル国でも調査済みの事だった。

ただ、ルイスとヤンだけでなく、手伝ってくれた騎馬の民全員がハスブナル国に入った途端に空気が淀んだと感じた。天気は良く、日もよく射し、農地は豊かにもかかわらず、水の中にいるような、何かが体に纏わりつく感触があった。

キーホルダーとして付いて行った亀様が、予定よりも短期で調査を終えるように言い、ハスブナルを出るまでは命の危機以外は助けないと宣言した事で皆もその異常さを肝に銘じた。

一人で二、三人分の働きをする騎馬の民が一緒だったこともあり、ギルドで受けた農作業の仕事はすぐに終える事ができた。だから仕事が無いためすぐに国を出る事は不審に思われずに済んだし、何かが追って来ることもなかった。

《役に立たず済まなかった》

ハスブナル国を出てしばらくすると亀様が謝った。

「いいえ。亀様が最初に釘を刺してくれたから油断せずに済みましたよ。命の危機には助けてくれるという約束もありましたし、全員が無事に出てこられて良かったです」

ルイスが軽い感じで返す。亀様は本当にウンともスンとも言わなくなってしまったので少しの不安があったが、全員がいい大人だし、何が今回の目的かは理解していた。ハスブナル国を出て亀様が話し出すまでは亀様に何かあったかと心配だったが。

「追っ手も無さそうなのでここで言うが、亀様が俺に付かなくて良かった。城の奥はエライ事になっていた」

ヤンが今回初めて息を吐いた。

《我が近づけば相手方に知られると思ってな……朱雀の確認はできたか?》

「場所は把握した。城の見取り図も書ける。……だがなぁ……」

ヤンと亀様のため息が重なる。

「亀様もため息をつくとは……、まあ、亀様の想像通りだろうと思う」

ヤンが言い淀む姿を初めて見たルイスたちは、自身の想定以上の事があったのだと感じた。

《そうか。ならば、サレスティアには我から言おう》

その場にいた全員が、うわぁ……と思った。最強である亀様が伝えるということは、亀様でないと抑えられない程にサレスティアが怒り狂うということだ。

「ち、ちょっとそれって、詳しく打ち合わせしておいた方が良いんじゃないですか……？」

恐る恐るルイスが進言する。

「そうだな。それには賛成だ」

ヤンが頷く。

「とりあえず、周辺国に散ってもらった人らと合流してからまとめましょう」

騎馬の民も全員一致でルイスに賛成した。

いい大人だろうと、怒れるお嬢と対面するには心の準備が必要だった。


ハスブナル城の見取り図を出すと、王城会議室の皆が驚いた。

ヤンさんてホントすげぇのよ。

大抵の城には目に見える戦力として近衛がいて、裏には影のような警備がいる。ざっくりいえば忍者みたいな。その人らにも気づかれないんだよ……すごいわ〜恐いわ〜。

アーライル国にも忍者部隊？　はいるので、その彼らが以前にハスブナル城に忍び込んだ。だが確認のために複数で潜入したにもかかわらず地下には誰もたどり着けなかった。ハスブナル城の地上階は特に問題はなかった。敷地内には別棟も無く、だが朱雀を探し切れずに帰還。気になるからと正面切って調べる事もできず、その後ハスブナル国の事は結局は放置された。

大体、四神を捕らえたから何をどうできるというのか。

前例のない事は油断しやすい。

「以前潜入した頃にはもう黒魔法は使われていたようです」

だから、地下を探せなかった。

今回なぜヤンさんが見つけられたかというと、細い糸のような気配に導かれたと感じたそうだ。

それは地下に囚われた朱雀とほんの束の間目が合った事で実証された。

朱雀は何も伝えて来なかった。

ただ、体を横たえていた。そして四重になった檻の外に、ハスブナル国王らしき王冠を被った小さく痩せた老人が豪奢な椅子に座っていた。

その老人は、ただ、朱雀を見ていた。

部屋の床に満たされた赤黒い液体に椅子の脚ごと自身のくるぶしまで浸し、ニヤニヤと朱雀を見ていた。檻の床は少し高いのだろう。朱雀も老人と同じようにその赤黒い液体に浅く浸かっていた。

その部屋の壁には部屋を一周するように三本の太い線が書かれていた。よくよく目を凝らせば、びっしりと文字が集まったもの。

だが、それを確認するためにその部屋に留まることはもうできなかった。

戦場以上のむせ返る程の鉄の臭い。あの老人はこの部屋でなぜ笑っていられるのか。それ以上は、平静ではいられなかった。


「何という事だ……」

会議室の誰もが絶句する中、団長が呟いた。

屋敷でその報告を聞いた時、私は怒りで火を噴きかけた。思いとどまったのは、サリオン、カシーナさんとミシルも同席していたから。もちろん亀様と白虎に青龍、シロウクロウがいて、とどめに、アンディを呼べと誰かが騒いだことも暴れずに済んだ理由だ。

「そういった黒魔法もしくは魔法があるか、エンプツィー様及び学園長方教師たちにも調べてもらっています。祖父の持っていた黒魔法の本を調べましたが、今回のような大掛かりなものは無く、今のところエンプツィー様方も複合型の魔法であるとの考察です」

《我らも四神とはいえ全ての魔法を知っている訳ではない。人が創ったものは尚更わからぬ》

キーホルダー亀様、もとい亀様と面識のない方々は小さなぬいぐるみが話し出した事に驚いた。そんな人々に亀様は真面目に自分は玄武だと自己紹介をする。大臣方はサッと顔色が青くなったが持ち直した。さすが。

《我らは討伐できうる魔物だ。力があるからと安易に近付けば逆に取り込まれる恐れもある。だからこそ朱雀が大人しくしているのが我の不安要素だ》

ヤンさんは魔法に関しては門外漢だ。だけど、魔法陣を意味もわからず複写することはできる。

それが今回はできなかった。それほどまでに膨大な量で、異様な部屋だったのだ。そして恐らく、朱雀を入れる檻の床にも何かしらはあるだろうと魔法使いたちは言う。

そして。

《ハスブナル国全体に呪いがかかっている》

亀様の確定に、潜入した全員が納得した。

「今回五日間ハスブナル国に入りましたけど、あれ以上は正直辛かったですね」

ルイスさんの言葉に他のメンバーも頷く。

「ギルドの職員だったり、依頼先の農家だったり、会う人会う人がどこかおかしかったですね、やたらに明るいというか……なるほど、呪いか……」

「最初は普通だと思いました。評判が悪い国のわりに住人は居丈高《いたけだか》ではないし、顔色も普通だし、街並みも小綺麗でしたし、商店でもぼったくりもなかったです」

「ただ、日没後は誰も外に出ないんです。仕事終わりにたった一杯を飲む程度で、ほとんどの人がほぼ真っ直ぐ家に帰ってました。王都から離れても同じ様子が見られました」

「宿の主人に聞いても夜は早く寝る地域柄と言うだけで、その宿も夕飯は早い時間でした。物はわりと豊富にあったので、夜間の明かりに使う燃料が無いとは思えませんでしたけど」

「やたらと静かな夜が続き、外の様子を見るのに、深夜に窓をそっと開けてみたんですが、体に纏わり付く空気以外に特に新しい事は何も感じなかったです。ただ」

騎馬の民が亀様の呪い発言の証拠らしきものを証言した。

「曇っていたとしても俺らにはわかりますが、雨も降っていないのに、ハスブナル国での夜、空には何も見えませんでした。地上の明かりが全くないのに、星も月も」

「それに気づいてから夜に民家をいくつか覗いてみました。特に夜の外出を禁止する旨もありませんでしたので」

「居間に家族が集まってるのに無言で椅子に座り、夜が更ける頃に寝室に向かうという動きをしました。夜中に何度か起きるはずの赤子も静かなものでしたよ」

「さすがにあれはビビった」

「な。それでも次の日は普通に働いていたし、そういうしきたりの民族なのかとも思ったが……呪いと言われると納得するな」

「貴族も同じだ。日が暮れると動きが止まる。動いていたのは国王だけだな」

周辺国を調べたメンバーからは、ハスブナル国に長期で出稼ぎに出た人間は次の年も決まってたハスブナル国へ行き、何度か繰り返した後帰って来なくなると報告された。

「スラムの住人や死刑囚なんかもハスブナル国に運ばれてるそうで、スラムに関しちゃ助かってるとまで役所は言ってましたぜ」

双子弟バジアルさんが憎々しげに顔を歪めて言った。

その国毎、役所の人間毎に考えはあるだろうし、バジアルさんのその反応が正しいとは言いきれない。が、その役所の人とは仲良くなれる気がしないわ私。

「この事から、ハスブナル国への何らかの接触は必要であると判断いたします」

しん、と静まりかえる王城会議室。

国王が大きく息を吐いて、他の人たちの緊張を解《ほぐ》す。

「あの爺、まだ生きていやがったか。世代交代は話も出ていないから下らぬ事を考えているだろうとは思っていたが……どこの悪王になったつもりやら。そしていくつまで生き長らえる気だ」

「もう百に届くのでは？」

まじで!?

「ああそうだ、先々代国王と歳が近かったはずだ。ハスブナルの王太子はどうした？」

「何人もの王太子が次々と病に倒れ、公式では現在は四十代のはずです。表にはなかなか出てこないため愚鈍と評されてますが」

国王という役を取り繕う気もない国王に宰相が淡々と答える。

「あぁそうだった。パッとせん王太子な。……さて、どうしたものか」

はい、とエリザベス姫が小さく手を上げる。

「私《わたくし》が婚約しましょう」

はあ!?　駄目でしょう!?　テオドール先生が婚約するまでって言ってたじゃん！　てか、好きでもない男に姫を嫁がせない！

私の雰囲気が伝わったのか、姫がこちらを見て苦笑する。国王に促されそのまま話す姫。

「私《わたくし》としても、作戦という前提でお願いしたいのですが。その王太子の子である彼の方《かた》は年齢も同年のようですし、婚約者のいない私《わたくし》が妥当でしょう」

真っ直ぐな目線は国王に向かい、私にも届く。

「多くを助けるのなら少しでも早い方が良いわ。婚約で相手の油断を誘いましょう」

……なんだってこうも思いきりがいいのか。

不敵に笑う可憐なエリザベス姫。姫と視線を交わした母親のオリビア様も真剣に頷いている。

……くっ。他の案が思い浮かばない。

必ず、必ずお守りします！

一五話　注意しましょう。

ほおおぉぉぅぅ……

フルーツが色々入ったキラキラゼリーを見た全員が同じ反応をした。狙い通り！　作った甲斐があるね！

夏休みも後僅かのアイス屋店休の日。

合宿メンバーを招集してのゼリー御披露目試食会。場所を王城に亀様移動しての、王族方との一斉企画です。

「どうしてこうなったっ!?」

アイス先輩方からの安定のツッコミ。

「だって忙しくて日程がつまっちゃったんですよ。ゼリーを作るから抜けさせてくれと言ってしまったのが良くなかったですね～。まあ、いずれ通ることになる行事ですから！」

「アイス君たちはともかく私たちにはいっさい予定に無かった行事よ……」

キャシー先輩方平民組がぐったりしている。一年生は皆蒼白。すみませんて。

「まあドロードラング伯と付き合っていてこんな事は今さらだ！　諦めて試食会を楽しめ！」

ゼリーから目線が外れない国王が無茶な命令をする。

一言言わせてもらえると、そのシステムはドロードラング領限定なんだけど。

「私《わたくし》たちも息抜きがしたくて。突然にごめんなさいね？」

王妃、側妃方が今日もキラキラと美しく、王子も姫も大臣たちも揃っている。

さらに緊張する生徒たち。

私らの学年は王族はいないし、合宿でアンディと交流があったとはいえ相手は一人。学園でのお貴族様たちとの交流も合宿メンバーに限って言えば、騎士科以外はあるかどうか微妙だし（エリザベス姫だってなあなあの付き合いはほぼ無い）、緊張するよねゴメン！　王族コンプリートは今回だけだから！　意識をしっかり持って！

毒見を終えたゼリーを国王方が食べて、試食会が始まった。

「まあ！　この食感、面白いわね」王妃が喜んでくれた。

透明硝子の器に、シロップ漬けにしていたオレンジ、苺、桃、葡萄《ぶどう》（今回は緑のマスカット）、牛乳寒天を角切りにし、そのシロップをゼリーとして食べやすいよう味を整えてゼラチンを混ぜて冷やしました。サクランボ（アメリカンチェリーに近い）が乗ってまっせ。

領で作った時も子供たちが大喜びで、それならと鍛冶班が透明硝子の器を製作（何でもできるな～……）。木の器よりキラキラとした中身が見えて、更に子供たちは大喜び。

ホテルのメニューにも加える事にし、テッドのツェーリ商会でちょっとお洒落な器を購入。足りない分はワイングラスで誤魔化した。ワイングラスはお洒落に見えるよね～。食べ辛いけど。

「プリンとはまた違うのだな」と国王。

そしてもう一つ、コーヒーゼリー。砂糖を入れて甘くして生クリームもたっぷり乗せて、薬草畑の外でも増えていたミントの葉を飾りにちょん。ミントは避《よ》けてね～。

「あの苦いコーヒーがこんなに美味しく仕上がるとは……」アイス先輩がしみじみ。

「ドロードラングのクリームも美味しいわよね～」キャシー先輩は生クリームがお気に入り。

「運搬に掛かる時間で味も変わるのかな……今までの方法でも傷んではいないはずだけど、やっぱり王都のと味が違う……」ツェーリ商会テッドが悩ましげ。

「これが新鮮ということか？」

「それはあると思います。産地でも違うかもしれません」

「やはりドロードラングのあの保管庫やら保冷庫は便利だな」

「運搬用に欲しいですけど、うちのような中堅商会では購入するには少し厳しいです」

「ふむ。うちの調理場用も随分とふんだくられたな。同級の誼でお嬢にねだってみたらどうだ？」

「やってみましたけど断られました。先行投資できる資産があるだろうと、あっさりです」

「もっと変な物を取り扱えばいいんじゃないのか？　お嬢が飛びつくような」

「それこそ思い付きませんよ。僕らの思いもよらない物ばかり持ってますから」

「ああ、確かにな。領民ももう染まっているからそうそう驚かんし」

「持ち込みの商売は正直やりづらいです。ドロードラングからの要請にはなるべく応える方法で少しずつ信頼を築いてるところです」

「そうか。頑張れよ」

「ありがとうございます」

……以上、国王とテッドの会話でした。

お妃たちやアンディは笑っているけど、アイス先輩方は真っ青だ。……テッド、あんた大物になるよ。試食会が終わってアイス屋に戻った時にテッドは気絶したけども。ははっ。

「とまあそういう事で、お前たちにも協力してもらうべく無理矢理こちらに呼んだ訳だ」

ハスブナル国の不穏な動き、罠であろう婚約話に乗る事が一番てっとり早いであろう事、その相手は本当に突然に現れたので、王太子の本物の子かを調査中である事を国王が食後に話す。

生徒たちの青かった顔色が更に白くなった。

「すみません。なぜ私たちにご提示されたのでしょうか」

アイス先輩が恐る恐る発言する。それをシュナイル殿下が頼もしげに見ていた。

アイス先輩より家格の高い生徒は他にもいるが、采配が巧《うま》くリーダーとして皆から信頼されている……器用貧乏かもしれないのは黙っておく。打たれ強くあれ。国王の視線に負けないだけでも今はスゴいよ！

「エリザベスに近い所にいるのがお前たちだからだ。ドロードラング伯とシュナイルの太鼓判が押されたからな、何か起きた時に犠牲になるのは忍びない。エリザベスもそうだが、他の生徒も守って欲しい」

ハッとする生徒たち。

劣等生と括られた魔法科の生徒も、ドロードラング合宿での日課だった鍛練は続けていたようだ。合宿の時より姿勢もいいし、視線や体の動き、所作が良くなった。一人でも努力できる精神は貴重だ。それだけでも伸びしろが増える。

「けして盾になれとか矢面に立って欲しい訳じゃないの。危険を察知した時に、それを周知して欲しいのよ。自分一人で判断することに不安なら、ここにいる誰かと二人組、三人組で行動して欲しい。大きな物は亀様や私や学園長やエンプツィー様がどうにかする。そこを取りこぼれた物を見つけたら教えて欲しいのよ」

呼べば行くから。

「が、合宿の時のようにすればいいのでしょうか?」

男爵っ子ウルリが手を上げる。

「そう。合宿の延長だと思って。学園だから少しやりづらいかもしれないけど、貴方たちは一人じゃないしね」

隣の人と顔を見合わせる。すると緊張が和《やわ》らいだのか強張っていた顔も緩んだ。このメンバー内で信頼を築いたのは先輩後輩貴族平民関係ない。皆同じくメタメタにされて、同じご飯を食べて回復したのだ。

どんな危険があるかもわからない事を気をつけろって、ものすごい無茶だとは思うけど、心構えはしておいて欲しい。それで危険が減るのなら。

「残念ながら出世の約束はできないけど、ドロードラングのホテル一泊なら招待するわよ?」

「「「「やったあ――っ!!」」」」

え、そんなに喜ぶとこ!? 国王からの報奨の約束じゃないよ?

ガタガタと音を立てて席を立ち、皆が私に向かって来た。

「お嬢! 剣聖との手合わせも! 十分いや五分でいいから付けてくれ!」「お、俺も頼む!」「クラウスさんかクインさんとダンスしたい!」「デザート! デザートの盛り合わせ!」「温泉〜!」

「あのベッドに寝てみたかったんだー！」「遊園地！　半日、いや一時間の優先権！」「保管庫と保冷庫の割り引き！」「もう一回丸焼き食べたい！」「ドロードラング産の真剣！　木剣でもいい！もう一本！」「鍬か鋤か鎌《かま》を一本！」「結婚式をもう一度見たい！　誰か挙げないの？」「食べ放題！　食べ放題!!」「新作綿レース！　新作刺繍！　新作ドレスの見学！」「クラウスさんの流し目！」「メルクに絵を描いてもらいたい！」「小虎隊の舞台鑑賞と舞台裏でもふもふ！」「シロウとクロウのもふもふ！」

ちょ、ちょっとそんなに詰め寄らないで！　恐いから！

「わかった！　解決した際には今の全部やるから！」

更に歓声が上がる。

途中、変なものも交ざっていたけど、まあ応相談で。国王がジト目でこちらを見てるし、アンディとレシィは笑って、兄王子姉姫は目が点になっている。

……士気が上がるのは良いんだけどさ。

「おーい、自分も含めて被害は最小限に抑えるんだよ？」

ザッ！　と横並びに整列すると、アイス先輩が一歩前に出た。

「承知しました！」

アイス先輩に合わせて全員がバッ！　と頭を下げる。お、おおぉ見事な、いつの間にそんな事やってた？

「……お前はどんな軍隊を作る気だ……」

いやいや!?　そんな指示出した覚えありませんから！

新学期。二日目の朝。

学園長が昨日来た転入生を教師たちに紹介する。普段は担当学年だけで済ますが、それなりの人物なので全員でお出迎えだ。どうせ一度で覚えられないだろうが、一人ずつ彼の前に行き自己紹介。

「へぇ……あんたがサレスティア・ドロードラングか。……小さいな？」

その視線は私の頭から胸に下がる。……どこ見て言ってやがる……

「……ええ、助手です」

「ああ、おまけか」

……コイツ……

ジーン・ハスブナル。

ハスブナル国王太子の子。王位継承権第二位らしい王子。らしいというのは、王太子はまだ独身でジーン王子は市井で育った隠し子だという。王太子には何人か弟があり、そちらに継承権が移る事もなきにしもあらず。……ハスブナル国王って何人子供いるんだよ……

ハスブナル国に多い白髪混じりの黒髪。白の割合が多いので灰色に見える。茶色の目は酷薄で、当たり前のように私を見下す。

こいつ、アンディよりデカイな。

「何だその顔？」

ニヤリと口が歪んだ。ジーン王子の後ろに控える彼のお付きが小さく嗜めるが、直らない。

……わざわざ買うケンカでもない。

「……学園というものに通われるのは初めてと伺いました。担当する学年は異なりますが、よ、よろしくお願いいいいいたします」

ジーン王子は殊勝に頭を下げた私に鼻を鳴らし、一人しか連れて来なかったお付きと共に教職部屋を出て行く。魔法素養が無かったので、本人の希望でもある騎士科へ向かうのだろう。魔力を隠していないか亀様にも調べてもらったけど、からっきし。歳の近そうなお付きの彼にはほんの少しだけあった。

朱雀の力で何かをした様子はない。

「お嬢はあれじゃな、出合い頭に押さえつけられると反発が顕著じゃな。貴族らしくないのぅ」

遠ざかる足音が消えると、エンプツィー様とともに苦笑する教師たち。

「初対面であの態度。私だけが悪い訳じゃないです」

「敵対国にたった二人で乗り込んでのあの態度。いっそ天晴れですけどねぇ」

ぼそりと言ったら学園長が笑った。

天晴れというのはある。

呪術的な気配もそれ用の道具もない。こっちが想定していた以上に荷物が無かったのだ。二人とも手荷物が一つきり。王子だから入寮日に大混雑したような荷物で来ると思ったのに、制服等学園で使う物はアーライル側で用意するとはいえ、何も追加で届いていないことを寮長に聞いて拍子抜けしてしまった。節約ということなら感心する。

だがしかし、ムカつくものはムカつく！

「まあ、今のところ強い力を持っていないことはわかりましたけども、どんな手を使うかはわかりませんからね。皆さん、油断は禁物ですよ」

学園長の確認に皆頷いた。


「私の胸が小さいのは私のせいだろうか？」

「それは私も自分で思う……」

昼。食堂でするにはアウトな会話をミシルとこそこそとしていると、

「胸が大きくたって無駄に狙われるから特に良いこと無いわよ。ていうか、まずは二人とももっと太らなきゃ」

キャシー先輩たちが苦笑しながら向かいの席にトレイを置いた。キャシー先輩は動くのに邪魔になるからと学園に入る前からサラシを巻いていたらしい。……それでも大きくなるのだから、大きくなる何かが私とは違うんだろうな。だってサラシなんて私がしたら育たなそうだ……ふん。

「皆と同じものを食ってて同じ行動をしてても違いがあるなら、もうどうしようもないだろ」

黙らっしゃいマーク！

「何かあったの？　例の王子様？」

「出合い頭に。もうそれだけで腹立つったら」

「ああ。お嬢の反応を確かめたかったんじゃないの？　私にもそういう態度をとったら助平確定ね。残念、食堂にはいないわね」

「一応王子だからロイヤルなお部屋で王子たちと食べるそうですよ」

ああなるほどね～ときれいな所作で食べていくキャシー先輩たち。私とミシルはルルーから食後のお茶を受け取る。

「ね、ハスブナルの王子様ってどんな見た目？」「賢そう？　格好良い？」

キャシー先輩の隣に座るエイミー先輩とシェリル先輩が軽く聞いてくる。この二人も合宿参加者だ。まあ腹が立つ性格と言っても王子だもんね、それなりに興味はあるか。

「見た目？　アンディより大きくてヒョロッとしてます。お付きも背が高くて細っこいです」

「……なにその興味の無さを全力で前面に押し出した説明は……」エイミー先輩ががっかりと呟く。

「それ以外に何も感じなかったもん」

女子力よ……と三人の先輩とミシルは苦笑する。

「私らは王子というだけで色々と期待するの。ま、お嬢はアンドレイ様がいるから眼中に無くていいんだけど。もうちょっと夢を見させてよ～」シェリル先輩が苦笑する。

「初対面で女子の胸元を見ながら鼻で笑う男など、殴らなかっただけ褒めて欲しいです」

あらららよしよしよく我慢したね～、私たちが褒めてあげるから機嫌直して～。そう笑いながら今日のデザートのオレンジを一切れずつくれたので遠慮なく食べた。

「私たちも入れてください」

合宿組二年侍女科のコニー先輩、セリア先輩もトレイを持って席に着く。あれ、今から？　遅くない？

「例の王子様、騎士科でやらかしたの見て来ました。騎士科はこれから昼食です」

二人が苦笑しながら言った。さっそくかい……

「やらかしたと言っても私ら平民には何て事もないんですけど、貴族には腹立たしかったみたいで危うく取っ組み合いになるところでした」

「へぇ、うちの殿下たちには考えられない事ね」

「隣の教室から怒鳴り声が聞こえた時はびっくりしましたよ」

「戦略の座学で、ハスブナルの一点突破の勢いにアーライルは後手に回って負けが続いたとか、こんな戦略しかたてられないから剣聖に頼りきりになったとか言ったらしいです」

あ〜、と肩を落とす私とキャシー先輩たち。

戦略をたてるのは貴族の仕事で平民はそれに従うべし、という風潮はある。どうしても要職に就くのは貴族になるからだ。ただ、責任をきちんと全うしてくれる貴族なら良いけど、実力に見合わない名声を欲しがる人も少なくない。奴隷王事件でついでにそこら辺もいじられ、平民だろうと能力重視になり始めた。

現在貴族籍ならば、ジーン王子がこき下ろした作戦を考えたのはその祖父なりさらにその父親である。先祖を馬鹿にされたなら、そりゃ取っ組み合いにもなるわ。矜持。難しいわ〜。

「へー、それ、よく収まりましたね？」

「お付きの人がそれはもう何度も頭を下げてたもの。本当に申し訳なさそうに何度もしてたわ」

「それにエリザベス様が取りなしてくださったの」

エリザベス姫とジーン王子は婚約者候補として関わる事になった。両国ともとりあえずということでまとまったのだ。こちらの反応が早かったからだろう。破る気満々な人間がこちら側は色々と多過ぎる。

仮婚約が決まってからエリザベス姫は、テオドール先生には会っていないと言う。

「先生におめでとうなんて言われたら泣かずにはいられないもの」

くっ……自国のための婚約じゃないのに、作戦とはいえよく承諾したよ。

婚約者候補だから、自分から騒ぎを起こす奴でも庇わなければならない。

「エリザベス様が王子を連れ出した後も騒ぎが収まらなくて、それで情報収集してました。あーお腹空いたー」とコニー先輩が綺麗な所作で食べていく。

うんお疲れ。たんと食べなさい。

自分の立場がわからん馬鹿王子か？

たった二人でこちらでの後ろだても無いのに、何を考えているんだろうか。急に王子にされたとはいえ、変だよなー。成金にはありがちな事かな？　むぅ。

あ、私もある意味成金だ。気をつけよう！


例の王子が来てからエンプツィー様が逃亡しない。

毎日通常の授業ができている。脅さなくてもいいなんて楽だわー。今日もそんなことを思いつつ授業の手伝いをしていると、

『エンプツィー先生！　騎士科の授業で怪我人が！』

通信機から二年担当教師の切羽詰まった声がした。

今回、イヤーカフ通信機を学園の教師全てに配付した。合宿組の生徒にも。

魔法科の教師たちは以前エンプツィー様に見せられていたからか、目が光った。終わったら研究してもいいけども、職をほったらかしにしたら取り上げるからと脅しました。

騎士科、文官科、侍女科の教師たちは最初は戸惑ったけど、わりとすぐに慣れた。それまではビクッとなって、私とマークとルルーは懐かしいと和《なご》んでみたり。

通信機での連絡に即エンプツィー様は「頼む！」と言ってその場所へと転移していった。

ざわつく教室で座学の続きをする。

「今、騎士科の授業で怪我人が出たのでエンプツィー先生は治癒をしに行きました。戻られるまでこのまま教本を読み進めますよー」

なるべくあっさりと言ってみたけど、ざわつきはなかなか収まらない。エンプツィー様が呼び出される程の怪我がどんな事になっているか私も正直気になる。

「私も気になるから後でどんなだったか教えるけど、もし他言無用の内容が外に漏れるような事があったら、一人残らずシメるからね？」

私の笑顔に教室が凍りつく。うはは、久しぶりだな、この感じ。

魔法使いが特別だからって、連帯責任を知らないまんま大人になんてさせないからね〜。

「は？」

「だから、ラッカム先輩に本気でやれと言って、まんまと返り討ちされただけ。剣の筋は悪くないし力もあるけど、我流だし、相手が悪かったとしか言いようがないな」

もはや騎士科全学年の助手として一日をほぼ鍛練場で過ごしているマークが、エンプツィー様の言伝てを持って教室に来たついでに原因を教えてくれた。

「……自作自演？」

テッドが呟く。こちらへの負い目を作るならあり得なくはなさそうだが、マークはあっさりと否定。

「いや、王子は鍛練は真面目に取り組んでるよ。彼のお付きのチェンも感心してたし」

「ということは？」

「煽り過ぎの結果的自滅」

マークが肩をすくめた。

ラッカム先輩とは、騎士科二年で最強の男子生徒だ。惜しくも合宿ジャンケンで負けたけど、アイス先輩やマークの指導を嬉々として受ける……うん、ちょっと、脳筋な人。良く言えば、おおらか。

「ラッカム先輩ん家は伯爵で、ひいじい様が先の戦でハスブナルにやり込められた隊の指揮を執っていたらしいよ」

おぉぅ……。

先日の暴言事件から二年騎士科はギスギスしていて、その事はもう学園中が知っている。お付きがどうにか間に入っているみたいだけど、案の定王子は孤立してしまった。

留学先で孤立ってどうなのよ。

最終的な目的が四神なら問題を起こすのは良くない。いや、何もなくたって良くない。

エリザベス姫と順調に婚約を成立させ（絶対させないけど）、婚姻を結べば（絶対させないけど）、私への融通が利き易くなるとしても（姫のお願いなら聞いちゃう）、孤立は意味がない。ってはどこでも必要になる。

そして、脳筋を無計画に怒らせてはいけない。加減ができないから。

「で。ラッカム先輩はやり過ぎたということで現在学園の反省房にて反省文を書いてます。骨折と打撲を負ったジーン王子はエンプツィー先生に綺麗に治癒されましたが、念のため保健室へ行きました。以上です」

最後だけ丁寧語でまとめた。オイ。そんな報告ドロードラング内だけにしてよ。

教室が微妙な空気になる。私へのマークのこの態度はあっという間に周知されたから今さらなんだけど、なんか色々ごめんね。あんたたちは上司には部下らしく接しなさいね。ちなみに言伝ては、エンプツィー様はしばらく王子に付き添うよ、ってことでした。

「あー、ジーン殿下の事はどこからともなく聞き及んではいると思う。良く言えば大変に癖のある人だけど、無駄に無視やいじめをしないように。あと煽られても喧嘩しない。でも何を言われたかは私に教えてちょうだいね」

つい、ため息まじりに言ってしまった。

はい、と一人手を上げる。イヤミ坊っちゃん、パスコー伯爵の嫡男、フィリップ・パスコー。気に入らない相手にはとにかく反発するスタイルで、中学生らしくて微笑ましい。

「なぜ先生に教えなければならないのですか？」

ちょっとふてぶてしく言う姿にマークがそっと噴く。お前みたいな考え無しが余計な事をしないようにだよ。それに。

「最終的には国王に奏上するわよ？　他国の王子なんだから国賓なのよ一応。こちらが気を使って当たり前の事だし、行動が読めないからと大問題に発展したらそれこそ困るわ。今回の事がどれ程の事になるか、学園長は問い合わせていると思う。

教師だって、いまだジーン王子の性格を把握してる訳じゃない。もしかしたら相手によって対応を変えているかもしれない。

だから、ジーン王子が何を思っているか、どんな考えを持っているかを予想するためよ。それに上手くいけば誰かが本音を聞けるかもしれないし。喋らせるって、相手を知るには一番有効よ」

プロファイリング。とも言えないけど。

派手な態度や言動は生まれた時からそうして育っていなければ実は難しいと思ってる。そういう意味では、アルカイックスマイルが完璧なルーベンス殿下なんて何を思っているかなんてさっぱりわからない。あまり対峙した事もないけれど。

何が一番の謎かというなら、敵対国に留学するのに、お付き一人、手荷物一つなことだ。あり得ない。

朱雀を捕らえる力はあるのに、なぜこの二人には何もないのか。

もしアンディがどこかに留学するなら、クラウスとニックさんとヤンさんに護衛を頼み込む。掛けられるだけたくさんの防護魔法を持ち物全てに掛けてもらうし、亀様にもアンディから離れないようにお願いする。そして暇さえあれば会いに行く。と、思う……ウザい？

ジーン王子は確かに会えば腹の立つ態度だけど、ただの馬鹿と決定するにはまだ謎が多い。……今回の件はまあ、馬鹿だなとは思うけど。

「貴族なら、それくらいはやれるわよね？」

自分の事を棚上げして、生徒に念を押した。


アンディの機嫌が悪い。ホンの少し。たぶん？　という程度。

仕事を終え、寮の食堂での食事中にアンディが会いに来てくれたので、さっきの考えを聞いてもらいたくて私の部屋に移動。もちろんマークもルルーもいるし、アンディのお付きの四人とミシルにも来てもらった。

入り口すぐの部屋で簡易椅子を人数分出して、飲み物は好きな物をポットから各自注《つ》いでもらう。

「その事は僕も思った。何か考えがあっての行動かと見ていたけど、無計画な気もしてきたところだったんだ」

「そうなると、また難しくなりますね。考えが読めないと対応も後手にならざるをえませんし」と、眉間にシワを寄せるウォル・スミール君。

「私らはアンドレイ様の守りに徹しますけど……」すまなそうな顔のロナック・ラミエリ君。

「昼食の様子を見ても、こちらの王子や姫に何か仕掛けたりはしていない」ヨジス・ヤッガー君は淡々と言う。

「まあ、役目を全うするのが我らの使命だ」モーガン・ムスチス君もでかい体を何となくしょんぼりさせる。

「俺が彼に付いてもいいですけど、睨まれてばかりで」マークが肩をすくめる。

あぁそういうのも有りか。でもルルーは付けませんよ！

ジーン王子に直接会った事がないミシルは困惑。意見の出しようがない様子。

そんな中で、何かアンディがいつもと違うなと感じた。

ジーン王子についてては特にこれといった対策もないまま、皆でお茶を飲む。今回のお茶うけは、散歩ついでに白虎が持ってきた領地の子供たちが作ったクッキー。形は不揃いだけどコーヒー味もあり、ナッツが入っていたりとなかなか美味しい。

さて。と、アンディに近付き、こそっと聞いてみた。

「何かあった？」

少し驚いた顔をして、何で？　と言うので、機嫌が悪そうだからと答える。それとも具合が悪いの？

アンディはますます驚いて、そして、笑った。

「悪くない。元気だよ」

「本当？　アンディは隠すのが上手だからなー」

「まあ、ちょっと苛ついてはいたけどね。今どうでも良くなった」

「え、アンディが苛つくなんて珍しい。原因はなに？　私も手伝うよ？」

フッとまた笑ったアンディが私に爆弾を投下。

「お嬢が何日も、一日中彼の事を考えているのかと思ったら腹が立った。でもその苛つきを見破ってくれたからどうでも良くなった」

皆がそれぞれ会話をする中をこそっとやり取りしてたのに、急に普段の声量にするから皆がこちらを見た。

「僕、そういうの隠すの得意だったんだけど、お嬢に見つかるなら逆に嬉しいな」

輝く笑顔とそのセリフの二段攻撃に、私はドス赤くなるしかなかった……

そして、周りはにょによとしている。……気がする。

アンディの気が晴れたなら私も嬉しいけど………居たたまれないのですがっ!?

一六話　ダンス会です。

秋というなら、運動会や学芸会、音楽発表会などなど色々と前世の思い出があるけれど、アーライル学園では創立直後からの伝統行事のダンス会がある。

競技として行うのではなく、社交界で立派に踊りきれるようにとただただ踊るだけらしい。授業の一環なので体操着だ。かろうじて女子は体操着素材のワンピースではあるが、裾《すそ》さばきのためであり色気も何も無い。ダンスはその授業もあるので平民でもそれなりに踊れるだけど。

慣れているはずなのに先輩方は肩を落とす。ダンスは嫌いじゃないけど、と肩を落とすなぜか。

六時間耐久ダンス会だからである。

ア・ホ・かっ!?

「本っ当、この、企画、だ、誰が、たてたの!?」

フラフラになったビアンカ様が保健室に担ぎ込まれて、私と目が合うとそうぼやいた。ですよねぇ。

私とミシルは今日は保健室に常駐で、途中で力尽きた者を回復する係。教師以外の回復役に一年生から抜擢された理由は、最後の最後には亀様と青龍に手伝ってもらえるから。

三年生はペース配分ができてるのであまり運ばれないが、体力のない一部の二年生や初心者の一年生が開始から二時間経ったあたりから続々と運ばれてくる。続々と。

一番広いホールでも全生徒の半分が踊れば一杯になる。

なのでそこは余裕をもって学年毎に踊るのが通例だ。ただしパートナーが他学年なら人数調整が入る。

一曲ずつの学年交代制。一応昼休憩は三十分で（それも交代制）、単純な話五分踊ったら十分休憩なので厳密には六時間ぶっ通しではない。

私、回復魔法を使えて良かった！　学校の持久走大会とか嫌いだったけど、六時間も踊るなら一時間だらだら走る方が断然良い。

とにかく水分は各種たくさんホールに揃えてあるし、軽食（主にお菓子）も常備。トイレも交代中に済まさなければならない。パートナーは固定なので、ダンス中の怪我や体力回復の治療のために保健室へ行くのもそのペアで。そして治療が交代時間外までかかったらその分の時間は延長になる。

なんて極悪仕様だ。そりゃあビアンカ様も口調が崩れるよ。

せめてホール脇に回復場所を設置すればいいものを、そういう姿も見せないようにしなければならないとかで却下。貴族って大変。

ビアンカ様を連れて来たのはもちろんルーベンス殿下。婚約者がお互い在学中ならペアになるのは絶対。まあ、卒業してしまったり入学前だったり、体力的に無理だったりした場合はお付きが相手でも良いそうだ。ちなみにお付きは交代可。

しかし……体操着の王子と姫……微妙かと思えば何でも着こなすなぁ。アンディも野良仕事の作業着も似合うもんなぁ。王族クオリティ？　羨ましい。

殿下はまだ回復しなくても大丈夫そうだ。

学園医マージさんの見立てでミシルがビアンカ様を回復。

夏休みの集中特訓でミシル自身の治癒・回復魔法はグンとアップした。その柔らかい光がビアンカ様を包む。それを横目に私は他の人を何人かまとめて回復。

ホールにも保健室にもおやつがどっさりとあるので踊りの合間に食べ、私ら回復役も食べて体力補充だ。もちろんギルドでも売ってるような魔力回復薬も置いてある。

コレが驚くほど苦い！　ＭＰ回復してもＨＰが減る！　元気ハツラツなサイズの茶色の瓶に入っている中身の液体は紫色。無臭なのに三十秒後に苦味を感じる不思議仕様。一気に飲めってこういう事か！

試しに飲んで元気にのたうちまわりましたよ！　声も出ない！

「ほっほっほっ！　コレを初めて飲む者の姿はやっぱり面白いのう！」

こんのオタク爺ィ〜〜っ!!　薬草班チムリさんに改良してもらおう早急に！　だって私魔法使いだから！　何かあった時には飲まなきゃならないから！　ドロードラング領が平和でほんと良かった！

「ふぅ。ありがとう。さ、行きましょうルーベンス様！」

「いやもう少し待とう。あと五分は座っているといい」

「でもここにいた分が延長になってしまいますよ。今日もお仕事があるのでしょう?」

「大丈夫だ。行事のある日は少し融通が利くから」

「その分休めないではないですか。私は今日の勉強は免除してもらえましたので最後に倒れても大丈夫ですから」

休めと言うルーベンス様と行きましょうと頑張るビアンカ様。

……仲良さげだね。と、ミシルとアイコンタクト。こういうやり取りって微笑ましいね～。仕事のパートナーみたいで好き合っているかまではわからないけど。

「ビアンカ様、しっかり休むのも大事ですよ。ルーベンス様、一人だけ立たれていては気になりますので、すみませんがそこの簡易椅子を出してビアンカ様の隣に座ってください」

ああ、とルーベンス様が素直に簡易椅子を出して座ると、小さくほっとするビアンカ様。

「あの、申し訳ありません。何度も休んでしまって……」

「いや。ビアンカはよくやっている。気にしなくていい」

「でも、シュナイル様とクリスティアーナ様はきちんとしてますわ……エリザベス様だって……」

「比べなくていい」

へぇ。ルーベンス様、そういうフォローするんだー。

「私《わたくし》もシュナイル様の様に体力があれば良かったです……」

マッチョの美少女がポンッと浮かぶ。

「ブハッ!　ないない!　そんなビアンカ様気持ち悪い!　つーか何でシュナイル様をたとえにするんですか、そこはエリザベス様でしょう!」

「サレスティア！　貴女どんな想像しているの⁉　気持ち悪いって何⁉」

「可愛い顔の体は筋肉ムキムキ女子の想像です」

ポカンとするビアンカ様。隣ではルーベンス様が無表情。

「……え？　ちょっと想像できないのだけど？」

「じゃあ今度騎士科を見学してみてくださいよ。鍛練後は何人か服を脱いでますからそれに自分の顔を置いてください。……ブハッ！　逆に面白くなってきたー！」

「何で男性の肌をわざわざ見なければならないの⁉」

「何言ってんですか、確実な治療をするのに服を破いたりするんですよ。こっちが恥ずかしがっていたら死んじゃうじゃないですか」

あ、ビアンカ様の眉間にしわが。

「……前々から思っていたけど、貴女一体どんな生活をしているの……？」

「普通です」

「嘘おっしゃい！　もう付き合っていられないわ、行きましょうルーベンス様！　サレスティア！私《わたくし》で余計な想像はしないでちょうだい！」

お世話さま！　と無表情のルーベンス様を連れて出ていったビアンカ様。

それを見送ってミシルが笑った。

「もうお嬢、もう少しゆっくりさせてあげれば良かったのに」

だって～。

「ビアンカ様って優しいいね。私にもお世話さまって目を合わせてくれたよ」

可愛い人だよね！　ツンになりきれないところが可愛いよね～！

「は～良いもの見た！　可愛い人は怒っていても可愛いね～。じゃ私たちもそろそろ行こっかウルリ？」

他の生徒がビアンカ様の様子に呆気にとられる中、いつも通りの人物が。あんたも大物だと思うよ、スミィ。

「そうだねスミィ。じゃあドロードラング先生、ミシル、ありがとうございました。行ってきます。……また来ると思うけど……」

げんなりとそう言いながらスミィに手を差し出すウルリ。ここら辺ちゃんと貴族だよね～。

「何度でも来なさい。回復は任せなさいな」

私とミシルが片腕を上げてまったく盛り上がらない力こぶを作ると、二人は笑って出て行った。

他にいた生徒たちも笑いながら出て行く。頑張れ！

それと入れ替わりにアンディが顔を出した。

「こっちも少し落ち着いた？　お茶していい？」

実はアンディも回復役。一室では足りないからと保健室の隣の空き部屋も使っている。この二部屋に、回復魔法指導の教師と、回復の得意な生徒（私らを入れて十人。ほぼ三年生）がいる。

アンディが回復役にならなければその相手として私もダンス会に参加になるので本当に助かった！　でも在学中に一度は参加しなければならないらしく、それを聞いたミシルがガッカリしていた。

アンディは一年生で参加したので来年も回復役として免除組。私は一応教師なので回復役のまま……のはず。

保健室には私もいるので、おやつにはドロードラング領の物も忍ばせている。小さくても莫大なカロリーを擁するチーズケーキ、ドライフルーツてんこ盛りパウンドケーキがここでも人気。おかげであまり交流のなかった魔法科の三年生と少し打ち解ける事ができた。お菓子サマサマサマ、料理長ハンクさんサマサマである。アイス屋に行ってくれた人もいた！　あざーす！

そうしてちょっと寛いだところにまたも誰かが運ばれて来た。

扉を開けて入って来たのは、ジーン王子のお付きのチェンに姫抱っこされたエリザベス姫。

「すみません！　あ、足の治療を先にお願いします！」

抱っこされた状態で見えた足首辺りが真っ赤に腫れ上がっていた。

「この足で踊った!?」

愕然としたアンディをそのままに私たちはすぐに姫をベッドに誘導し、まずは靴の上から治癒をする。靴を触るだけで姫が呻く。

「す、すみません、うちの王子、ダンスが苦手で、だいぶ姫様の足を蹴ってしまっていたようで……」

チェンがビビりながら私に向かって説明をする。私を見たエリザベス様が苦笑。

「大丈夫よチェン。ジーン様からダンスは苦手だと聞いていたもの。それより早く戻って？　私のお付きたちがジーン様に詰め寄っていたでしょう。私は回復したから早く迎えに来てと伝えてちょうだい」

泣きそうな顔のチェンが、姫に向かって腰よりも低く頭を下げてから保健室を飛び出して行く。

「ありがとうサレスティア。楽になったわ」

「まだお待ちくださいい。靴と服に防護魔法を掛けます」

我ながら低い声が出た。ミシルがアイスティーとチーズケーキを姫に持って来る。

「まあ！　チーズケーキ大好きなの！　ありがとう」

笑顔で受け取る姫にアンディが声を掛ける。

「姉上。無理はしないと約束したはずです」

「無理など。こんなこと少々の内に入るでしょう？　何て事もないわ」

「姉上！」

「アンドレイ落ち着きなさいな。ダンスで相手の足を蹴るなんて慣れていないならよくあることよ。私も小さい頃はよくしたわ。貴方の足も何度も蹴ってしまったでしょう？　ふふっ、懐かしいわね。……ねえ？　貴方たちがいてくれるからやり通そうと思えるの。見て、もう治ったわ。ありがとう」

姫もまた、気持ちを隠すのが上手だ。学園や公共の場では特に。

「それにもうすぐ昼休憩になるし、それが終われば残りは半分よ」

難しい顔をしたアンディをよそに、チーズケーキを美味しそうに食べる姫。そんな笑顔をするから何も言えなくなる。

お茶を飲んで一息つくと、また廊下が騒がしくなった。保健室だというのに勢いよくドアを開けて入って来たのはハスブナルのジーン王子。

「何だ、もう治ったくせに迎えに来させたのかよ？」

優雅にお茶をしている姫を確認すると鼻を鳴らした。それでもなに食わぬ笑顔を返す姫。

「常にペアで行動する決まりですわ。せっかくいらしたのですからお茶をいかがです？」

「どこの物とも知れない物など要らないね。そんな時間がもったいない。行くぞ」

ドカドカと入って来て姫の腕を無造作に掴んだジーン王子の腕をアンディが掴む。睨み合う二人。

「……何だ？」

「……女性へは優しく紳士であれ、だ。それも見られている事を忘れるな」

「はっ。はっはっは、生粋の王子様はお優しいことで」

ジーン王子は鼻を鳴らしてアンディの手を振り払う。姫の腕を離し手のひらを差し出すと、姫が優雅に手を乗せた。

「治療をありがとう。ケーキもご馳走さま」

にこりとしたエリザベス姫の姿が見えなくなると、ミシルが私にお茶を持って来た。

「落ち着いて」

わりと真剣なミシルの顔に我に返る。うん。ありがと。

「あれで少しは改善されるといいんだけど……」

アンディが困った顔で出入り扉を見ている。どうかな。姫に歩調を合わせないで自分のペースで進んでるようだし。

「靴と服に防護魔法目一杯掛けたから。百回蹴られてももう痛くない」

まだ低い声の私にアンディが苦笑しながらありがとうと言った。

いくらダンスが苦手でもあんなに腫れる程に当たるだろうか？　運動神経は騎士科所属だし悪くない。ていうかダンスが苦手だとしても普通はあんなになるまで放っておく訳がない。

　そしてあの態度！　マジ意味わからん！　姫が大丈夫と言わなければ速攻シメるのに！

「お嬢、彼は一応他国の王子だからね？」

「ドロードラングに来たのならボッコボコにできたのに……」

「いやそれでも駄目だよ……」

　外交は我慢だ。相手の出方がわからないならなおさら。外交官がどんなに嫌な奴でも、こちらの要望を通すのに相手と付き合わない訳にはいかない。

　ハスブナル国からはジーン王子とチェンしか来ていない。留学という形ではあるが、本人の意思がどこにあるかもわからなくても、こちらはそう受け取る。アーライル《うち》国の姫の婚約者候補という位置付けも、外交に関わらせようとする意図がある。本来は留学生にそこまでさせないが今回は特殊。

　自分の行動で自国にも影響が出る、という自覚がいまだに無さそうなのがまた腹立つ！

「姉上はね、お嬢が怒る姿を見ると頑張ろうって思うんだって」

「え？　どういうこと？」

「お嬢を暴れさせる訳にはいかないからだよ。それに僕らは本来、武力よりも話術で渡り合わなきゃいけない。今回それが未熟だと痛感せざるを得ない。ジーンの本音を誰も聞けていないからね」

　頭に上っていた血が少し下がる。

「ごめん……」

アンディがにこりとする。

「いいんだよお嬢はそれで。感情がわかりやすいのが君だからね」

……褒められてない……

「怒っても構わないけど一人で先に行かないでね？　ちゃんと僕を待って」

「うぅ……ハイ」

反省する私の後ろの方では静かに歓声が上がる。「アンドレイ様スゴい！」と。


「これにて、ダンス会を終了します」

終了時間の鐘が鳴り、学園長が終了宣言をする。ホールに立っていた生徒全員がへたりこんだ。

今年は途中脱落者が出なかったようで、全員で終われるらしい。お疲れさま！

「今年も皆お疲れさまでした。よくやり遂げましたね」

生徒たちがへたりこんでいても構わずに学園長は話す。例年終了はこんな感じだそうだ。体力化け物のラッカム先輩も座っている。保健室に来なかったのはさすがだ。

ちなみにこの日のために音楽隊も呼んであり、彼らも三交代で演奏しぃの現在ぐったり中。お疲れさまでした。

「このままとめて回復しますので、音楽隊の皆様もそのまま楽な姿勢でいてください」

魔力を回復済みの回復役がホールの壁際に並び、学園長の音頭に合わせ呪文を唱える。回復役がそれぞれに光に包まれると、それらは広がり、ホールをドーム形に包んだ。あ。ミシルの気配がする。

私らのバラバラな魔力を上手くまとめているのは現学園長だ。回復・治癒に関しては私もアンディも普通。それ以上である先輩方はもう就職先が決まっていたりもする。

その先輩すら上回る勢いがあるのがミシルだ。

エンプツィー様との夏休み特訓は新学期が始まってからも行われた。勘を鈍らせないようにと、ミシルがエンプツィー様に頼んだのだ。エンプツィー様はやる気のある生徒（又は生徒に限らない相手）にはスパルタだ。これはドロードラングで初めて知った。

私らはミシルの根性を見た。私はさらにファンになった！

で。そんな事を知らない魔法科生徒が、ミシルだけの特別補習がズルいと何人かが乗り込み、うちひしがれて帰って来た。

補習風景は生徒の誰もの想像を上回る散々な物だった。とにかく鍛練場がメチャメチャになる程、エンプツィー様はミシルに魔法を向ける。それを弾いたり相殺したり。

おいおい治癒はどうした？　と、治癒系以外も鍛えられた。

いつもは大人しめのミシルが気合いを入れるために叫ぶ叫ぶ。ギャップすご。

という事で、ミシルは先輩方からは一目置かれている。

何たって生徒が見たことがない『怒濤のエンプツィー』を相手にしているのだ。元学園長の誰も希望しない超特別補習。飄々としたただの研究オタク爺じゃなかった事にもショックを受けるらしい。

国王やラトルジン侯爵は「あぁ～」と天を仰いだとアンディに聞いた。

土木班長グラントリー親方は「昔聞いた、素材ごと吹っ飛ばす魔法使いって学園長（元）の事だったのか！」なんて言うし。その時の二つ名が『素材殺し』。パーティーが組めず、討伐以外はギルドの依頼を回せなかったとか。それでよく王族教育係が務まったな……

そしてヘロヘロになったミシルを回復するのは私。逆もまた然り。まさかのスポ根である。

……領地でも護身術でけっこうヘロヘロだったけど、魔法でもこうなるとは……あ、亀様の教え方は優しいよ。

ミシルとしてはお世話になった村長のために頑張っているんだろうけど、やり過ぎないように見張るのは私。エンプツィー様を止めるのも私。ハイになったエンプツィー様に何度ハリセンが唸ったか。

そうしてミシルは、回復役として学園長から許可が出るほどになった。

ミシルの回復は普通のよりも柔らかい気がする。母親が幼児をよしよし撫でるような、そうっと包まれる感じがして、そのまま寝てしまいたくなる。

ここは安心できるところ。

心地好い。そして、また立ち上がれる。

続々と回復した生徒が立っていく。最後の一人が立ち上がり、学園長がそれを確認して解散となった。

皆本当にお疲れさま！

アンディやミシルと合流し、マークやウォル・スミール君たちを待ってホールを出ようとした時、ジーン王子が私らの前に立った。何の用か、ミシルをじっと見ている。

「この学園で一番の魔力持ちはお前か？」

感情の読めない表情でそんな事を言う。

「そ、それはわかりません。魔力が多いとは言われましたが、一番ではないと思います」

少し動揺したがはっきりと答えるミシル。ジーン王子の質問の意味がわからない。

ジーン王子はお付きのチェンを振り返る。

「先程の回復では彼女の魔力を一番強く感じました。学園長よりも」

チェンの答えに王子がまたこちらを向く。

「チェンは自身の魔力は微量だが個人の魔力量を正確に計《はか》る事はできる。嘘をつくなよ」

少し睨んできたのでミシルをそっと庇う。

「なぜその確認をとるのか、お聞きしてもよろしいでしょうか」

ジーン王子が間に入った私を睥睨する。

「お前には関係ない」

「ミシルは私の友人です。意味のわからない質問は不安になりますので」

「純粋に一番かを聞いただけだろう。そんな事に意味など要るのか？」

小さな舌打ちをし、面倒そうに答えるジーン王子。

「質問とは必要な事を知りたいためにするものです。ミシルが一番だと何があるのですか？」

向かい合う私たちに気づいた生徒たちが、何となく足を止めていく中、私の前に黒髪とその後ろ姿が立った。

「魔法は個人で得手不得手がある。ミシルは治癒回復なら突出したものがあるが、総合的にはエンプッィー先生が一番だ。この学園では」

　アンディの言葉にジーン王子の顔が少し歪む。

「さあ。理由を教えてもらえるんだろう？」

「……ふん。理由など無いと言ったはずだが？　やれやれ、こんな事で割り込んでくるとは、よほど婚約者殿が大事なようだな？」

　ちょっと待て。何でアンディを小馬鹿にする。

「そうだね、とても大事な婚約者だから君にはあまり不用意に近づいて欲しくないね」

　アンディさ——ん!?　なぜそこに反応するー!?　周りの視線が私らに集中したのがわかった。散れー！　散ってー！

　ニタリとするジーン王子。うげ。

「何だ？　婚約者殿の心変わりでも心配してるのか？　だったら言うが、あんたたちはまだ婚約者だ。これから変更もあり得る。……だろ？」

「「　あり得ない　」」

　タイミングがピッタリだったので、思わずアンディと見合って笑ってしまった。

　ジーン王子が大きく舌打ちした後に呟く。

「……この世にそんな絶対など在りはしない」

　お？

「だとしても、それを願う事はなくならない」

　アンディが返す。

「何に対して思うかは個人で違うし、それによって起こる事もある。だけど、同じ想いをお互いに向け合える誰かに会えたなら、長く一緒にいたいと思う」

アンディが少し振り返りウインクをした。

……いつからこんなに気障ったらしい事を言うようになったんだろ？　似合うけども。わかっているよ、ジーン王子を煽ろうとしてそう言ったのは。ウインクがその証拠だ。

「僕はそれを彼女に会って理解したよ。それが永遠になるならこんな嬉しい事はないとね」

……アンディさん……もう止《や》めて……

わかっていてもむず痒い。だって嬉しく思う自分がいる。私の赤い顔を確認して微笑んだアンディが、またジーン王子に向く。

「ジーンは？」

その問いに何を思ったのか、ジーン王子がアンディをものすごく睨んだ。それを見て困った顔になったチェンが王子の腕にそっと触れる。それを払う事もせず、アンディを睨んだままだ。歯ぎしりまで聞こえそう。

「……精神論など強大な力の前には何の意味も無い。永遠など幻想でしかない」

「……ジーンは何かあったのか？」

アンディの問いにジーン王子はピクリとしたが、そばのチェンは顔をくしゃりと歪めた。泣く？

私の視線に気づいたジーン王子がサッとチェンに向き直り、彼と表情を隠す。

「……昔、我が国は大陸覇王への道を絶たれた……」

さっきまで睨んでいたわりには淡々とした声で応える。後ろ姿だからそう感じるのだろうか？

と、こちらを向いた時にはまた癪にさわる顔になってた。

「ま、挫折を知らないお坊っちゃん王子にしか言えない精神論か。そのままお幸せにいられるといいな？」

フンと鼻を鳴らして、すっかり下を向いて顔の見えないチェンの肩を押してホールを出て行った。

……何だったんだろう？

「何でお付きのチェンさんの方が泣きそうだったんだろ？」

ミシルがぽつりと呟いた。ほんとにね。

「それをジーンは庇ったな」

「ええ。なぜそうしたのでしょうか……」

おお！　びっくりした！

ミシルの呟きに続けたのはシュナイル様と、その婚約者クリスティアーナ様だった。いつの間に。

「兄上、いつの間に？」

「何がいつの間にだ。俺の姿を確認してからのジーンへの追及だったろう」

「わかりました？」

「……まあ荒事にならずに済んで良かった」

「その時は兄上がどうにかしてくれるかと思いまして」

「……少しは悪びれろ」

ケロッと笑うアンディに呆れるシュナイル様。クリスティアーナ様もポカン。雰囲気はそう感じたけど二人とも表情はしっかり微笑だ。

「アンドレイ、少しいいか？」

そして私たちは何事も無かったようにホールを後にした。

近場で、ということで保健室の予備部屋へ。なぜか私とミシルも一緒だ。あれ？　アンディだけじゃないの？

「ここまで付き合わせてすまない。すぐ済む」

シュナイル様がそう言うと、クリスティアーナ様が私の前に出た。ん？

「サレスティア・ドロードラング様。貴女への私《わたくし》の不当な振る舞いをお詫び申し上げます」

深々と頭を下げるクリスティアーナ様にプチパニック。あれ？　一応和解したよね？

「感情を制御できず手を上げてしまいました。淑女としてあるまじき事。その後、そのまま和解してしまいましたが、謝罪をしていない失態に己を恥じるばかりです」

あ～！

「今さらとお思いでしょうが申し訳ございませんでした。私《わたくし》にできる事であれば何でも致します。勝手ながらそれをお詫びとさせてください」

まぁ色々とあった、けど。シュナイル様を見れば軽く頷く。いやいや、うんじゃなくて。アンディを振り返れば微笑むし。ミシルはプチパニックを起こして目が泳いでいる。

ですよね！　宰相の娘で第二王子の婚約者のお嬢様がこんなに頭を低くしてたらビビるよね！

何の罰ゲームだよ……はぁ。

「クリスティアーナ様、謝罪を受け取りました。どうぞお顔をお上げください」

ゆっくりと体を起こしたクリスティアーナ様は毅然としながらも、その目には少し不安が見えた。まあ、間が空いたのは確かだけど。

「淑女が何でもなどと口にしてはいけません。貴女はシュナイル殿下の婚約者です。部外者が他に誰もいないとはいえ、言ってはなりません」

でもとクリスティアーナ様の口が動く。

「シュナイル様との婚約を解消してくださいなんて言われたらどうなさいます？　シュナイル様が保証人になってしまいますよ」

目を丸くする。あら可愛い。

「売り言葉に買い言葉というものがあります。口は自分で思うよりも案外と軽いものですからね、うっかり言質が取られては何もできなくなってしまいます。交渉は最悪こそを想定して行うんですよ。私になどこれが詫びよとハンカチの一枚で良かったのです。律儀ですね、クリス様は」

クリス様はと言ったらうっすらと頬が色づいた。ヤダ可愛い！　ツン美少女が頬染めるって！

「どうしてもと仰るならば、これからクリス様とお呼びしてもよろしいですか？」

「え？　そ、そんな事で良いのですか？」

「ええ！　大貴族と仲良しっぽくて成金貴族にはこれ以上ない事ですよ！　あ、シュナイル様とかぶってしまうならば、ティア様とお呼びしてもよろしいですか？」

ブッ！　とアンディが噴いた。シュナイル様は呆然としているっぽい。でも困った様子のクリスティアーナ様と目が合うと微笑んだ。クリスティアーナ様はホッとした。

「で、では、慣れている方のクリスと呼んでください……」

「やったー！　ありがとうございます！　私の事はどうぞお好きにお呼びくださいませ！」

「えっ、で、では……サ、サレスティア……さま？」

ツン美少女が頬をうっすらと染めながらもたどたどしく名前を呼んでくれる件！　ありがとうございまっす!!

「お嬢は本当に美人に弱いね」

両手を天に掲げて感謝の格好をしてたらアンディに笑われた。本当にね！　どこで刷り込まれたんだろね！　ミシルも緊張が少し弛んだのか、やっと笑った。

「ならば、俺の詫びも愛称を許す事にするか」

「あ、男は別に」

ビシッと空気にひびが入った。シュナイル様の眉毛が下がる。アンディがまた小さく噴いた。ミシルは口がヒクヒク。

「……そうか。だが謝罪はさせてもらう。噂ばかりを鵜呑みにし、ドロードラング伯を知ろうとしなかった。そのせいで迷惑を掛けた、済まなかった。……アンドレイにも済まなかった」

まあ時期も悪かったし。王子の婚約者にまず奴隷王の娘は選ばれないよね普通は。

だから殿下達は普通の反応だったんですよ。兄としてもアンディが大事にされている事を知れたからあれはあれで良かったよ？

「はい。兄上がお嬢をわかってくれて良かったです」

「私も謝罪を受け取りました。これで私たちの間には何もなくなりましたね」

シュナイル様とクリスティアーナ様が頷く。

「じゃあついでに丁寧語も無しにしましょう！」

大笑いのアンディに、「それはダメでしょ……」とがっくりミシル。またもポカンとするクリスティアーナ様に、「ついに言ったな」と苦笑いのシュナイル様。

だって私、二時間しか淑女時間がもたないから～。

「さて、こちらも本題だ」

私の淑女時間は二時間限定宣言でたるんだ空気をシュナイル様が引き締めた。

「と言っても特に新しい事はない。ただ今回、まあ先ほどの事だが、ジーンが少し動いたな」

「そうですね。僕らにとっては謎が増えただけですが、今までとは違う様子を知れましたね」

シュナイル様にアンディが返す。

「ハスブナル国に立ちはだかった強大な力とはアーライル国の事でしょうか？　『剣聖ラトルジン』の事でしょうか？」

クリスティアーナ様の疑問に、私も意見をのべた。

「確かに『剣聖ラトルジン』の強さはいまだに伝説として語り継がれていますけど、そういう噂はいつの時代もおとぎ話のようにあります。庶子だったジーン王子がそれを理由にするのは少し違和感があります」

剣聖ことクラウスが「ジャンもそうでしたが強い者は何人かいました。私が目立ったのはたまたまでしょう」と言っていた。ニックさんたちは疑惑の目をクラウスに向けていたけど。

う～ん、アンディはどう？　と見れば、小さく頷いた。

「確かに。その違和感はチェンを庇ってから口にしたから、かな……」

それぞれに考えこんでしまった。ミシルが、あの、と手を上げる。

「戦の話と変わってすみません。お付きのチェンさんが動揺したのを庇ったのは、主従の間柄だけではないのでは。例えば乳兄弟とか」

乳兄弟……無くはない設定だ。ジーン王子と父親違いの兄弟というのも有りかも。だけどチェンは王子とは血縁関係のない貴族らしい。ハスブナルからの情報では。

二人は心を許し合っている感じで、チェンのたまに見る無礼な振る舞いを王子は気にしてなさそうなのは、言われてみれば主従より友達っぽい。

「ジーンの事はいまだに出生が調べきれていない。俺たちに彼が王子であると通達があったからそれを裏付ける証拠はあるのだろうが、詳しく知らされてはいない」

ミシルの疑問にシュナイル様は答え、アンディもクリスティアーナ様も頷く。宰相からの情報もない、と。

ハスブナルとの接点。

確かに私たちはそれを優先させた。

ジーン王子という、相手が用意した餌に飛びついてみせた。油断を誘うためだったが蓋を開けてみればとにかく情報が少ない。その中での特大の問題が、朱雀。

捕らわれて弱ってはいるが、どう動くか、見た目が小さくてもどれ程の力があるかはわからない。四神大戦を避けるべく動きたい。が、動けない。

そんな中、ジーン王子がミシルの魔力に興味を示した。

正直、不穏な要素しかない。奴隷やら死刑囚やら集めて何をしてるのかと思うと、ミシルが連れて行かれた場合に何をされるか考えると恐ろし過ぎる。

ミシル自身も不安そうではあるが、それを抜きにしても簡単には拐われない技術は身に付けた。仲間もいる。

それでも。

「青龍は？　今ミシルのそばにいる？」

《むろん》

ミシルよりも早く返事をした青いタツノオトシゴがフッと現れた。

「ずっと付いていてくれたの？」

ミシルは気づいていなかったのか、思ったよりも驚いた。あれま。

《うむ。今日は魔法の補助をする事になるかもしれんし、ダンス会の終わりには件《くだん》の少年が寄って来たろう？　離れてはならんと思うてまだ張り付いていた》

グッジョブ!!

「よし、悪いけどそのままこれからもミシルのそばにいて守って。亀様の守りと二重でよろしく」

巫女と会って、村長の話を聞いて、『加護の定義』が少し変わった。今まで亀様にしてもらっていたのは正しくは『守り』だ。防御のみ。

二重の守り付けはサリオンで無害を実証済みだ。サリオンには亀様の守りが掛かっていたのだが、白虎が亀様に魔力操作を習ってる最中にうっかりとサリオンに『白虎の守り』を掛けてしまった。

《ほぉ、守りとはこうするのか……あ!!》

白虎の自覚無しの守りには亀様も本気でビビったけど、何事もなくて良かった。……あの天然さはどうしたものか……

置いといて。

《承知した。我とて穏便に済むならばそうなる様、助力する》

タツノオトシゴが凜々しく輝く。と、シュナイル様とクリスティアーナ様に向いた。

《おおそうだ。そなたたちと言葉を交わすのは初めてだったな。我は四神の一、青龍である。以後見知りおいてくれ》

礼をするタツノオトシゴに慌てる二人。おぉレア風景。

「こ、こちらこそ挨拶が遅れて申し訳ない。私はシュナイル・アーライル。アンドレイの兄だ。こちらはクリスティアーナ・カドガン。私の婚約者だ」

「クリスティアーナです」

ほんと本物の貴族って立て直しが早いよね。綺麗な所作の二人には偉いわ～と感心するほかない。

《アンドレイの兄か。ふむ、二人にも何か守りを付けるか？》

「そうね、亀様の守りと同程度のものをお願い」

《そうか。承知した》

「え？　亀様の守り？」

シュナイル様がポカンとする。あれ？　言ってなかったっけ？

「あぁ、兄上たちには伝えていませんでしたが『玄武の守り』を施してもらっています。お嬢がクッキークリームアイスを持って来た時に会議室にいた全員です」

「……はあ!?」

「ちなみに現在は学園の生徒、お付き、教師も事務員、用務員、従業員全員に掛けてもらってます」

「はああっ!?」

アンディの説明にシュナイル様の目がこれでもかと見開かれた。

「四神目当てで私が狙われるでしょうから、本当は領地に引っ込んで敵を引き付けたいんですけどね～。貴族子弟が通う学園はやはり色々と狙い易いですし、ジーン王子も来ましたし、何かの時のために学園にいろと領民から言われたんです。『玄武の守り』はそのついでです」

「四神が味方に付くって、とてつもない事ですよね……」

アンディもちょっと遠い目をする。

ね～。人のいい？　亀様を使いまくりなんだけど、亀様はそれを許してくれるし屁でもないと言う（そこまで砕けては言わないけど）。

「『愛し子《いとご》』となれば、お互いの了承のもとで加護が付くそうです。一応私はまだ付いてませんよ。まあたくさん頼っている自覚はあるのでそれが加護でもいいと思っていますが、加護とは主に能力の追加または増強の様です」

シュナイル様が微動だにしないので、目の前で手をパタパタとしてみた。聞こえてます～？

「規格外だとは思っていたが、こういう所もか……」

……四神の事ですよね？

「あ」

ミシルの声に皆で注目すると少し焦ってすみませんと続けた。いいよ、どした？

「チェンさんの魔力感知は亀様の守りには気づかなかったみたいだなと思って……」

あ。

「学園全体に掛かっているようなものだから気づかなかったのでしょうか？　それとも人限定なんでしょうか？」

「なるほど。たぶん学園全体に掛かっているから気づかなかったのじゃない？」

「そうだね。他人の魔力量を計れるなら魔物だって計れるはずだ。気づいたなら何か言うと思う。学園長たちにも伝えよう」

「そういうものか。俺も魔力はほぼ無いが他人のはさっぱりわからん。学園全体とはな……人も魔物も気配ならわかるが、あぁでも『玄武の守り』には気づかなかったから訂正しないといけないな」

何をちょっと落ち込んでるんです？　気配を感じるだけでもすげぇと思いますけどっ？

「私《わたくし》は魔力も気配もわかりません……サレスティア様、守りの手配を感謝します」

クリスティアーナ様がまた頭を下げる。いいんですよ、女、子供は無条件で守りますよ！

ところが、その後ジーン王子もチェンもミシルに近づく事はなく、何だかんだとこちらが思うよりも平和に時は過ぎた。

一七話　発表会です。

学園では行事月間というものがある。

科毎に行われる、発表会になるのかな。

侍女科、刺繍展示会。

何人かのグループに分かれ、一週間かけて約二メートル四方の布に刺繍をし、デザインや色合い等を競う。最後の一時間分はホールで王妃の前で仕上げる。最高賞は王妃賞。王家付き侍女へのスカウト有り。

文官科、戦略発表会。

こちらもグループでの戦略シミュレーション。将棋やチェスの様なもので、何人かでグループを組んでのトーナメント制。前日にくじ引きにて自軍の割り当て兵力を知り、作戦をたてる。時間制限は一試合五時間。最終日に上位二組は宰相と騎士団長を相手にするという極悪仕様。最高賞は宰相賞。宰相府へのスカウト有り。

騎士科、勝ち抜き戦。

個人参加のトーナメント制。学年関係なし。わかり易い！　ただし武器は剣及び体術のみ。この制限は要人のそばで所持できる武器が少ないため。上位者は騎士団長からの近衛へのスカウト有り。

魔法科、勝ち抜き戦。

こちらも個人参加のトーナメント制。ただし、魔力を出しきってしまうと命の危険があるため、一試合十分内の時間制限有り。この魔力差をなくすように物理攻撃も可。ただし物理攻撃のみは不可。上位者は学園長からの貴族への推薦状がもらえる。

これらを一ヶ月使って、この順に一週ずつ行っていくそうだ。

スカウトや推薦があるので、三年生はより気合いが入る。

それはそうと、他の科の見学、応援ができるのはいいよね～。

＊＊＊

侍女科、刺繍展示会、結果。

やはり三年生のできばえが素晴らしい。二年生も新しいデザインがあったりして、審査員の王妃たち、その侍女さんたちは目を輝かせていた。

キャシー先輩たちの平民グループが貴族お嬢様グループを押さえての優勝。すごい！

＊＊＊

文官科、戦略発表会、結果。

やはりここも上位は三年生が占めた。

優勝はルーベンス殿下率いる貴族グループ。インテリ集団だよ！

ルーベンス殿下の采配が光り、将来安泰と思っていたら、宰相にこてんぱんという結果。……大人気な～い。

やっぱ宰相って腹黒じゃないとイカンのだね……

＊＊＊

そして今日は、騎士科勝ち抜き戦の初日。

朝にくじ引きで順番を決め、大会専用鍛練場に貼り出されると、三十分後には第一試合だ。

「わははは～、さすがくじ。偏《かたよ》りがスゴいね！」

私が笑うと、トーナメント表を見ていた騎士科一年生たちが涙目で振り返る。

「笑い事じゃないよ！　俺初戦がアイス先輩だよっ!?　奇跡が起こって勝ったとしても相手が三年生ばかりなんて！」「俺なんて三戦は一年が続くけど、その後にラッカム先輩だぜ。勝ち進んでも嬉しくないわー」「こっちの組はシュナイル殿下だぞ……俺、何分もつんだ……？」

「まあそんな時もあるって。知らない相手じゃないから少しは落ち着けるぞ」

騎士科の一年生たちがマークに慰められている。合宿でも何度か手合わせしていたし、放課後の練習だってアイス先輩やシュナイル先輩の指導を受けている。強さを知っているからこそ、手段を考えられる。

「俺、何もかも勝てませんけど……でも、一太刀くらいはいいのを入れられるように頑張ります」

うん、頑張れ。

あっという間に最終日。午前に準決勝、午後に決勝戦。

「まさか準決勝がこの四人になるとはね～」

シュナイル様対アイス先輩。

ラッカム先輩対ジーン王子。

「そうか？　まあ、お嬢は練習を見てるわけじゃないからそう思うか。ジーン王子はなかなかやるよ、嫌みは直らないけどな」

マーク的には予想通りだったのか朗らかに言う。騎士科の放課後練習には参加しないが、チェンを相手に夜に練習していたジーン王子のところにマークが無理矢理参加。マークの図太さには感心するわ～。

「是非にと言うから相手をしてやっただけだし。お前になかなかなどと言われる筋合いはないんだが」

急に後ろからジーン王子に声を掛けられた。

「俺のは才能。ラッカムのは力任せ。王族と下っぱ貴族の違いを今日は思い知らせてやるさ。ふん、お前の田舎剣に教わることなど何もない」

はあ？　がしっとルルーが私の腕を掴む。お付きのチェンは王子の後ろで困った顔をしているが、言われたマークはユルい顔だ。……マークが気にしてないならいいけど。

口を歪めて鼻を鳴らして去っていく王子。

う～ん、会えば挨拶のように嫌みは言われるけど、あれ以来ミシルにも特に近づいて来ない。

……地雷ではなかったのか。う～ん。

「なんかさ、威張ろうとする姿が微笑ましいよな～」

……マークよ。懐が大きいを通り越して弛くないか？


シュナイル様とアイス先輩は予想以上に接戦だった。

クラウスとの手合わせが効いたのか、アイス先輩の殿下への遠慮が無くなった。殿下の方が強くて当たり前。そんな考えでは守れないと気づいたアイス先輩の伸びしろが殿下へ迫った。

常に無表情なシュナイル様が、笑う。

結果はシュナイル様の勝利だったけど二人とも楽しそうだった。

続いてラッカム先輩対ジーン王子は、予想以上にジーン王子が圧《お》した。

あのひょろっこい体のどこにラッカム先輩を圧倒するパワーがあるのか。ラッカム先輩も以前にノしたジーン王子と違うと感じたのか攻めあぐねている。

「力の流し方は教えたけど……あの力強さは何だ……？」

マークの呟きが聞こえた。

結果はジーン王子の勝利。剣を弾かれたラッカム先輩にジーン王子が剣を突き付けたところで終了。鍛練場は騒然となった。

《マークの疑問への答えになるかはわからんが、魔力感知に掛からん程度の魔力を感じる》

亀様が教えてくれた。そんな僅かな魔力を何に使った？　実は義手だとか？　ジーン王子は半袖体操着だけど、義手の繋ぎ目なんてわからない。うちの技術は国内では今のところトップだが、それでも繋ぎ目はわかる。ハスブナル国にそんな技術があるとは聞いてないし、うちからも義手義足は他領にすら売り出していない。もちろん盗まれてもいない。

勝ち抜き戦で使っている剣は学園の物だし、大会中は不正の無いように学園長預かりになる。魔法剣は無い。

エンプツィー様が通信で何も言って来ないところをみると、不正無しと判断したか、害が無いから放っているのか。

対戦相手のラッカム先輩は少々の怪我はあるが、それはジーン王子も同じ事。マークが違和感を言わなければ私たちには普通の剣同士の試合にしか見えなかった。

「見た感じは顔色も悪くないし足取りもいつも通り。亀様が感じた魔力がどう作用したのかわからないな……力か……ならどうやって？」

マークがジーン王子をじっと見ながら呟く。亀様がわからないなら私にもわからない。学園長には一応報告しよう。

「チェンの方は顔色が悪いですね」

ルルーの言葉にチェンを見れば、確かにそんな感じがする。だけど問題児に付いている彼は常にあんな顔だ。

「俺もルルーの見立ては合ってると思う。チェンにちょっと聞いてくる。亀様、ルルー、お嬢を頼む」

そうしてマークはさっさと行った。

「……マークには正直に言うと思う？」

「言わないでしょうね」

だよね。


十分な休憩と治癒を行っての決勝戦。シュナイル王子対ジーン王子。

なんと騎士団長が二人の身なりや使用する剣のチェックをし、そして審判も務める。

「始め！」

ハーメルス騎士団長の合図にシュナイル先輩、ジーン王子がぶつかり合う。

ガキン！　ガキン！　と音が途切れない。

「なんだか……二人とも力ずくね。チェンから何か聞き出せたの？」

「いや何も。何もないってさ」

「で？　マークはどう思うの？」

「俺にはわからないから聞きに行ったんだって。必勝祈願のおまじないいをしたってんならそれだけの事だ。血の匂いもしなかったし。……何でこんなに気になるんだろうな？」

黒魔法で使った血の匂いはスラム育ちのマークには嗅ぎとれるらしい。だから私が黒魔法を使う時は血にコーティングをする。何となく嫌だからそうしたのだけど、試しにコーティング無しにしたら、マークは「臭い」と言った。一ミリグラム程度の血でも。

でもチェンからもジーン王子からも匂いはしなかった。勝てますようにと、神頼みなら誰だってする。意味もわからず魔法を使ってしまったのだろうか？　微弱とはいえチェンには魔力がある。

亀様が感知した微弱な魔力をエンプツィー様、学園長は気づいていた。

学園長は王族席のそばにいなければならず、動けない。

なので学園長を起点にエンプツィー様と私とで三角形になるように場所を移動。三方向からの目なら何かを見つけやすいだろう。

会場内の事はアイス先輩たちに頼んだ。決勝戦は気になるが不安があるならそちらが大事だと先輩は言ってくれた。何もないならそれでいい。


そう思った矢先。

ジーン王子の背中の肉が服を破って盛り上がった。

ボコン、とさらにジーン王子の背中が歪になっていく。私の隣にいたマークが飛び出した。

「ジーン!!」

鍛《たん》練《れん》場の出入り口に立つチェンの叫びに今度は王子の腕が膨れ上がる。

「止《や》めて!!」

ガキィィン!!

ジーン王子は今まで両手で持っていた剣を、膨れ上がった右腕だけで振り下ろす。それを受けたシュナイル様が歯を食いしばった。だが踏んばりきれずに体勢を崩す。そこへ目線の定まらないジーン王子の岩のように大きくなった左拳がシュナイル様に迫る。

シュナイル様がやられる――

寸前、ハーメルス団長がシュナイル様を引っ張って、入れ替わるようにマークがジーン王子にドロップキックをかました。マークの助走と拳の遠心力も加わり、吹っ飛び転がるジーン王子。盛り上がった皮膚のあちこちから血がピョッと飛び出した。

『捕縛せよ！』

エンプツィー様の指示に学園長、私が捕縛呪文をそろえて唱える。

金色に光る網が起き上がりかけたジーン王子に被さり、彼を包み込んだ。

「ガアアアアッ！」

ジーン王子が暴れるが網は破れない。ただ、その体の下に小さな血溜まりができていく。

観客席を降りて近くに寄っても、ジーン王子の異様さがまだ収まらない。盛り上がった肉は引っ込んだり再度盛り上がったり。グロい。血も止まらない。

エンプツィー様も学園長も難しい顔をしている。

「ジ、ジーン……」

駆けよって来たけれど蒼白でガタガタ震えるチェンの胸ぐらを掴む。ジーン王子は「ガアアア！」としか叫ばず、チェンに理由を聞くしかない。

「あんたたちは何をしたの!?　このままでどうなるの!?　正直に言いなさい！」

この至近距離で怒鳴ってもチェンのその目はジーンを凝視している。

「じ、ジーンは、助かるの？」

王子を見つめながら誰ともなしに質問をするチェン。

「助かるかどうかをあんたに聞いてるの！」

やっと私の声が届いたのか、さらに蒼白になり小刻みに震えだした。

「そ、そんなの、し、知らない！　ちょっと力が増すだけだって言われたのにこんな事になるなんて！　飲んだ後少し苦しそうだったからヤバイ物かと思ったけどすぐに治ったんだ。まさかこんな事に……ジーン！　ジーン!?」

すがりつくようにジーン王子に手を伸ばすチェンを殴った。不用意に近づくんじゃないっての！

地面に仰向けに倒れたチェンに馬乗りになり、また胸ぐらを掴む。

「だったら知ってる事を全部吐け!!」

震えたままのチェンがポケットから急いで取り出したそれは、赤黒い宝石のような輝きがあり、飴のようにも見えた。

《血か》

亀様の一言に、怒りで目眩がした。これを飲んだ？

「く、国を出る時に、国王様からいただいたんだ。飲めば一時《いっとき》力が増すと……え、血？　これが？　え、誰の？」

「ガ、ガガアアアッ……」

まるで獣の様なジーン王子の声。苦しそうにも聞こえるからか、チェンが慌てる。

「！　ジーン!?　ジーン！　しっかり！　ジーン！」

足までも膨れだした。魔法の網に食い込んで皮膚がはち切れそうになり、チェンの叫びが裏返る。

エンプツィー様も学園長も真剣にジーン王子を見つめていたが、二人で頷きあった。

「浄化、してみましょう」

「うむ。それが効くといいのじゃがな」

学園長の言葉にエンプツィー様が返すと、二人がこちらを見た。

「これが黒魔法が禁術と言われる理由じゃ。浄化も多大な魔力を使う。お嬢でも足りん時は亀様、頼むぞぃ」

《了解した》

エンプツィー様と学園長がその場から動けないジーン王子を挟んで向かい合う。

揃って両手で印《いん》らしきものを次々と組みながら呪文を唱える。だんだんと二人から清浄な光が湧き出し、一気に高まった。

「「はあっ！」」

ジーン王子に向かって突き出した両手を伝って、光が彼を包む。

「ぎ！　が！　アァァア！」

柔らかな清浄な光に包まれた途端に苦しみだすジーン王子。ビクンビクンとその場で大きく痙攣するが網は外れない。

「ジーン！　ジーン！」

マークに押さえつけられながらも必死に叫ぶチェン。私も深呼吸をしながら浄化の光に魔力を注ぐ。そして学園長の額に汗が光る頃、やっとジーン王子は大人しくなり、体もゆっくりと元に戻った。意識はない。

「ジーン!?　ジーン！」

「意識は無いけど安全でもないわ。確認が取れるまで近づかないで」

チェンはジーン王子を呼び続ける。

正直どんな事になったのかさっぱりわからない。浄化の経験は今回が初めてだから。『確認』とはどんな事をするのかとセルフツッコミ。

「ふぅ。とりあえず浄化は成功のようじゃな」

「いやいや疲れますね。助かりましたドロードラングさん。お疲れさまでした」

《うむ。綺麗になったな。もう害はない。会場では他に動きは無かったぞ》

「ありがとう亀様。学園長、エンプツィー様、これからどうなりますか？」

「まあ、王族のいる前でやらかしたからのぅ……ジーン王子は牢に入れられるじゃろうなぁ」

そうでしょうねと学園長も難しい顔になる。

「意識が戻った後にどれだけの事を白状するかによるか？」

「これだけの証人がいる中で牢に入れないというのはできないでしょうし……学生の失敗と言うには事が大きすぎました……これだけの事をやって素直に尋問に答えるかどうか……」

《ならば我が取り持とう》

青いタツノオトシゴがふわりと現れた。

《我が王子に張り付こう。それでどうだ、アーライル王よ？》

タツノオトシゴが仰いだ先には王族席から移動してきた国王が。ほんとフットワーク軽いな！

「そうだな。青龍殿が付くなら学園の反省房でも良いだろう。ただし、事が明らかになるまでジーン王子は反省房から出ることは許さん。だが従者の同室を許す。二人まとめておくように」

おお、寛大！　私らに任せてくれるなんて。学園長が畏まりましたと了承。

それを確認して王は少しげんなりとした。ん？

「それはそれとして決勝戦はどうする？　シュナイルの優勝で良いか？」

おおぅ、そういや決勝戦だったね。学園長はちょっと困っていた。ですよね、忘れてましたね。

「シュナイル君が優勝でいいでしょう。準決勝もそれぞれ見ましたが予想がつく程度には差がありましたよ。だから彼は奥の手を使ったんじゃないですかね？」

ハーメルス団長がシュナイル様を連れて近くまで来た。学生相手には「君」付けらしい。

「……あれに敵わないようでは優勝も嬉しくないですね……」

「オイオイ。あんな学生そうそういないからな。大人の出る幕無くなっちまうから」

悔しそうなシュナイル様に呆れる団長がふと私を見る。それに釣られてか、シュナイル様もエンプツィー様も学園長までこちらを見る。ん？　何か？

「あんな学生そうそういないんだよ、本来は」

団長、人に指を差してはいけません！


……歌が聞こえる。

歌なんて、国から無くなって何年経つのか。チェンすらもう歌わない。

俺は、どうしたら良かったのか。懺悔しても、どうにもならない。

チェンが寂しいと言うから、今生きているだけ。

……この歌は、かあさんのと違う。でも、どこか、似ている。

目が覚めると、見慣れない天井だった。

あてがわれた部屋ではない。まあ、他の個人部屋がどんな造りか知らないが。

寝床は若干質素なようだ。体が強ばっている。右手はチェンが握っていた。そのチェンは椅子に座ったままベッドに突っ伏して寝ている。

「あ」と左側から女の声がし、そちらを見れば、青龍憑きの女、ミシルが椅子に座っていた。その手には刺繍のやりかけがある。

「気分はどうですか？」

チェンを起こさないようにか、小声で聞いてくる。

「さっきまで起きていたんですけど、寝ちゃいました。チェンさんも休息が必要なのでそのままにしておいてくださいね」

そう言いながらも、失礼しますと俺の額《ひたい》に手を置く。払いのけようとしたが、体が動かなかった。

「熱は無し、と」

その後手首の脈を計る。

「ちょっとゆっくりかな？　でも寝てたし……うーん。あ、水を飲みましょう」

そう言うと俺の頭を起こして後ろにクッションを差し入れた。何個も使ってやっと上体を起こす。

何なんだ、体が重い。

「少しずつ匙《さじ》で入れますね」

椀の水を匙ですくい、口に入れてくる。

甘い。
初めて水を旨いと思った。
椀の水を飲み干す頃には眠くなってきた。チェンは起きない。
ミシルはまた俺を横にし、微笑んだ。
「一度起きた事はチェンさんに伝えますから。もう少し寝てくださいね」
……あぁ、普通の笑顔だ……
ほっとしたら、意識が遠のいた。

一八話　反省房です。

「青龍が付いているなら、私がお世話します」

ミシルが真剣に言い、それにすぐさま反論したのはエリザベス姫。

「私《わたくし》が一応婚約者候補ですし、貴女《あなた》を危険にさらすことはできないわ」

エリザベス姫は本気でミシルの身を心配している。もちろんミシルだって姫を心配しての名乗りだ。でもね姫様。ミシルはドロードラングで体術も魔法もそこそこ鍛えられたし、何より、

「青龍がうっかり暴走した時にミシルなら物理で止められますよ」

そう。ミシルなら言葉一つで止められるくらいに青龍は彼女に懐いてる。言葉一つですむならゲンコツ一発で圧勝だ。

「……そういう事ならば、仕方ない、の、かしら……？」

「物理」の単語になんだか難しい顔をした姫を置いて、ジーン王子の看病役はミシルになった。ジーン王子が姫に対し、婚約者だからと優しくする気がないのを私たちは見ている。王族の誰かなんて論外だし、反省房は狭いので付くのなら一人で色々できる人がいい。

「危険があったら遠慮しないで」

姫はミシルの手を両手で包み、それを強調した。ミシルは安心させるように微笑みながらはいと頷く。

え？　私は無理よ。奴の胸ぐら摑む自信があるから。わはは。

反省房は全部で三部屋。お貴族様仕様なのでワンルームでも八畳くらいの広さがある。簡易ベッドは庶民の標準よりも綺麗だし、窓もある。反省文を書くための机と椅子もシンプルながら高級品。もちろんトイレも普通に仕切られている。

なめてんのか！　貴族には狭く何もない空間かもしれないけど平民には快適な空間だわっ！　学園の寮の仕様が上等過ぎるのよ！　平民はこの部屋でほっとするっつーの！

ただ、廊下と部屋は壁ではなく鉄柵で仕切られているので部屋の中は丸見え。見ると凹む。いや、反省しろ。

そんなコントじみた反省房の真ん中の部屋へマークやルルーと向かう。鉄柵に寄ってこちらを見たミシルに手を振る。ミシルも手を振り返しながらシー、と口の前に指を立てる。小声で状況確認。

「どう？」

「チェンさんがやっと寝付いてからジーン王子が目覚めたんだけど、水をお椀に一杯だけ飲んだらまた寝ちゃった」

ベッドで死んだように眠るジーン王子に、ベッド脇にうつ伏せで眠るチェン。息できてんの？

「チェンさんの方は少し顔を動かしたよ」

苦笑するミシル。まあ、ちゃんと息ができてるならいいよ。

「青龍は？」

「隠れて付いてくれてるよ。特に魔力の動きもないし、目覚めた途端に目にしたら緊張するだろうからって。頭の中で会話ができるから私も静かにしていられるよ」

　おお、仕事してるね～。

「今のところ二人とも寝言もないよ。王子は目覚めた時もほとんど喋れなかったみたい。水を飲まされるのも不満そうだったけど何も言われなかったから」

　眠りが深いのかそういう処置をしてるのか。処置ならば魔法がからむだろうから亀様たちが気づくはず。まあ、寝言だからって真実だとも限らないけど。

「そっか。アイス屋が終わったらダジルイさんが来てくれるから、それまでよろしくね」

「ダジルイさん？　何だか申しわけないね……」

「いいの。アイス屋の従業員を何人かずつ領地と交代制にすることにしたのよ。それにダジルイさんには事が落ち着いたら一月《ひとつき》の休暇をあげる事になったから」

「ええ！　お嬢太っ腹！　あれ、休暇はダジルイさんだけ？」

「ヤンさんもよ。ヤンさんから言われたし、ほら、ハスブナル国に潜入してもらった時の分も含めてだからさ。そんなんで済ませてくれるんだから安いものよ」

「新婚旅行かな？　いいな～」

「そんな色気のある休暇になるならいいけどね～」

「そう？　まあ二人でいられるなら何でもいいと思うけど」

「お。ミシルがそんな事を言うなんて」

「女主人公はだいたいそう言うよ？　お嬢だってアンドレイ様とはそうなんでしょ？」

「ぶふぅ!!」

これだよ……とミシルが半目になり、その後噴いた。

「ふふっ。お嬢が看病役になるのをアンドレイ様は大反対だったしね。進展してるんだ？」

何が!?

「結婚式は呼んでね」

…………………え〜と……

結局その日はミシルがダジルイさんと替わっても、朝になってまたダジルイさんとミシルが交替しても二人は眠ったままだった。さすがに心配すると、亀様から答えが。
《ミシルが子守唄として歌っているのは鎮魂《たましずめ》だ。魂を落ち着かせる歌だからな、彼らはよほど疲れていたのだろう。大事ない》
え。……たましずめ？
《懐かしいな。ノエルが歌っていたのに似ている。いつ覚えたのだ？》
タツノオトシゴがニコニコとしている。表情が豊かになったなぁ。
「……あれ？　いつだろ？　……お母さんが歌っていた気がするんだけど……あれ？」
ミシルが悩んだ。……これは。青龍に憑かれた時に色々ごっちゃになった？
「ていうか、普通の人に聞かせて大丈夫なの？」
《元々、神がそれを詠《うた》っていたのだ。この世の全てに害は無い》
《それに似ているのであって本質ではないからな。よく効く子守唄程度のものだ》
ミシルがホッとした。

「ああ、良かった。じゃあ二人はいつ起きるのかな？　歌わない方がいい？」

《治癒は施してあるのだ。どうしようもなく腹が減ったら起きるだろう》

急に本能的！

「亀様、その保証って、人間も同じ仕様？」

《？　ぁあそうか。全ての生き物はそうだ》

んじゃＯＫ。起きるまでほっとこ。

「何だ、ジーンたちはやっぱり気ぃ張ってたのか。どうすんの？　お嬢」

マークがなぜか少しほっとした。

どうすんの、か。……そりゃあ、ね～？

「うわっ出た悪い顔！」

うっさいマーク！


「う、うわわあぁぁ……」

「あらあら、情けない声を出してんじゃないわよ」

「だ、だって、だって……あぁぁ」

「ああ、こうして欲しいのね？」

「ち、違う！」

「あっははは！　遠慮しなくていいのよ～？　だって時間はたくさんあるんだもの～」

私の目の前には涙目のチェン。

何をしてるって？　目が覚めたチェンに拷問です。ジーン王子はまだ寝てるので隣の反省房にチェンを移動させて、してます。うふ。

いやぁ、心が痛むわ～、こんなことなかなか無いから、慣れてないんだもの～。うふふ。慣れてないから、精一杯しないとね～！

椅子ごとぐるぐるとロープで縛られてへろへろになっているチェンに一歩近づくと、面白いくらいにビクッとする。歯を食いしばってはいるが、私が持つものが気になるのかチラチラと見る。

「ねえ？　正直に全部言いなさい。そうしたら幸せになれるわよ？　一時《いっとき》だけだけど～、あは！」

「そ、そんなの……ジーンを裏切れない！」

「あ～らあら美しい主従愛ね～。でも、さっきからコレを見てばかりよ……欲しいんでしょ？」

「い、要らない」

「またまた～！　素直に認めなさいよ。欲・し・いって」

「要らない！」

「そんなに頑張ったって知ってるのよ？　コレが好きなコト。うふふ」

「よ、寄るなぁ……」

「そんな冷たい事を言わないでよ。せっかく用意したのに～ほらほら～」

「止《や》めろ……う、ぅうあぁっ！」

「あ～っはっはっはっは!!」

何だろテンション上がる～！　ぐったりしているチェンに悪役令嬢本領発揮か？　うはは！

ガシャンッ!!!

「てめえっ!!　チェンに何をしている!!」

ジーン王子の怒鳴り声が響いた。おや、起きたか。

鉄柵をどうにかしようとしてるのかガシャンガシャンとか弱い音もする。音がか弱いのは鉄柵が頑丈だから。生徒どころか成人男性だってそうそう揺らせない。にしても、起きぬけに鉄柵をこれだけ揺らせるなんて、体力はあるんだな。

「あら王子様やっとお目覚め？　あ〜あ、もう少し寝ていてくだされればチェンを落とせたのに〜」

「ふざけるなっ!!　チェンに何かしたらお前を殺してやるからな!!」

おぉおぉ、吠えるのぉ。怒れる王子の声にチェンは安心したのかポロポロと泣き出した。

「あらあら今まで頑張っていたのに、とうとう泣いちゃったわ〜」

「きさま〜っ!?」

「じ、ジーン、僕は大丈夫だよ。ジーンは？　痛いところはない？」

主の心配をするなんて美しいね。でも。

「ひとの心配している場合？　まずは貴方でしょうチェン？　声に張りがないわよ。ああほらこの色白な……」

「あ、」

「ほ〜ら、もちもちしてる！」

「ふわあ……」

「うふふ……美味しそう、ねぇ？」

「あ、あ!?　あっ！」

ガッシャンッ!!!

「おいっ！　チェン!?」

悲壮な呼びかけのわりにさっきよりも鉄柵の音が大きい。体当たりでもしてるのだろう。

「危ない！　そんなに当たったら怪我を」

「うるさい！　離せっ！」

「きゃあ！」

「ちょっと！　あんたこそミシルに何してんのよ！　ブッ飛ばすぞコルァ！」

「やれるものならやってみろ！」

「ざけんなっ！　こっちにはチェンがいるっつーのっ！　守るものを見失うな！」

「くっ」

「吠える前に自分が何をやらかしたのか思い出すのね」

ジーン王子が静かになるとチェンがまたハラハラと泣き出した。

「……チェン？　泣くなよ、約束したろ？」

「な、泣いて、なんかいない」

「……下手くそ……なぁ頼むよ、チェンには何もしないでくれ。そいつは関係ないんだ。何かするなら俺に、俺だけにしてくれ……チェンには何もしないでくれ……」

「じ、ジーンこそ、約束破るな……」

チェンのすすり泣く声だけになった。

「だったら、こっちの質問に全て答えて知ってる事を全部吐くのね」

返事は無かったけど、部屋を出るタイミングはミシルに任せていたので、隣から開錠の音がしてもそのままにした。

「さ、行きますよ。辛いなら寄り掛かってくださいね」

そうして、ミシルに肩を借りつつこちらの部屋を覗いたジーン王子は、ゆっくりとその場に崩れ落ちた。

「……何だ、これは……？」

こちらの部屋にいるのは、椅子に縛られたチェン。

その正面に立つ、丼と箸を持つ私。

反省房にあるはずのないコンロで鍋をグツグツさせているマーク。

もう一つのコンロでフライパンを見ているルルー。

そして、ドロードラング領料理班長ハンクさん。

反省房に机をたくさん持ち込み、その上には大皿料理。私は丼に入っているものを箸で摘まんでジーン王子に見せた。

「何って、餃子パーティーだけど？」


空腹ってそれだけでしんどいのに目の前で料理を食べられたら心折れるよね〜。だからダイエットって続かないのよ。

ドロードラング式拷問です。ニックさんにはエゲツナイと引かれたけど、血も出さないし結果美味しいものを食べられるし良い方法だと思うけどな。

死にかけを急速に治癒すると目覚めた時にものすごくお腹空くんだってよ。チェンは死にかけじゃないけど、応援のくせに緊張しすぎて決勝戦の前日から何も食べてなかったとかマジ信じらんないんですけど。

「ほれ茹で上がったぞ～」「こっちも焼けましたよ」

マークは水餃子、ルルーは焼き餃子。ハンクさんは包み方担当、速い！

「うまー！　水餃子の皮もっちもち～！　さすがハンクさん！」

「餃子を焼くなど、初めてだ……」

水餃子を食べたジーン王子が焼き餃子にも箸を伸ばす。

「水餃子とは皮が少し違うんですよ。私は焼きの方が好みですね！」

「はあ～、スープも美味しい～……」

丼からゴクゴクとスープを飲んだチェンが一息つく。

「でしょう？　鶏ガラもそうだけどどの野菜を入れるかでまた味が違うのよね～。後乗せの刻みネギがいいでしょ？」

「はい！　あとこの胡麻油は？　どこで作られたものなんです？」

胡麻油の香りをわかるのかい。スゴいねチェン。

「胡麻は騎馬の国よ。製造はドロードラング」

「は？　騎馬の国？　タタルゥとルルドゥじゃないのか？」

「え、それも知らないの？　おたくの《ハスブナル》おかげで合併して一国になったわよ、とっくに」

「あァ、そう……」

気まずそうにしながらも水餃子を食べるジーン王子。騎馬の国を知らないとは。

「へぇ。タタルゥもルルドゥも胡麻は生産してたけど、こんなに美味しい油になるなんて。ジーン、騎馬の国との交易は見直した方がいいね」

「そうだなぁ」

お。チェンがそんな事を言うんだ？　ジーン王子も普通に受けている。

「ほんと、あんたらどういう関係よ？　恋人？」

二人とも噴いた。

「んなわけあるかああっ!!」「げふぉ！　ごほっ！」

「口から飛ばさないでよ、汚いなぁ」

「お前が言うなっ!?」

「何よ別に良いじゃない？　まあ多くはないけど本気なら応援するわよ。ジーンなんてこんなに餃子やスープのいい匂いが漂ってるのに全然気づかない程焦ってたもんね？」

「「違うからっ!!」」

二人揃って青い顔で叫んだから本当に違うんだわね。なぁんだ。

「従兄弟！　いとこなんです！」

「あ！　バラすなよ！」

「ジーンは好きだけど恋人は女の子が良いんだ僕は！」

「俺は違うみたいな言い方するなよ!? 俺だって女が良いわっ！」

「なんだ、つまんない」

「「つまんなくないっ!!」」

ふふっとミシルたちが笑う。

「息ピッタリですね」

ハッとして少し赤らむ二人。

「で？ どこまでが本当の事なのよ。食べながらでいいから、あ、よく噛みなさいよ」

そうして聞き出した事は。


ジーンの父親はハスブナル国の現王太子。母親は以前に侍女をしていたが、妊娠がわかり一人市井に下る。そこで世話になったのが侍女の姉夫婦の家。裕福ではなかったがそれほど貧乏でもなく仲良く暮らしていた。

「母は産後に体調を崩し、俺を産んで一月後に亡くなった。先に生まれていたチェンのおかげで俺は伯母に乳をもらえたんだ」

ジーンを引き取ると言う王太子を断り、そのまま四人で暮らした。独身の王太子のしかも男児など王宮に行けば明日の命も無い。

妹の忘れ形見をそんな危険にさらせるか！

愛する女との子供だ！

そんな言い合いの末、仲裁に入った伯父の取り成しで一家は王太子からの援助を最小限に受けることにして慎ましい生活をしていた。

そうして国の隅で十五年間、王家の血を引くことを誰にも知られずにいたはずの家族は予想もしていなかった事態にみまわれた。

魔力保有者の招集。

チェンの父母は微力ながら治癒魔法が使えた。かすり傷は瞬く間に治せるが大きな傷は血を止めるまでいかない程度のもの。それでもその地区では重宝されていたし、夫婦は魔法を出し惜しみしなかった。

「指先に火を灯すのがやっとの人も国に連れて行かれたそうです。僕はそれすらもできなかったので誰にも魔力保有者と知られておらず、見逃されました」

戦争の爪痕はまだ微かに残っていたが、それぞれに癒し忘れる努力をしていた。

平穏。やっと、その言葉を実感し始めた矢先の招集だった。

「連れて行かれて誰も帰っては来ない。でも、彼らがどうしているか残された誰もがわからない。招集には応じるなという父からの知らせは伯父伯母たちが連れて行かれた次の日に届き、また数日後にチェンの魔力に気づかれる前に逃げろと知らせがあった……だが」

暮らし慣れた家を離れられない。両親の安否がわからないならなおさら。幸いチェンに魔力があることを近所の誰も知らない。

「だけどある日御輿《みこし》に乗った爺に見つかった。俺の事もバレた」

あの日に捕まった。恐ろしくて恐ろしくて無様に震えて逃げられなかった。隣で同じく震えるチェンの握った手の温かさにすがった。

お前が朕《わし》の血筋なら使い道がある
そこな小僧と共に大人しくついて参れ
否は無い

「そうして俺たちはアーライル国に来る事になった」

「そう……で？　本来の目的は？」

「もちろん青龍と白虎だ。姫との婚約なんてどうでもいい……あとは、アーライル国の破壊」

こちら側に緊張が走った。チェンが箸を置いて手を握りこむ。ジーン王子は落ち着いている。

「破壊？　たった二人で？」

「はっ、あんな物を持たされても二人では無理に決まっている。だから俺たちは破壊のための目印だ」

こめかみがピシリと鳴った。

「……目印？」

ジーン王子が真っ直ぐこちらを見る。

「……あれからどれくらいの時が経った？　遅くともアーライル国からの苦情がハスブナルに届き次第発射すると言っていた」

発射？　何を？　自分の孫を目印にして何を発射するって？

こめかみがピシリピシリと鳴る。

「俺の血が膨れる事で遠くにいても感じ取りやすいらしい……俺からはさっぱりわからんけどな」

「それ……僕は聞いていないよ？」

「……血の繋がりで俺がどこにいても爺にはわかるらしい」

　耳鳴りまでしそうだ。

「チェンだけは、どこかに逃がしたかったのに……」

「僕たちは兄弟だ。兄が弟を離すわけないだろ？　まあ、何の力もないけど……」

「……ふん、たかだか一週間早く生まれただけで兄貴風吹かせるなよ、泣き虫」

「うううるさいな！　だから最後まで一緒だって言ったの！」

　どこか諦めた笑顔の二人が切ない。

「何が発射されるの？」

「俺は知らない。うちにいるという朱雀も俺は見たことはない。チェンも上手く感じとれないらしい……爺と会ったのもアレを渡された時が最後だ」

　血の飴。

「王太子は？」

「……父は、何もできない。対外的に生かされているだけだ。何度かは会えたが……このように檻越しだ」

「……僕にも謝ってくれました」

　王太子の僅かな支援はそれが精一杯だったのだろう。ジーンたちは本当に慎ましく生活していたようだ。父親への恨みもあまり感じられない。チェンのご両親に会ってみたかったな。

フッと青いタツノオトシゴが現れた。目を丸くする二人。私らも驚く。何だどうした？

《お初にお目にかかる。我は四神が一、青龍だ》

突然の事に声も出ない二人。変な間《ま》が空いた。

《ん？　ハスブナルの城で我のような気配を感じなかったか？》

ハッとしたチェンが目を瞑った。

「……すみません、よく、わかりません……」

十秒程皆が息を詰めたが、チェンはしゅんとした。

《ふむ。やはり朱雀の力はハスブナル国に行き渡っているのだな》

「「え？」」

《生まれた時からその気配の中で生きているのならば気づかないのもおかしくはない》

《だが魔力持ちは効きが悪いのだろう。それもあって招集されたのだろうな。まあ第一の目的は魔力の補充だろうが》

「「誰!?」」

急に声だけ参加した亀様に動揺したので、キーホルダー亀様をテーブルに乗せる。

「は？　亀が何だ？」

「玄武よ。黙っていたけど私はこっち。白虎は別なの」

《四神の一、玄武だ。朱雀の地からよく来た》

キーホルダー亀様のフレンドリーな対応にジーン王子は「はあああっ!?　玄武だあっ!?」と叫び、チェンは気絶した。

「何なんだよお前の婚約者は。色々おかしいだろ」

「む。お嬢の可愛いさがわからないなんて君もまだまだだね」

「可愛いって次元か、四神付きだぞ。あとアンドレイ、年上を敬え。あ、それなネギもっとかけろよ旨いぞ」

「敬う要素がどこにあるのさ。たかだか5才の差だろ。本当だ！　美味しい。ジーン、チェン、こっちのタレも美味しいよ」

「お！　旨っ何だコレ！」

「うまーい！　ジーン、これさ酢だけで食べても美味しいんだよ！」

「そっか？　チェンはそれがすっかり気に入ったんだな……すっぱっ!?　無理っ!?」

　胃袋を掴むって大事だよね～。

「私も次までにははしを使えるようになるわ！　フォークじゃ綺麗に食べられない！」

「でも、一口で全てを入れてしまうと熱いですわよ？」

「それが良いのよエリザベス。ナイフで切ったら中のスープがこぼれてもったいないわ。ほらクリス、貴女のぎょーざ、きっと美味しさが半減してるわよ？」

「それもそうですね……私《わたくし》もはしの練習をしましょう。ビアンカ様、お時間が合えばご一緒させていただけませんか？」

「クリス、私《わたくし》も一緒にしたいわ。良いかしらビアンカ？」

「もちろんよ。エリザベスも一緒にしましょう。良いわよね？　サレスティア」

へーい。なんぼでも焼きますよ～。

「ドロードラング領には色々と珍しい物があるんだな、ハンク殿」

「はい、シュナイル殿下。珍しい物は大抵お嬢の発案です」

「珍しい物……アイスクリームか」

「寮食堂の『からあげ』も美味しいですよ、兄上」

「何だシュナイル、食堂でも食べているのか？」

「はい、恥ずかしながら足りないので。モーズレイたちと共に食堂の従業員とも懇意になりましたので、時間外に融通してもらってます」

「……お前の食欲、果てしないな……」

「いえいえ、ルーベンス殿下。食欲ならばうちのお嬢の方が果てしないですよ。それに私から見れば殿下たちはまだまだ育ち盛りです。温かい物をたくさん食べてください」

少年少女が和気あいあいとご飯を食べるって良いよね！

「……私、ここにいていいのかな……？」

もちろんよミシル。ロイヤルな面子勢揃いに若干顔色が青いのはスルー。餃子を包んでもらってばかりで悪いね。でも包むのってノッてくると楽しいよね。私とミシルはさっき食べた分で腹パツなので、おさんどんです。

で、なんで王子王女がここに揃ったかと言うと、ジーン王子が起きてからの会話をイヤーカフで聞かせていたから。もちろんエンプツィー様たちも。

で。アンディが一緒に餃子を食べると乱入。それを追いかけてシュナイル様も顔を出し、間もなくビアンカ様が「ズルいわ！　私《わたくし》たちも交ぜなさい！」とルーベンス様とエリザベス様とクリスティアーナ様を連れて来た。

何でだ……せっかく看病を突っぱねたのに。ぎゅうぎゅうですよ。立食ですよ。どこの居酒屋だよ。お付きさんたちは廊下で食べてます。なんかスンマセン。

「あら、もはやアーライル国で一番安全なのはサレスティアのそばよ。そして美味しいものを食べられるのもサレスティアのそば！　ほんともうここ何日かの食事は誰かさんのおかげで全く味気無かったわ。その文句を言う機会がありそうだから来たの。

ジーン、食べたい物はしっかり言いなさい。うちのコックが作れない物はサレスティアが作れるわ。しっかり食べなきゃ考え事だってできないのよ」

ビアンカ様の勢いにたじたじとなりながら「す、すまん」と呟くジーン王子。

「バルツァー国《うち》だってハスブナル国の情報は必要なのよ。生憎《あいにく》と四神のような強力な味方はいないけど、魔法使いだっている。戦力はそこそこだと思うわ」

あら、ここで自国の戦力を暴露しちゃうんですかぃ？

「ビアンカ」

「いいえ黙りませんわルーベンス様。バルツァーの戦力は有事の際にはアーライルに必要なもの。嫁ぎ先の危機に出し惜しみなどしませんわ。

さあジーン！　アーライル国の物をこれだけ食べて故郷の料理も食べたのよ。さっさと本音を言いなさい！」

……え～と、何でそうなる？　ビアンカ様ってやっぱ面白いわ～。

チェンがこっそりとジーン王子の袖をつまむと、意を決したようにエリザベス様の前に立った。

「エリザベス……姫。こちら側としても成立させる気のなかった婚約とはいえ婦女子に対する態度ではなかった。申し訳なかった」

いつかのチェンのように腰よりも下に頭を下げるジーン王子。一瞬だけ目を丸くしたエリザベス様は微笑んだ。

「……ならば、婚約はこちらからお断りしてもよろしくて？」

ジーン王子はゆっくりと起き上がると姫とちょっと笑った。

「もちろんだ」

アンディがホッとした。兄王子たちも。しかし、和やかな雰囲気をビアンカ様が引き締める。

「他には？」

「無い。ああ、ラッカムにも謝るか。ズルして勝ったからな」

「他には？」

「……シュナイルを危険にさらしたな。悪かった」

「他には？」

「……あ～……」

「ほ・か」

「…………おい、ルーベンス。お前の婚約者もどうなんだ」

「……王妃になろうというのだ。まだまだ可愛いものだ」

「……そうか……やっぱ城勤めは無理だな、俺」

「今そこは関係ないわ」

「女ってのは世界共通で逆らえないのか……伯母を見てるようだ……」

「お嬢は可愛いってば」

「やかましいわアンドレイ、お前らは別枠だ」

アンディさん、別枠だってって笑ってるけどさ、どう別枠なのかツッこまないの？　それと、可愛い、多いよ……多い！　思わず両手で顔を覆った。粉が顔に付いても構うか。隣でミシルとハンクさん、マークとルルーが笑う。くっ。

「ジーン。お嬢の余裕は四神がいなくても変わらないよ。そして君は今日ついにお嬢の作った物を食べた。美味しいと笑いながら。それがどういう事かわかるかい？」

アンディの言葉に不思議そうな顔のジーン王子とチェン。なぜかビアンカ様とミシルは頷いている。ハンクさん、マーク、ルルー、エリザベス様、シュナイル様、クリスティアーナ様は苦笑。ルーベンス様はポカン。たぶん。

「君たちはお嬢の陣地に入ったんだ」

「……何が言いたい？」

いぶかしむジーン王子とチェンに、アンディはにっこりと微笑んだ。

「お嬢の差《ま》しのべた手を取ったんだ。もう君らは二人きりじゃないって事だよ」

一つ間を空けてポカンとする二人。

「……あり得ない、昨日の今日だぞ……」

「信じなくてもそうなんだ。僕もそうだったけど、正直戦くよね。そうだな、何か証拠をというなら、僕らがここに揃った事が証拠だ」

ジーン王子たちに向かって王子王女方が頷く。

ああ、頼もしい。私はこれから先、何度この背中に守られるのだろう。

チェンがまたはらはらと泣き出した。ふ、本当に泣き虫。

「……旨いなんて嘘でも言える……」

俯いたジーン王子が認めないとばかりに言い返す。

「ははっ！　あれが演技だと言うなら君はもっと巧く立ち回れたはずだ。それこそ姉上との婚約をきっかけにね。それに何より……ふふっ、君のためにチェンが泣きすぎだよ。一番素直だ」

ぼろぼろと涙を流すチェンを呆れたように振り返ったジーン王子が、すぐに噴いた。

「ふっ！　やっぱり俺たちには荷が重かったな。ははっ！　ひでぇ顔！」

もはやろくに喋れないチェンは、う～っと唸りながらポコポコと大笑いするジーン王子を叩く。

《サレスティア、来たぞ》

亀様の一言に反省房に緊張が走った。チェンの涙も引っ込んだ。

「あら、さっそく？　予想より早いわね」

こちとら腹もいっぱいで準備万端だ。指もポキポキと鳴る。調子は良い。

ふ。フフフフ。

「じゃあ皆さん広いトコに移動しますよ～。ジーン、狙いはアンタなんだから、ちゃんと近くにいなさいよ」

そうして移動した鍛練場からは、空に二つの太陽が見えた。

……あ～、あ～……

…………………ぶちっ!!

「うわっ！　お嬢がキレたっ！」

一九話　受けて立ちます。

天に太陽が二つ。

いつもの太陽が輝く隣に、真っ赤に揺らめく太陽があった。その紅い太陽は、黒い稲光のようなものを纏いながらゆっくりとこちらに近づいていた。

その色にあの爺の目が被る。

恐い。恐い、恐い恐い恐い恐い恐い……

『ねえジーン、その、さ、助けてもらえないか、聞いてみようよ』

いつかのチェンの言葉がよぎった。

あぁそうだ、これだけ豊かな国ならチェンの一人くらいはどうにかなるだろう。

『まあ駄目なら駄目でこれからも二人で暮らしていこうね』

……ごめん、チェン。あんなのを相手に助けてくれなんて言えないよ。

それに……それに。

ぶちっ
「うわっ！　お嬢がキレたっ！」

「ふ。フフフフフフフフフ」

「恐《こわ》っ!?　お嬢！　こえぇよっ！」

「あんなモノをぶっ放《ぱな》すなんて随分とやってくれるじゃないの……ぶちのめしてやるっ!!」

……え。


人間て、怒りが頂点に達すると笑いが込み上げるみたい。

黒い光がバチバチとまとわりついた毒々しい、巨大な火の玉がジリジリとこちらに近づいてくる。

《あれは朱雀の最高技だ。……黒い光は黒魔法か》

ほうほう、朱雀の最高技に黒魔法をプラスってか。全く下らない物を作り出しやがって。腹が立つ。

「亀様。ちなみに聞くけどあの技の効果は？」

《大陸一つ焼け野原》

……ふふっ。フフフフフフウフフウフフフフフフッ！

こえぇっ！　って、さっきからうるさいよマーク。これが笑わずにいられるかっ!!

髪先がふわっと浮き上がった。暴走しそうな魔力をどうにか練り上げると、右手と左手、両方にハリセンが現れた。

……まだ。今動いたら暴走する……

「ミシル、先に浄化を頼める？」

厳しい顔で空の火の玉を見ていたミシルがそのまま不敵に笑う。

「やる」

青いタツノオトシゴが巨大な龍に変わり、その鼻先に立つミシル。

青龍のたてがみと、ミシルの髪が風もないのにゆらりと同じ動きをする。青龍の魔力が展開され、少しずつミシルの浄化魔法に注がれる。水を司る証か、水滴に反射する光がキラキラと優しく煌めく。

ゆるりと青龍が空に昇る。

火の玉に近づくミシルに、誰かの息を呑む音が聞こえた。

「お嬢！」

振り向けば、エンプツィー様が学園長たちを連れて鍛練場に入ってきた。二、三年生の魔法科の先輩たちも。ダンス会で仲良くなった先輩たちがひきつりながらも笑った。

「俺たちも加勢する！」

ありがとうございます！

そして遅れて魔法科一年生もやって来た。

「ぎゃあああっ!!　何あの火の玉!?」

スミィの叫びに笑いそうになった。ほんと、何だかんだとこの子は肝が据わっているよね。こんな状況でもデカい声が出るんだもん。

「皆の魔力を借りるわよっ！」

「「「ハイ!!」」」

返事をした一年生は合宿組だけだった。ふっ、ははっ。

《遅くなった！》《すまぬ、主！》

シロウとクロウが私の両隣に現れた。

《白虎を起こすのに手間取ったが後はサリオンに任せて来た》

お疲れ！

《おぉあれは、朱雀の最高技だな》

《我らの知る内では一番の大きさだ》

「大丈夫。あんたたちもいるから」

私を見下ろしちらりと牙を見せてニヤリと笑うシロクロの尻尾がふぁさりと動く。

《《　然り　》》

そして二頭はミシルのサポートへ翔んだ。

エンプツィー様と学園長が教師や生徒たちの魔力を導いていく。

バタバタと鍛練場に今度はアイス先輩たちが駆け込んで来た。

「殿下っ！　指示を！」

「火の玉は魔法使いたちに任せる！　我らは無防備な彼らの警護だ！」

シュナイル様がすぐに応えた。

「了解！」

駆け込んだ勢いのまま打ち合わせをしたように数人ずつ適当にバラけ鍛練場に広がる騎士科生徒たち。一緒に駆け込んで来た文官科生徒はその邪魔にならないようにか、ひとかたまりになる。それを確認したシュナイル様はアンディを振り返る。

「アンドレイ、兄上たちを守るのは俺たちだ」

「はい！　ルーベンス兄上、僕が補助をしますので『国の守り』を展開する準備を」

「わかった。フッ、まさかこんなに早くに使う事になるとはな」

「準備だけです。使わせませんせん」

国の守り。

アーライル国の王家特化の王に成る者しか使えない魔法。現王と王太子しか使えない不思議仕様。

この魔法のすごい所は国全域が守りの範囲となること。ただ一つの弱点は、魔力が切れた後は使用者の生命が素になること。だから長時間は使えない。

使わせる気はないけど、もしもの準備はよろしく！

「行くよ〜！　浄・化っ!!」

ふわふわキラキラとしたものが、ミシルの突きだした手のひらの先からものすごい勢いで火の玉に直撃する。しかしその光は寸前で黒い稲妻に阻まれた。

白い光と黒い稲妻がバチバチッ！　と鳴った。

オオオおぉオオオオオオッッ!!!

それと同時に地の底を這う様な声が響いた。空気を伝って纏わりつくようだ。うげっ！　気持ち悪っ！

しかし、激しい衝突だったのに火の玉のゆるゆるとこちらに近づく速度は変わらない。

「大人しく、昇天させぇぇえっ!!」

ミシルの気合いの光はミシルと青龍を起点にさらに膨れ上がり黒い稲妻を叩く。

オオオオオオッッおおぉぉオ!!

何人も、何十人も、何百人もが怨嗟の声を上げたらこう響くのだろう。

それは亀様の守りを越えて、生徒の何人かがその場にうずくまってしまった。

「具合が悪くなったら我慢せずに座りなさい！」

キャシー先輩の声が通る。侍女科生徒たちも鍛練場に現れた。

「ごめん！　皆と離れている方が恐くて来ちゃった！　邪魔はしないわ！」

若干青い顔のキャシー先輩はそれでも笑顔で座り込んでいる生徒の背中をさする。他の侍女科生徒も動く。女子も男子も生徒もお付きも関係ない。学園医のマージさんと同じようにしている。

……うわ、格好いい……！

「そう！　今現在サレスティアのそばが一番安全よ！　いい判断をしたわね！」

怨嗟の声に負けないようにか、ビアンカ様も笑顔で大声を上げる。

「そこはせめて俺のそばと言って欲しいね」

ルーベンス様が苦笑した。金の光が淡く殿下を包んでいる。

「あら、魔法対決はサレスティアたちに任せた方が確実ですわ。王になるからと何もかもルーベンス様に任せてはルーベンス様が大変ですもの」

ケロッと言い返す姿が危機の中にいる事を忘れさせる。その証拠に震える生徒が何人かぎこちなく微笑んだ。……まったく。

「それに、大将はどんと構えてとどめをさすのが仕事ですわ！」

ぶっ！　ふふっ。全くその通り。

「……ビアンカは頼もしいな」

「それは、貴方たちがきちんと守ってくださるからです」

ビアンカ様はぐるりと見回し、最後にルーベンス様を見つめると、とびきりの笑顔を見せた。

「信じていますわ」

ズキュ――――ン!!

「「「「任せなさい!!」」」」

誰が叫んだか知らないけど、私も叫んだ。

言葉には力がある。

こういう時により実感する。美少女に言われたから余計に感じるのだろうか？　お手軽な私。

……あ。そっか。

「亀様、私をミシルの所まで上げてくれる？」

《あいわかった》

白い光と黒い稲妻の衝撃の余波をガードする風を展開しているシロクロの間を抜けて青龍の鼻先に運ばれるとミシルが険しい顔をしていた。

「ごめんお嬢、あいつなかなか手強い！」

「うん、ミシルだから渡り合えているのよ。これから私も浄化をするからミシルは歌と舞を」

「え？」

「そうね、ここで踊るのが大変なら歌だけでもお願い」

ぽかんとしたミシルがハッとした。

「歌……何でそれを気づかなかったんだろう？」

「私もよ。ビアンカ様の言葉で思い出したの。やっぱり経験不足なんだわ、私たち」

「ふふっ本当ね。うん、じゃあ歌うね！　青龍、移動させてね」

そう言うと青龍の鼻先から額の角《つの》の間に立つミシル。

パンッ！　と音高く両手を合わせ息を長く吐くと、その姿のまま子守唄を歌い始めた。

「青龍、私はこのまま鼻先を借りるわね」

《苦も無い》

「ありがと！」

いつかテレビで見た九字に似た印《いん》を両手で組んでいく。ドラマでは仏の力を借りるものだったけど、こちらでは浄化魔法の集中力を高める動作だ。魔力が高まると同時に地上の皆の魔力も感じる。そして、黒い稲妻が弱まった。

歌に浄化魔法をのせている！　そんなことまでできるの!?　ミシルすげぇ！　よっしゃ！　私もやるよ～！　か～〇～は～〇～、波――――ッ!!!

両手にあったハリセンが光の玉に変わり、狙い通りに火の玉に向かっていく。

やっぱこのポーズが一番安定する！


亀様の魔力、皆の魔力、青龍の魔力、シロウとクロウの魔力。そしてミシルの歌。

黒い稲妻が弱まったとはいえ、ぶつかり合う衝撃はまだ激しい。鍛練場、いや、アーライル国の上空いっぱいにバチバチバチバチ！　と放電しているよう。

街に降りかかりそうな余波は亀様ガードが弾いている。弾かれた物はまた火の玉に戻っては、浄化の光に再び飛び散る。それを繰り返して黒いモノはだんだんと小さくなっていく。手のひらに乗る程度の大きさになった黒い燻《くすぶ》りがミシルの元にフラフラと漂って来た。

ミシルの光に触れると、黒い燻りは指の先程度の光の玉に変わり、空に昇って行く。

一つ、二つ、とまばらだったものが、数え切れないほどになったのは直ぐだった。

シロウとクロウの風が黒い燻りを風に乗せてミシルの元に誘導し、光の玉をまた風で導く。亀様がそっと《昇天していくぞ》と教えてくれた。

魔力が抜けすぎると力が抜ける。この感覚はミシルとの特訓で摑んだ。なので、倒れる前に青龍から鍛練場の地面に降り立ち、ポケットに入れていた劇マズ魔力回復薬を飲む。三本。

残る脅威は鍛練場の空にいっぱいにまで近づいた火の玉。距離にすればまだ余裕だけど、劇マズ発動タイムリミット約二十秒。頑張れ私！

亀様の力を借りて具現化したのは巨大な扇子。日本舞踊で使われるような形の白い扇子は、私の掲げた両腕の上空で広がった。

オオオオオオォォウンン……

亀様が吼えた。瞬時に扇子が青い炎を纏った。

すると火の玉の動きはピタリと止まった。

ガンッ！

扇子と火の玉の間には距離があるけれど、目に見えない圧は私に掛かる。

「ぐぅっ!?」

重い
足が地面にめり込む。腿やふくらはぎの筋肉がブチブチ鳴りそう。くそ。亀様ガードがあってこれか。

痛い
苦しい
だけど。

負ける気がしない。扇子の青い炎が白い炎に変わった。

すると、火の玉の一部からの紅い炎が糸の様に扇子の白い炎に移りだした。

だけど、白い炎はそのまま白い色を保っている。

そうして糸のようだった紅い炎はロープのような太さになり、あっという間に扇子全体で受けるくらいの量になった。扇子はびくともしないけど私の体はギシギシ鳴る。

……まだ、大丈夫……！　皆の力が私を支えてくれている。

まだ、大丈夫！

「負けるかあああぁ!!」

叫びと共に魔力を注ぐと、扇子の一番端がじりじりと動いた。

パチン
扇子が一つ畳まれたと同時に火の玉が綺麗に十分の一程消えた。

だけど火の玉から扇子に注がれる紅い炎の勢いはダムの放流のように止まらない。

足がさらに地面にめり込む。

「はぁぁぁあああああ!!」
パチン
また一つ畳まれた。火の玉がさらに十分の一欠けた。
「もいっちょおおおお!!」
パチン
急に火の玉が半分ほどになった。移る紅い炎の勢いが格段に落ちた。火の玉は欠けた部分を抜いてもさらに小さくなった気がする。だけど、一つ畳む度に私の魔力もごっそり持って行かれる。
だからって今止《や》めるわけにはいかない。
「あ、と、すこし!!」
パチン
もはや火の玉はその形を保てなくなった。
ただの炎は、そして。
パチン
扇子が全部閉じたと同時に、綺麗に消えた。
その余韻と共に、閉じた扇子は小さく小さく小さく変化し、最後に紅い玉が残った。
《第二波はない。よくやったな》
亀様の言葉に安心し、圧が無くなって急に軽くなった体がよろめく。
そして、私に襲いかかるものが。

「ふがっ!? にがぁあああぃぃぃい!!」

緊張が切れたからか、苦味大爆発。苦い苦い苦い苦い!? 誰か助けて～!

《だ、大丈夫か主よ!?》

《何があった!?》

風はそのままに、地面でのたうち回る私に近寄るシロクロ。

ううううぅ、この苦味はモフモフでも癒せない～～! でも心配はありがとう、大丈夫じゃないけど大丈夫! ううぅ苦すぎて涙が止まらない……

そんな事になっても、ミシルから昇って行く光は綺麗に見えた。

空が青い。

一人で暴れている内に苦味は収まったけど、もう起き上がれない。向こうの方から歓声が聞こえる。あぁ、空が青い。

「水を持って来ようか?」

……アンディはいっつも空を背負《しょ》ってるなぁ。青空でもキラキラ、夜空でも星明かりがキラキラ……いっつもキラキラ～。……苦味で思考もおかしくなったか? 三本は危険だ。一気飲みは危険! もう飲まない!

置いといて。

水も欲しいけど、触れて欲しくて右手を伸ばす。

すぐに握ってくれた。そして私の涙を手で拭ってくれて、抱き起こしてくれた。……あー、生きてる音がする……

アンディがふっと笑った。

「お疲れさま。任せきりになっちゃったね」

アンディの魔力ももらったよ。アンディこそ大丈夫？

「うん、僕は大丈夫。普通に動けるよ」

良かった。

「お嬢～っ！」

最後の光を昇天させてミシルが降りて来た。青龍はすぐにタツノオトシゴに変わる。

「全部任せてごめんね……うぅ！」

ミシルはボロボロと泣いていた。ミシルこそどうした⁉

《昇って行った全ての魂が礼を言っていた》

タツノオトシゴが誇らしげに言った。……あぁ、そっか……良かった。……良かった。

空いていた左手をミシルに伸ばす。ミシルがいたから、私はこんなんで済んだんだよ。お疲れさま。

「今、回復するね」

これだ。浄化だって魔力消費が激しいのに。アンディがジーン王子にエンプツィー様が一番だと誤魔化したけど、私もまだそうだろうと思っていたけど、やっぱりミシルの魔力は膨大だ。ああでも、今は青龍の影響もあるのかもしれない。温かいモノが私の体に注がれていく。あー、気持ちいいー、寝そう……

「こんな衆人環視の中で寝顔をさらすなんて、はしたなくてよ」

ビアンカ様の軽やかな声がすぐそばから聞こえた。その後ろにはルーベンス様もいる。あー、いやもう、どーでもいいって言うか、どーでもいいです。

「サレスティア、ここで寝てしまうとアンドレイに姫抱っこされるわよ?」

エリザベス様がフフフと楽し気だ。うえ、姫抱っこか～……

チラリとアンディを見るといい笑顔を返された。うん、頑張る、立つ、立つよ、一人で歩くよ!

隣でミシルが小さく笑う。

「お嬢様お水を用意しました。皆様の分もありますので、どうぞお飲みください」

ありがとうルルー。

「よくぞ、やり遂げられましたね」

コップを受け取る時にルルーの目が潤んでいた。照れくさくて水を飲む。

「皆がいたからね」

微笑んでコップを受け取ったルルーは、すでに動いていたマークと水を配りに行った。

アンディとミシルに支えられながら立ち上がる。状況のすり合わせをしようとエンプツィー様たちを探すと、ジーン王子とチェンがこちらに来た。

「二人とも怪我はない?」

ジーン王子がガックリとした。何だ。

「あんな事をしておいて、俺たちにまで気を配るのか。どこまでお人好しだよ……」

「そんなの困った時はお互い様よ～。ハスブナルでは言わない?」

「言うが……困ったの規模がおかしいだろう」

「そりゃあ私だって亀様やミシルがいなければ逃げ出したわね」

「え、何で私、亀様と同列なの？」

「え？　あぁ、青龍込みってことで」

えぇ～、それならしょうがない、かな？　とミシルが悩んだ。

「とりあえず後は俺たちに任せて、ドロードラングとミシルは生徒たちと一緒に休むといい」

ルーベンス様がそう言うと、ビアンカ様は頷いた。

「そうね。元気そうに見えるけど休みなさいな。ルーベンス様、魔法使いは自室に戻し、具合を悪くした者は保健室に分けましょう。教師たちはさすがに動けていますけど、何人かはふらふらですわ」

「アンドレイはドロードラングに付け。そうだな、エリザベスも一緒に行ってくれ。俺たちはシュナイルもいるし、それに玄武の守りがあるのだろう？　事後処理だけだ、心配要らん」

微笑むルーベンス様に躊躇いながらも頷くアンディ。するとルーベンス様は私とミシルに頭を下げた。ビアンカ様もそれに続く。

「アーライルを、皆を守ってくれて感謝する」

ミシルは真っ青になってあたふたした。それがおかしくて笑ってしまった。

「アーライルを守る事はドロードラングを守る事になりますので」

ルーベンス様が苦笑する。

「ふっ。ドロードラングありきか」

だって領主だもん。

お言葉に甘えて部屋に戻ろうとしたら、ジーン王子が私の前に立った。

……なんか、じっと見られているんですが？

「何？」

「……」

何だ？　チェンを見ればジーン王子を不思議そうに見ている。んん？

一瞬、躊躇うそぶりを見せたジーン王子は、何かを振り切ったように、左手を私に伸ばして来た。

その手が顎に触れ、すぐに親指が唇に当たった。

何すんじゃ！

と文句を言う前に、ジーン王子の顔がすぐそこにあった。

ちゅ

…………え？


「さあ、これで傷物になった。アーライル王家に嫁ぐには厳しいだろう？　俺の所にこ、」

ボゴォッ!!

ジーン王子が吹っ飛んだ。

ジーン王子を殴り飛び出したアンディの体から何かが立ち昇る。

「ころす」

ジーン王子は今の一撃で伸びたらしい。ピクリともしない。そこにアンディはゆっくりと近づく。呪文を唱えながら。

「うわあああっ!?　待て待て待て待てっ!?」

慌てて駆け寄ったマークがアンディを羽交い締めしつつ、魔法を使わせないために手で口も押さえた。それを振りほどこうと暴れるアンディ。

「アンドレイ様！」

アンディのお付き君たちも押さえに加わり、五人掛かりでやっと動きが止まった。

気絶したジーン王子の元には真っ青なチェン。そこにゆっくりと近づくのは、手に鞭を持ったルルー。

「今のは、何ですか?」

ルルーの真っ黒いオーラにガタガタ震えるチェンは首を横に振るだけで何も答えられない。それでもどうにか守ろうとジーン王子に被さっている。

「今のは、何ですか?」

平淡な声音で同じ質問を繰り返すルルー。

「誰か！　ルルーを止めて〜っ！　女子！　女子なら手荒にはしないはずだから！」

アンディから離れられないマークが叫ぶ。

「ル、ルルーさんっ！」

キャシー先輩と共に合宿組の二年三年女子たちがルルーに抱きつく。こっちは十人くらいでスクラムを組んだ。

「よし、私が殺《や》る」

今度は私の隣から可愛い声で物騒な一言が。ビアンカ様とエリザベス様が慌ててミシルに抱きついた。シュナイル様と共に指示を出していたクリスティアーナ様も駆けて来てミシルの口を押さえる。

「お嬢！」

スミィや他の子たちが私に集まって来た。

何も考えられない。何が起きたのか理解したくない。

皆が心配そうな顔をしてる。でも、どうしたらいいか、わからない。目に映る光景をぼんやりと見てるしかできない。

それでも何となく、アンディの方を見ていた。

見ていたら、ニックさんが現れた。

……ン？　ニックさん？

ニックさんは塊になってる所からマークとアンディを引き抜いた。そして、
ボガンッ！　ドガンッ！


「お前ら二人が付いていて何やってんだあっ!!!」

マークとアンディが吹っ飛んだ後、鍛練場の空気が響く程の大声を上げた。

激しく地面に叩きつけられた二人は、それでも受け身をとったのか、ふらつきながらもすぐに立ち上がった。

「すみませんでした！」「申し訳ありません！」

マークとアンディがニックさんに向かって直角に腰を折る。

「まさかこんな事が起きるとは……読みが足りませんでしたね……」

自室に大事に飾ってあった愛剣を手にしたクラウスも現れた。

その後ろに一瞬遅れで現れたのは土木班鍛冶班狩猟班の面々。ドロードラング領の戦闘職が勢揃い。各々の得物《えもの》を持って勢揃い。……ンン？

「お嬢様ご安心ください。今から証拠隠滅いたします」

カシーナさん率いる女子部戦闘班も現れた。……ショウコインメツ……？

「そのクソ餓鬼共々ハスブナルを潰してやるよ。そしたら犬に噛まれたと思えるさ」

やっぱり鞭を持ったネリアさんの眼鏡が光った。口元は笑っているけど、眼鏡に光が反射して目が見えない。

「大丈夫！　国の痕跡なんて遺《のこ》さないから！」

軽やかに言うチムリさんの言葉に体が恐怖で震えた。……ハッ!?

「は、なに、言ってるの……」

口の中がカラカラだ。どうにか唾を飲んで潤す。

「大丈夫！　私らそういうの得意だから！」

「大丈夫の意味が行方不明だよ!?　チムリさん！」

「気にしなさんなお嬢。因果応報って言うんだよ」

「報いが大き過ぎでしょう!?　ネリアさん！」

「馬鹿は死ななきゃ治らないからね～」

「ケリーさんは洗濯班でしょう!?　戦闘班じゃないじゃん!?　そして何の解決にもなってないよ!?」

「ぐだぐだうるせぇよお嬢。ハスブナル消滅は決定だ」

「落ち着けニックさーん！　私はそんな決定出してなーい！」

「多数決で決まりました」

「クラウス！　領主の意向は!?」

「何の話ですか？」

「結構大事なところ！　無視!?」

「お嬢様、領主代行の許可はあります」

「代行って……？」

カシーナさんが出した紙には、

命令書
ハスブナル国を速《すみ》やかに地図から消してね
領主代行　サリオン・ドロードラング

と書いてあった！　サリオ〜〜ン!?


「がっはっは！　心配するなお嬢！　亀様がいなくても一週間で更地にできるから！」

「そんな事に土木班の能力発揮しないでグラントリー親方！」

「とりあえず溜め込んだだろう金物《かなもの》は確保するからな」

「火事場泥棒を堂々と宣言しないでキム親方！」

「食える物は捕ってくるからな、お嬢」

「食べ物に釣られない時もあるんだからね!?　ラージスさん！」

「ライラがどうしても行くって言うんで行って来るッス！」

「そこまで嫁に弱くなくていいんだよ!?　むしろ全力で嫁を止めてトエルさん！」

「トエルがついて来てくれるって言うから行って来るね！」

「可愛く言っても目的が恐いよっ！　ライラ！」

「お嬢様のこれからのために行って来ますね」

「私のためって言うなら話を聞いて!?　インディ！」

「はっはっは。キレたクラウスさんはおっかねぇな〜。城の案内は任せろ」

「止めて！　ヤンさん！　皆を止めて〜！」

「お嬢様、お水をどうぞ」

「ダジルイさん……！　あ、ありがとう……」

コップ一杯の水を飲み干すと、ダジルイさんが微笑んだ。

「では行って参りますね」

「行かんでいいっつーの!!」

「はぁ〜あ、憂いは取り除いた方が胎教には良いだろうから、さっさと片付けてきます」

「ルイスさん！　皆を止めて〜！」

え？　たいきょう？　……胎教!?

「胎教って、誰!?」

「カシーナですよ。ケリーさん達の見立てでは出産は来年の夏らしいです」

ちょっとはにかむルイスさん。マジですか！

「やったぁ、やったあ！　おめでとう!!」

「ありがとうございます。だからちゃっちゃと片付けて「余計に駄目だっつーの!!」

馬　鹿　な　の!?

……何か腹が立ってきた。皆が私のために怒っているのはわかったけど、隙のあった私が悪いんだけど、私を無視するのはどうなのよ。しかも！　よりにもよって！　妊婦が先頭に交ざっているとか！

「……いい加減にしなさあああい!!」

私を中心に巻き上がった風が鍛練場を吹き抜けた。妙に盛り上がっていた鍛練場がシーンとする。

「ハスブナル国に行くことは決定だけど！　消滅でも殲滅でもないから！　朱雀の奪回と！　相手するのは国王だけだから！」

「だがなお嬢、「黙らっしゃい!!」

ブゥン、と音をたててハリセンが一つ私の手に現れた。それを見たニックさんが「ひぃっ」と背筋を伸ばす。一人一人領民を見回して最後にクラウスと見つめ合う、イヤ、睨み合う。

「……侍従長、ドロードラング領の現当主は誰？」

「……サレスティア・ドロードラング様です」

「そう。理解してるようで良かったわ。まさか誰も私の言うことを聞かない日が来るとは思わなかった」

そっと目線を泳がす面々。

「今回の事は私の油断が騒ぎの原因よね、ごめんなさい」

頭を下げた。

「いいえお嬢様。乙女の純潔を奪う者は抹殺あるのみです」

「カシーナ。苛つき過ぎよ」

自分で乙女って言うのは冗談が入っているけど、誰かに言われるとこそばゆい。苦笑してしまう。

ルイスさんがカシーナさんの腕をさする。

「私も基本はその考えだけど今回のは保留にしてもらえない？　え〜と、アンディ、私がされた事を貴方にしても良いかしら？」

アンディに近づき、もう一度、いい？　とお伺いを立てるとアンディは少し赤らんで頷いた。

う！　ちょっと緊張してきた。

「ごめん、膝をついてもらえる？」

うん、上に向かうより下への方が楽にできそう。

「見世物にしてごめんね？」

小声で謝ると、笑おうとしたアンディが顔をしかめた。うぅ、痛そう……

「いや、他の男にはしないでくれて良かった」

うわあ恥ずかしい！　すぐに終わらす！

左手をアンディの顎に置き、親指を唇にあてる。そして顔を近づけ、自、分、の、親、指、に口づける。

顔を離すと、ポカン顔のアンディが。

え？　と鍛練場中から聞こえた。

「え？　してねぇの？」

ニックさんが呟いた。

「してないの。でも混乱しちゃったし、不快ではあったから、アンディが殴り飛ばさなきゃ自分でやってたわ」

そして間もなく、騒ぎを正確に聞きつけた国王達が青い顔で「落ち着け～！」と慌てながら現れた。

巻末付録　登場人物紹介＋＋（サレスティア12才時）

シンドゥーリ（72）…セン・リユ・ウル国の武門一派の僧の一人。僧正の地位だが、とにかく喧《やかま》しく、田舎教会一の問題児？　ギンさんに怒られるので、なるべく大人しくしようとはしている。通称シン爺。ドロードラング領でパンケーキにハマる。

ギンスィール（58）…コムジの師。シンドゥーリの弟子。二メートルの巨漢。真面目ゆえのシン爺のお守り役。通称ギンさん。

ウォル・スミール（20）…スミール伯爵家次男。アンディのお付き。固い。基本真面目。たぶん器用貧乏。

ロナック・ラミエリ（18）…ラミエリ伯爵家次男。アンディのお付き。大人しめ。可愛い。

ヨジス・ヤッガー（17）…ヤッガー子爵家三男。アンディのお付き。小柄。目付き悪く鋭いので、四人の中では実は一番ケンカの場数を踏んでいる。

モーガン・ムスチス（20）…ムスチス伯爵家次男。アンディのお付き。礼儀正しい脳筋。ムードメーカー。

ミシル（12）…ゲームのヒロイン。天真爛漫なキャラのはずがズタボロで初対面を果たす。溺れた母を助けるために治癒魔法に目覚めたが、青龍に取り憑かれ引きこもりに。青龍が離れた後は、色々少しずつ成長中。お嬢とアンディの仲にやきもきとしている。

マージ・モンターリ（40）…学園医。勤続二十年のベテラン。魔法は全然だが、生徒の心のケア、縫合の腕は高い。旦那は男爵で王宮勤め。

青龍（?）…四神の一。水属性の魔物。生まれ変わったはずの巫女を探し回ってミシルの村に封印される。ミシルを巫女と勘違いし、サレスティアにぼこぼこにされる。素直で生真面目ではあるが、それ故に一言多い。

ノエル（?）…青龍の巫女。青龍のおっかさん役。

イム（享年30）…血の繋がらないミシルの母。明るい。

マイルズ・モーズレイ（14）…シュナイル第二王子殿下の取り巻き。騎士の家系モーズレイ子爵家嫡男。意外と面倒見がよく、後輩に慕われている。アイスクリームにハマり、通称はアイス先輩。

王都ギルド長（50？）…熊の様な大柄ガッチリな見た目。経営手腕は申し分ないが、子育てには失敗。息子はアイス屋で騒ぎを起こし、ドロードラング領で再躾中。

ジアク領主（30？）…隣国イズリール国ジアク領の当主。若いわりに雰囲気に貫禄がある。既婚。

ジアク領ギルド長（30？）…一番お世話になっている（トレント情報）ギルドの長。正しい山賊の様な見た目。美人に弱い。

スミィ（12）…魔法科劣等生。魔力は弱いが働き者。地元の村でたんぽぽ茶を作っている。丁寧語は苦手。明るい。

ウルリ・ユニアック（12）…魔法科劣等生。男爵家嫡男。根に土が付かずに雑草を引っこ抜ける土魔法が使える。大人しい。

テッド・ツェーリ（12）…魔法科劣等生。ツェーリ商会の次男坊。計算が速いし、商売にわりと貪欲。

キャシー（14）…侍女科三年。平民。何でもそつなくこなす働き者。ドロードラングの服飾班に就職したい。胸が大きい。

シュウ（65？）…ミシルの村の村長。こそ泥をしていた子供の頃に朱雀に会う。冒険者への資金貯めにハスブナル国の募集兵になり、ジャンとクラウスに捕らえられた後、泣き落として逃がされた。

朱雀（？）…四神の一。火属性の魔物。生まれ直したところを捕まり、村長に会う。名付けにより言語理解と素早さの加護を与える。

グラントリー（61）…土木班親方。

キム（66）…鍛冶班親方。

リンダール・エンプツィー（73）…元学園長。平教師に降格。助手のお嬢に仕事を押し付け、研究に没頭すること多し。ハリセンを見せると観念する。

フリード・アーライル（43）…アーライル国王。やっと名前出た（笑）。

あとがき

『贅沢三昧したいのです！　転生したのに貧乏なんて許せないので、魔法で領地改革③』をお買い上げくださった神様！　ご無沙汰しております!!

布教活動も毎度おつかれさまでございます!!

立ち読み派は…………もう買ってくれよぅ（笑）

三巻……ですってよおおおお!!　マジかよ！　出たよ!!

この色々と厳しいご時世の中、みなさまのおかげで三巻にこぎつけました。ありがとうございます!!　感無量!!

あのシーンとあのシーンとあのシーンのイラストが見られるなんて!!　ほんっっっっと嬉しい……!!

沖史慈宴《おきしじえん》さま……今回もありがとうございます……（涙）

さて、おきしじさまと言えば、二巻でのぶん投げクイズの答えですが……うふふふ。

シン爺ちゃんとギンさんの師弟コンビでした♪

おきしじさまは可愛い女の子をたくさん描かれていらっしゃるので、この二人を描いてみたいと聞いた時は本当に嬉しくて……だって髭爺さんとマッチョオッサンだよ（笑）　二人を面白いと思

ってもらえたんだなぁとしみじみ。あまり出番がないですが（笑）
そしてイケメンじゃない（笑）僧コンビの挿し絵をＯＫくださった担当さまへも感謝!!
まあ、贅沢三昧内の美女はともかくイケメン率はよそ様の作品と比べてもかなり低いのですが（笑）、おきしじさまのおかげでかなり上昇しました。イエイ☆
もともとイケメンをイメージしていたのは王子たちだけで、その中でも具体的に想像したのはアンディだけでした（ルーベンスは正統派、シュナイルは脳筋ぽく、程度…）。連載中にタレ目イケメンは想像しにくいと感想があったのですが、『鎧伝《よろいでん》サムライトルーパー』の『天空の当麻《とうま》』に一目惚れした私の中では『タレ目イケメン』のジャンルがあるのです。うふ。
……サムライトルーパーを知ってる人がどれくらいいるのやら（笑）　アイドル声優の先駆けよ、たぶん。……歳バレる（笑）
そしてミシル！　乙女ゲーム本家ヒロインの可愛さよ!!　表紙見た？　おきしじさま万歳!!
さらにジーン王子！　噛ませ犬役（笑）のイケメンぶりに撃沈!!　人気出ちゃったらどうしよう、でもカッコイイ、を行ったり来たり（笑）

ほんと、おきしじさますげえ。

そして担当さま。今回もこのシーンまで三巻に入れてとお願いしたのですが、文字数超過。それでも無理と言わず奔走してくださいました……

せめてもとあちこちカットしてみたのですが、セリフ大好きなのであまり減らせず……　↑物書きとはとても呼べない習性……

ほんと、編集担当さますげぇ。

あとね、ファンレターとして、手作りの贅沢三昧キーホルダーをいただいたのですよ。亀様がめっちゃ可愛い……どう紹介したらいいんでしょ……こういう時にツイッターもＳＮＳもやってないのがね……

でも、小説家になろうの活動報告ではその写真をあげてますので、良かったらいらしてくださいな。プロの作品かと思うくらいすげぇから。

……毎度語彙がひどい（汗）

そんなことより。
今回も素敵な本になったのは皆さまのおかげです。
変わらず応援してくださる皆さま。
製作、販売に関わってくださった皆さま。
そして、三冊目も手に取ってくださったあなたへ。
いつも同じで申し訳ないですが（笑）、心からの感謝を。

２０２１年　２月　　　　　　　　　　みわかず

さあ！　四巻に続け！　ぶん投げクイズ！

Q．四巻の表紙は誰になるでしょうか？　……（笑）

postscript

イラストレーターの沖史慈宴です。
今回もイラスト担当させて頂きました！

もっと描きたかったイラストもあるのですが時間が足りず・・・残念です。

1巻に引き続き
キャラクターデザインラフを
ご紹介します！

また4巻でお会いできますように。

おきしじ

贅沢三昧したいのです!

キャラクターデザインラフ

*デザインラフのため細部変更点があったりします。

は、
ひた隠す
サザランドはもはや
お前のものだ
転生した大聖女は、
ひた隠す
A Tale of The Great Saint
十夜・chibi
青辺マヒト
コミカライズ2巻
大好評発売中!!!
漫画:青辺マヒト
コミックアース・スターにて
連載中!!
https://www.comic-earthstar.jp/

あらすじ

薬の効かない黄紋病が流行り、死を待つだけの住民たち。
憎しみと悲しみに閉ざされ、騎士たちとの溝は深まるばかり。
そんなサザランドに、大聖女と認められたフィーアは、
優しく劇的な変化をもたらす。
「ああ、私たちは何度、大聖女様に救われるのだろう」
300年前から受け継がれる住民たちの想いと、
フィーアの打算のない行動により、
頑なだった住民たちが、フィーアとフィーアに
連なる騎士たちに心を開き始める。
そして、全ての住民がフィーアに最上位の敬意を捧げた瞬間、
王都にいるはずのある騎士が現れて———!?

転生した大聖女
聖女であることを

十夜 Illustration chibi

続々重版中！
4000万PV越えの
超人気作!!!

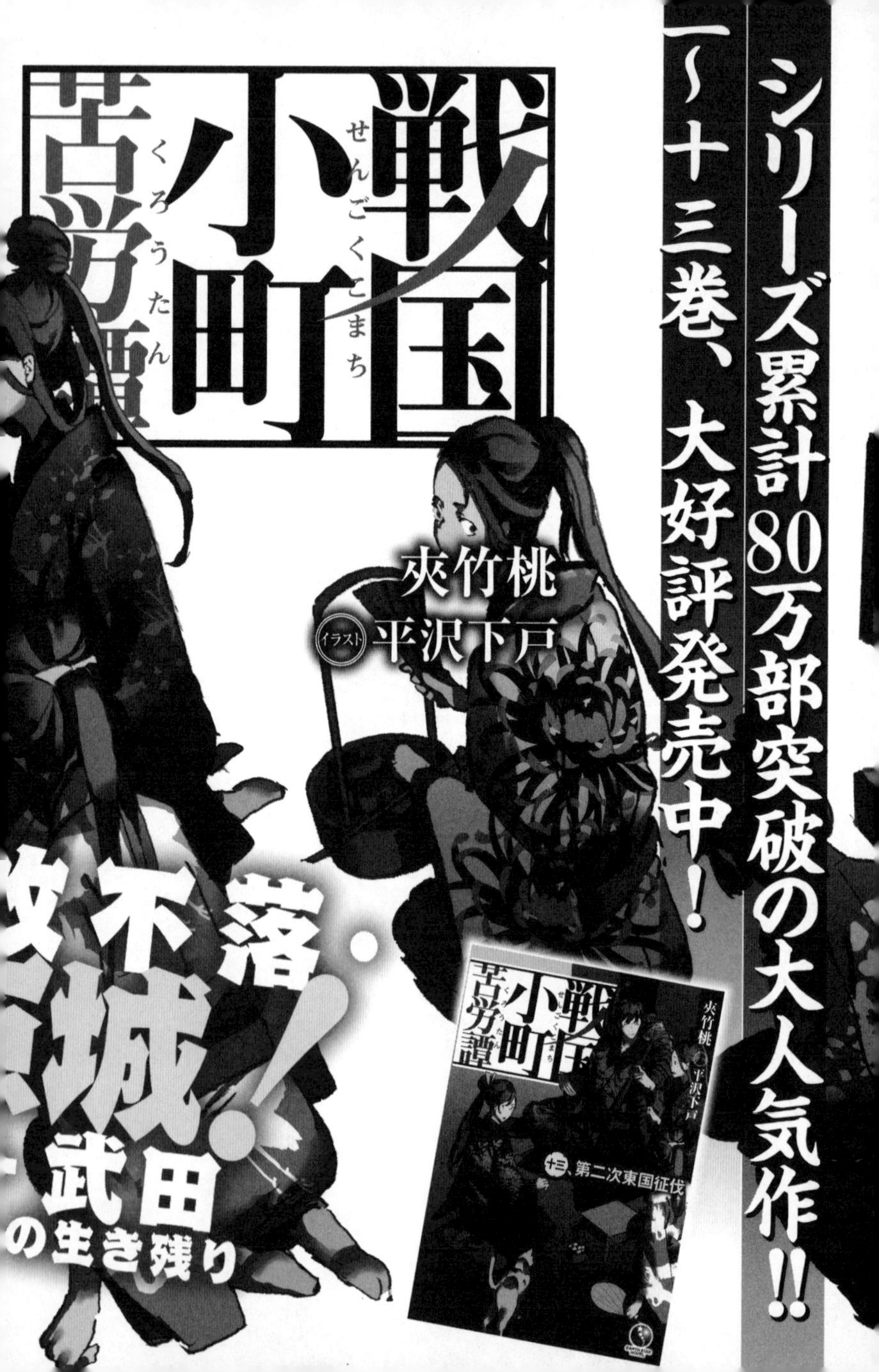
シリーズ累計80万部突破の大人気作!!
一〜十三巻、大好評発売中!
戦国《せんごく》小町《こまち》苦労譚《くろうたん》
夾竹桃
イラスト 平沢下戸
落城!
武田の生き残り
戦国小町苦労譚
夾竹桃
平沢下戸
十三、第二次東国征伐

「山道を抜けたら戦国時代でした」
農業高校に通う女子高生の静子は、
ある日戦国時代にタイムスリップしてしまう。
織田信長と出会い、現代知識と農業知識を駆使して
尾張国の農業改革に取り組むことになるが、
やるべきことは山積みで――
農作物の栽培にグルメ研究。動物飼育に兵器開発……
めまぐるしく働く静子に目が離せない！

目指すは

ヴィットマンとバルティ亡き後、
悲しみに暮れるも束の間、
ついに東国征伐の準備が整う。

VS 北条

EARTH STAR NOVEL

贅沢三昧したいのです！
転生したのに貧乏なんて許せないので、魔法で領地改革③

発行 ―――――――――― 2021年2月15日　初版第1刷発行

著者 ―――――――――― みわかず

イラストレーター ――――― 沖史慈宴

装丁デザイン ―――――― 関善之＋村田慧太朗（VOLARE inc.）

発行者 ――――――――― 幕内和博

編集 ―――――――――― 筒井さやか

発行所 ――――――――― 株式会社 アース・スター エンターテイメント
〒141-0021　東京都品川区上大崎3-1-1
目黒セントラルスクエア　7F
TEL：03-5561-7630
FAX：03-5561-7632
https://www.es-novel.jp/

印刷・製本 ――――――― 図書印刷株式会社

ISBN 978-4-8030-1492-1